Peter Jackob
Verschossen

Peter Jackob

Verschossen

Kommissar Schack Bekker
ermittelt in Mainz

Die dargestellten Ereignisse sind frei erfunden. Jede Ähnlichkeit mit tatsächlichen Gegebenheiten oder Personen ist rein zufällig. Aus erzähltechnischen Gründen wurde die Mordkommission in die Altstadt gelegt.

Alle Rechte vorbehalten · Societäts-Verlag
© 2016 Frankfurter Societäts-Medien GmbH
Hedderichstraße 49 · 60594 Frankfurt am Main
vertrieb@societaets-verlag.de
Satz: Julia Desch, Societäts-Verlag
Umschlag: Axel Weber
Druck und Verarbeitung: Bookwire
Printed in Germany 2016

ISBN 978-3-95542-217-2

*Die Menschen verlieren zuerst ihre Illusionen,
dann ihre Zähne und ganz zuletzt ihre Laster.*

Hans Moser

———————————

*Für Albert, Alexander, Bernd, Geraldine, Helga,
Peter, Jürgen, Klaus, Lothar, Niklas, Ralf, Winfried
und die ganze Narrenschar*

Prolog

Leon verabschiedete sich, schwang seine Tasche über die Schulter und verließ den Sportplatz, der etwas außerhalb lag. Das private Sondertraining war beendet, hart und schweißtreibend war es gewesen. Nur noch ein paar Jahre, dann würde er es geschafft und sich seinen großen Traum erfüllt haben. Er gehörte zur Elite der Nachwuchskicker und war auf dem Sprung, sich selbst unter den Besten der Besten einen Namen zu machen. Nichts und niemand würde ihn aufhalten können, sein Talent war nach Meinung vieler Trainer überragend: ein top Torhüter mit Gardemaß-Größe.

Er hatte herausragende körperliche Voraussetzungen, war dazu mit unverzichtbaren Attributen wie Wille, Intelligenz und Durchsetzungsvermögen reich gesegnet. Außerdem hatte Leon einen ehemaligen Fußballprofi als Vater, der es mit seinem ungeheuren Ehrgeiz bis in die 2. Bundesliga geschafft hatte und ihm mit Rat und Tat zur Seite stand. Er liebte sein Leben. Manchmal hätte er sich zwar gewünscht, von seinem Vater nicht ganz so intensiv betreut zu werden, aber man konnte nicht alles haben.

Jede Hürde hatte Leon bislang ohne Schwierigkeiten gemeistert. Selbst die lästige Schule bekam er auf die Reihe. Nur gelegentlich nahm er die Lernbetreuung in Anspruch, die der Verein zur Verfügung stellte. Ab und an fragte sich Leon, ob nicht alles etwas zu leicht ging. War vielleicht alles nur ein Traum? Nein: es war real und einfach phantastisch.

Er ging über den Feldweg nach Hause. Der zehnminütige Spaziergang war ideal, um seinen müden Knochen Ruhe zu gönnen. Leon träumte von den großen Stadien, in denen er in

Zukunft spielen würde. Und natürlich von den Zuschauern, die ihm und der Mannschaft zujubeln würden. Es war angenehm warm, gerade so, dass man den Trainingsanzug tragen konnte, ohne zu schwitzen.

Plötzlich tauchten zwei Typen rechts und links von ihm auf und gingen neben ihm her. Leon schätzte ihr Alter auf 30, vielleicht auch etwas älter. Der kleinere der beiden sah ungepflegt aus, war untersetzt, etwas dicklich und trug einen schwarzen Rucksack. Der andere war deutlich größer, hager, blass und grinste dumm vor sich hin. Leon wollte die unbehagliche Situation entschärfen und sprach sie an. Er fragte, woher sie kamen, doch er bekam keine Antwort. Auch wenn er gewiss kein ängstlicher Teenager war, aber ganz geheuer schien ihm das nicht.

Ein paar Minuten vergingen, bis der Lange ihn plötzlich anblaffte:

„Kennst du Justin Schmidtke-Rosen?"

„Na klar, mit dem spiele ich zusammen."

„Warum hast du deinen Freund hängen lassen?"

Leon antwortete verwundert: „Was? Ich Justin hängen lassen? Das stimmt nicht."

Langsam begann er zu ahnen, worauf die beiden anspielten, und so fügte er hinzu: „Bei einer Sache habe ich ihm einmal richtig geholfen, aber das war es in dieser Angelegenheit auch."

Wieso wussten sie überhaupt etwas davon? Er hatte Justin gesagt, dass es genug sei und er diesen Mist nicht mehr mitmache. Sein Kumpel musste selbst sehen, wie er aus der Scheiße rauskam. Und damit Schluss. Wütend setzte er nach: „Was geht euch beide das überhaupt an? Verpisst euch!"

Das stellte sich als unverzeihlicher Fehler heraus, denn der Untersetzte zog blitzschnell einen Baseballschläger aus dem Rucksack und schlug zu. Erst ins Kreuz, dann mehrfach auf das rechte Knie. Leon schrie auf und fiel – er versuchte hochzukommen, sich zu wehren, doch eine Flut von Tritten und Schlägen hämmerte gnadenlos auf ihn ein. Dann war plötzlich alles vorbei und ihm wurde schwarz vor Augen.

Als Leon wieder zu sich kam, lag er noch immer auf dem Feldweg und konnte sich nicht rühren. Der Geschmack von Blut – er spuckte aus. Diese höllischen Schmerzen waren kaum zu ertragen. Als er nach mehreren Versuchen hochkam, konnte er sein rechtes Bein nicht anwinkeln. Das Knie blockierte und er hatte zudem den Eindruck, sein linker Fuß sei so dick angeschwollen, dass dieser nie mehr in einen Schuh passen würde. Leon schaffte nur ein paar Meter, dann musste er sich an den Feldrand setzen und ausruhen. Tränen liefen ihm übers Gesicht, aber nicht wegen der Schmerzen.

Als die Untersuchungen abgeschlossen waren, blieb Leon nur noch, auf die Einschätzung des Mannes zu warten, auf den er all seine Hoffnungen setzte. Mit ungeheurer Akribie hatte sich Professor Lothar um ihn gekümmert und jegliche Möglichkeit ausgelotet. Der Heilungsverlauf nach der Operation war hervorragend gewesen, auch das Aufbautraining war ohne Probleme verlaufen. Doch als er wieder voll ins Mannschaftstraining einsteigen wollte, hatten sich mit einem Mal unerträgliche Schmerzen eingestellt und das Knie hatte sich entzündet. Keine Therapie half. Jedes Mal, wenn Leon versuchte, das Knie zu belasten, waren die Schmerzen wieder da.

Als der Professor die Tür seines Besprechungszimmers öffnete, sah er ernst aus. Die Diagnose war niederschmetternd, denn es gab, rein physisch betrachtet, keinen Grund für Leons Schmerzen. Und das bedeutete, es gab auch keine klare Therapie.

Jede mögliche Behandlung wurde versucht, doch das Resultat war immer dasselbe: Das Knie entzündete sich bei starker Belastung. Leistungssport würde also nicht mehr möglich sein. Für Leon Fersting brach die Welt zusammen: Sein lang gehegter Traum, Profi zu werden, war wie eine Seifenblase geplatzt.

Bald darauf verließ Leon seinen Vater und zog nach Köln, um Abstand zu gewinnen und ein neues Leben zu beginnen. All das, was geschehen war, wollte er ein für alle Mal vergessen.

Die Feier

„Prost, dass die Gurgel nicht verrost", rief Werner Niesberg, sein Schoppenglas in die Höhe reißend. „Auf unseren Schack, der nicht an seinen glanzvollen Tipperfolg aus dem Vorjahr anknüpfen konnte. Also, wenn es bei uns einen Absteiger geben würde, dann wäre er fällig."

Die Runde stieß ein weiteres Mal auf den Ausrichter des Abends an und Niesberg fuhr fort:

„Trinkt, was ihr könnt! Ihr wisst ja: Punkt Mitternacht ist der Zauber vorbei, dann kann auch unser Schack wieder gut lachen. Und nachdem wir jetzt festlich gespeist haben, kommt endlich die mit großem Interesse erwartete Aufgabe, die wie immer der Gewinner dem Letztplatzierten stellt."

Er wandte sich ans andere Tischende.

„Norbert, was hast du denn im Sinn?"

Norbert Neumann, ein schmächtiger Mann, der kaum mehr als 1,70 Meter maß, blickte mit funkelnden Augen in die Runde und erhob sich übertrieben langsam, was dem Ganzen eine gewisse Spannung verlieh. Sein verschmitztes Lächeln verriet, dass er sich etwas Besonderes für Bekker ausgedacht hatte. Neumann, der erst seit wenigen Jahren im Kreis der *Kleinen Stadthalle* verkehrte, sah sich um. Irgendwie war es gerecht, dass er gewonnen hatte. Ihm war es letztendlich zu verdanken, dass diese Tipprunde überhaupt existierte und seitdem jeder Bundesliga-Spieltag ein besonderes Vergnügen darstellte, denn die Spannung hing nicht mehr nur von der Qualität der Partien ab. Neumann rieb sich die Hände, holte tief Luft und setzte zu einer Rede an:

„Wir alle wissen, dass der Schack ein eingefleischter 05er ist. Ganz im Gegensatz zu mir, der ich tief aus dem Hessischen stamme und die Eintracht im Blut habe." Er hielt wie ein geübter Zeremonienmeister inne, der durch die Pause seinem Publikum die Gelegenheit gibt, alle möglichen und unmöglichen Szenarien im Kopf durchzuspielen und es damit in seinen Bann zog.

„In drei Wochen spielt die Eintracht in Mainz." Neumann zog aus seinem Hemd zwei Eintrittskarten heraus. „Also habe ich meine alten Kontakte genutzt und zwei Karten besorgt. Für den Herrn Kommissar und mich."

„Aber es gibt doch noch Karten. Und Schack hat ohnehin eine Dauerkarte", wandte Professor Walter Kur, Leiter des rechtsmedizinischen Instituts, ein.

Bekker schien bereits verstanden zu haben, was sein Kneipenfreund vorhatte: „Das kann nicht dein Ernst sein, Nobert."

Niesberg, der nicht gleich begriff, worauf Bekker hinauswollte, blickte zwischen den beiden hin und her und sagte nur: „Raus damit!"

Neumann legte die Eintrittskarten nebeneinander auf den Tisch und deutete auf den Block: J.

„Du hast doch was an der Erbs, Norbert! Zu euren Schwarzkitteln stelle ich mich ganz gewiss nicht", sagte Bekker bestimmt.

„Ich dachte, Spielschulden sind Ehrenschulden."

„Aber es gibt Grenzen", warf Bekker ein, auch wenn ihm klar war, dass er aus der Sache nicht herauskommen würde. Lamentieren war lächerlich, und das Letzte, was er sein wollte, war ein Spielverderber.

Niesberg meldete sich zu Wort.

„Das wird bestimmt lustig, Schack. Du solltest nur nicht im falschen Moment jubeln, denn dann hilft dir auch deine Polizeimarke nichts mehr."

Sein breites Grinsen fiel jedem am Tisch auf.

„Aber das Schönste ist, dass du die Eintracht-Lieder hautnah miterlebst", lachte Neumann. „Du weißt ja, ich habe wirklich nichts gegen die 05er, aber euer Liedgut ist nicht gerade das einfallsreichste."

„Babbel di Babb", raunzte Bekker ihn an, obwohl er wusste, dass Neumann nicht völlig Unrecht hatte. So etwas Kultiges wie das Schlumpflied bräuchte es mal wieder. Aber das war natürlich leichter gesagt als getan. Immerhin gab es die legendäre „Humba", die von Mainz aus in die ganze Liga Einzug gehalten hatte.

„Mitsingen kannst du vergessen. Ich geh' mit, halt' meine Schnauze und fall' nicht auf. Das war es dann aber auch."

„Wir treffen uns zur Mittagszeit bei der Helga, trinken noch ein, zwei, drei Bierchen und nehmen dann den Bus am Höfchen. Einverstanden?"

„Amen, so sei es", gab Bekker zur Antwort, bestellte eine Runde *Mutters Bester*, stand auf und ging zur Toilette. Da hatte sich Norbert ja was Schönes ausgedacht. Natürlich fühlte es sich übel an, im Eintracht-Block stehen zu müssen, aber es würde zweifelsohne einiges zu lachen geben, wenn die Geschichte überstanden war. Bislang hatten die 05er in der Bundesliga ja noch kein Spiel zu Hause gegen die Eintracht verloren. Bloß nicht dieses Mal, wenn er in den Gästeblock musste, dachte der Kommissar, das wäre die Höchststrafe. Wenn es einen Gott gab, möge er ihn verschonen.

Bekkers Welt

Bekker strauchelte, als er vom Salmengäßchen kommend auf den Liebfrauenplatz wankte. Der Norbert hatte wirklich einen Dachschaden, aber vielleicht war es gar nicht so schlecht, das Spiel mal vom Gästeblock aus zu erleben. Viel gelacht hatten sie, meist über dieselben alten Witze und Anekdoten, die doch eigentlich jeder kannte.

„Rucke di gu, rucke di gu, Blut ist im Schuh", nuschelte der Kommissar und grinste. Gestern hatte er seine Enkelin Anne zu Besuch gehabt und mit ihr *Aschenputtel* geschaut. Sie hatte es schrecklich aufregend gefunden und sich für ihren nächsten Besuch bei ihm eine Wiederholung gewünscht. Natürlich würde er ihr diese Bitte erfüllen.

„Ruuucke di guu, en blutische Schuh", rief Bekker lachend. Im nächsten Moment stolperte er über einen aus dem Boden herausstehenden Pflasterstein. Die Tücken der Altstadt!

„Was soll denn der Scheiß?", brummte er und blieb stehen. Er besah die Stelle, wo sich der Stein seiner Meinung nach hätte befinden müssen, doch da war er nicht. Sobald dieses gefährliche Objekt aufgespürt war, würde er Meldung erstatten und die Stelle abflattern lassen.

„Gefährdung für Leib und Leben – eine Geeefährdung isses."
Er mühte sich auf den Boden und observierte ernst dreinblickend das steinige Feld um ihn herum. Doch wie nicht anders zu erwarten, war der vermeintliche Übeltäter nicht auszumachen. Also legte er den Kopf aufs Pflaster.

„Ich find' dich sowieso. Komm raus, Feigling!"
Plötzlich griff ihn jemand am Arm. Bekker drehte sich um und wollte schon lospoltern, doch dann erkannte er Neumann.

„Ei, Norbert, wo kommst du denn her? Wir hatten uns doch schon verabschiedet."

„Was machst du denn da, Schack?", fragte der in Cord gekleidete Tippkönig.

„Ich muss noch was in Ordnung bringen", lallte der Kommissar und deutete dabei schwungvoll, aber wenig koordiniert mit der Hand auf den Boden um sich herum, „und dann geh' ich heim ins Bett."

„Bist du hingefallen?"

„Nein, nein. Ich such' lediglich einen Übeltäter, also, sowas in der Art."

Er stockte kurz und schlug ungestüm die Hände zusammen. „Lass es einfach, Norbert."

Der schmunzelte.

„Ich mache doch gar nichts. Komm, Schack, ich helfe dir hoch."

„Das kannste natürlich machen, sollste aber nicht müssen. Na ja, auch egal. Aber der Platz gehört abgeflattert." Bekkers Arm malte einen imaginären Kreis in die Luft.

„War ich nicht vorhin der Letzte bei der Helga? Wo kommst du denn jetzt her?"

„Ich bin zum Rhein runter und habe mich noch ans Wasser gesetzt, um einen klaren Kopf zu bekommen."

„Also, 'nen klaren Kopf hast du doch, Norbert."

„Mag sein, aber manchmal sollte man Sachen mehrmals überdenken. Und wo kann man das besser als am Wasser?"

„Stimmt!", bemerkte der Kommissar resolut. „Der flach spielt, der hoch gewinnt."

„Du und deine Sprüche, Schack."

Bekker raffte sich auf und kam vom Boden hoch. Mit einer etwas schwungvollen Umarmung verabschiedete er sich von seinem Tippfreund.

„Dann mach's mal gut, Norbert."

„Du auch."

Neumann ging in Richtung Mailandsgasse davon. Bekker sah ihm nach, bis dieser das Gutenberg-Museum hinter sich gelassen hatte und aus seinem Blickfeld verschwunden war. Dann wankte er über den Domplatz und passierte die Nagelsäule, dieses ambivalente Wahrzeichen vaterländischer Gesinnung des 1. Weltkriegs. Am liebsten hätte er sich dort kurz auf die Stufen gesetzt, entschied sich aber, den Heimweg nicht unnötig zu verlängern.

„Die Schwerkraft des Alkohols...", brabbelte er. Für einen neutralen Beobachter musste es wie eine geheime Choreographie ausgesehen haben, so gekonnt wechselte er seinen Laufweg, um nur nicht von der sogenannten „Rentnerrinne" abzukommen. Unnötig zu erwähnen, wie lästig ein unebenes Pflaster ab einer gewissen Promillezahl sein konnte.

Neumann hatte damals vorgeschlagen, eine Bundesliga-Tipprunde einzuführen. Mittlerweile ging sie bereits in die dritte Saison. Seine langjährigen Freunde und Kollegen Erna Dunst und Werner Niesberg, der Rechtsmediziner Walter Kur, Marcello, Bekkers italienischer Freund, sein Gefährte aus Kindertagen, Leo Anrim, Helga, die Wirtin der *Kleinen Stadthalle* und ein paar Stammgäste machten mit, insgesamt waren sie zu zwölft. Getippt werden konnte jeweils bis zum Beginn der ersten Partie des Spieltags. Das wöchentliche Ranking, das auf einer Tafel neben der Theke vermerkt wurde, sorgte eigentlich immer für Gesprächsstoff.

Bekker hatte von Anfang an den Eindruck gehabt, dass Neumann den Nervenkitzel und die aufgeheizte Stimmung während der Spiele liebte. Was wusste er eigentlich sonst von ihm? Nicht sonderlich viel. Er kam aus Frankfurt, aufgewachsen in Sachsenhausen, wenn er sich recht entsann. Neumann war plötzlich da gewesen und gleich zu einem regelmäßigen Besucher der *Stadthalle* geworden. Er hatte Bekker erzählt, dass es ihn nach Mainz verschlagen hat, weil man hier in Ruhe leben könne.

„Ihr nehmt jeden so, wie er ist, solang' er sich nicht wie ein totaler Stinkstiefel verhält."

An diese Aussage konnte Bekker sich noch gut erinnern. Warum die Mainzer so gesellige Menschen waren, hatte vermutlich historische Gründe. Über Jahrhunderte war es keine Seltenheit gewesen, dass viele Bewohner hinter den schützenden Mauern der Stadt zu sechst, siebt oder gar zu acht in ziemlich kleinen Wohnungen zusammenlebten. Vermutlich jedoch eher hausten. War es da ein Wunder, dass man unter diesen Umständen in die Wirtshäuser und Weinstuben drängte und lieber außerhalb der eigenen vier Wände zusammensaß? So etwas musste sich im Laufe der Zeit auf die Mentalität auswirken.

Neumann hatte gelacht und seine These als gewagt, aber durchaus interessant bezeichnet. Ob er nicht ein bisschen viel Norbert Elias gelesen habe, hatte er ihn gefragt.

„Stimmt genau. *Über den Prozeß der Zivilisation*", hatte Bekker verblüfft geantwortet und gestaunt, dass Neumann Kenntnisse im Bereich von Sozialtheorien hatte.

Er drehte seine Zigarette zwischen Daumen und Ringfinger hin und her, nahm einen Zug und blies einen Rauchring in die Luft. Dann schickte er mehrere kleine Ringe hinterher, schnalzte zufrieden mit der Zunge und blickte in den klaren Himmel.

Bekker wollte doch noch nicht nach Hause. Leicht schwankend durchquerte er die Domstraße, die bei den Mainzern schon seit jeher das *kalte Loch* hieß. Dann setzte er sich noch einen Moment auf die Treppen zum Schwimmbad des Priesterseminars in der Grebenstraße. Dort hatte er als Kind seine ersten Schwimmabzeichen gemacht. Das Becken war ihm damals ungeheuer tief vorgekommen und das Wasser saukalt. Er fingerte eine weitere Zigarette aus der Schachtel, seine letzte für heute, sagte er sich, und zündete sie gedankenverloren an. Diese elenden Skandale um die Kirche. Er schüttelte den Kopf.

Die Situation mit Helene hatte sich schon nach der Geburt ihrer Tochter Klara verkompliziert. Als dann die Zwillinge Theo und Dominik geboren wurden, ein Unfall, den Bekker vor seinen Söhnen niemals zugeben würde, war die Ehe endgültig in die Brüche gegangen. Er hatte darauf bestanden, die Kinder erst einmal nicht taufen zu lassen, sie sollten zu einem späteren Zeitpunkt selbst entscheiden können. Einen Aufschrei der Entrüstung hatte es deswegen in der Familie Säumling gegeben, dem alten Mainzer Geld- und Fastnachtsadel. Was waren das für Diskussionen mit seiner Exfrau gewesen. Schließlich war er von seinem Schwiegervater, ein stadtbekannter Anwalt, zu einem persönlichen Gespräch in dessen Raucherzimmer gebeten worden. Die Sache verlief nicht sehr glücklich, die Situation eskalierte bereits während der ersten Zigarre und dem zweiten Glas Brandy. Bekker nannte seinen Schwiegervater einen größenwahnsinnigen und borniertern Arschkriecher. Vielleicht hätte er sich diese Formulierung sparen sollen, andererseits...

Türen waren geflogen und Drohungen ausgesprochen worden, die der alte Säumling, das musste man ihm lassen, auch in die Tat umgesetzt hatte. Dieses Sackgesicht hatte ihm beruflich und privat das Leben zu versauern versucht, das von diesem

Moment an keine geruhsame Flussreise mehr gewesen war, sondern eine aufreibende Wildwasserfahrt.

Es ging so weit, dass er nach dem Scheitern seiner Ehe nur noch per Anwalt mit Helene kommunizieren konnte. Ein teurer Spaß, den er sich natürlich leistete, denn es ging um seine Kinder. Immerhin gelang es seinem Schwiegervater nicht, ihn von diesen fernzuhalten, doch die Situation verlangte Bekker emotional viel ab. Wenigstens kann man gegen seine Falten anfressen, dachte er grinsend und ging weiter.

Letztendlich war er doch zum Hauptkommissar aufgestiegen und mit Klara und seinen Jungs konnte das Verhältnis heute kaum besser sein. Wenn er es recht überlegte, war er zufrieden, doch den *worst case,* wie es in *Murphy's Law* hieß, hatte er dennoch immer auf der Rechnung. „Fahr zur Hölle, Däumling", nuschelte Bekker.

Bekker passierte das Weinhaus Hottum, in dem er schon in seiner Kindheit mit seinen Eltern sonntags beim Frühschoppen gesessen hatte. Damals kannte man normalerweise den Wirt noch, eine zuverlässige Quelle für Neuigkeiten aus dem Viertel. Und es gab nicht an jeder Ecke Systemgastronomie.

Den Anfang machte damals der Wienerwald, schoss es ihm durch den Kopf. Wie hieß nochmal der Spruch? „Heute bleibt die Küche kalt, wir gehen in den Wienerwald" – ja, ja, die Werbung liebt den Reim und kloppt es uns hinein.

Er fiel aus der Zeit, das war Bekker bewusst. Seine Jungs amüsierten sich, wenn er aus deren Sicht blödsinnige Fragen zu WhatsApp, Instagram oder Twitter stellte. Er spielte das Spiel mit, ihre Zeit war angebrochen. Sie waren die Digital Natives, und er überließ ihnen das Feld. Er spürte, dass es ihnen guttat.

Bekker erreichte die Augustinerstraße. Was hatte sich die Altstadt seit Anfang der 70er Jahre verändert! Heruntergekommen war das Viertel gewesen, so gut wie nicht renoviert. In vielen Häusern waren die Toiletten noch auf der Treppe oder auf dem Flur gewesen, Zentralheizung und Bäder eine Seltenheit. Und doch hatte die Altstadt immer schon einen besonderen Charme gehabt, denn die Mainzer verliehen dem Viertel mit ihrer Lebensart und der Kneipenkultur eine besondere Originalität. Heinz Schenk, der alte Bembelschwenker, war ja auch im Kirschgarten aufgewachsen. All das war über die Jahre ein wenig verlorengegangen, denn viele Bewohner der Altstadt hatten im Zuge der Renovierungen ihre Wohnungen räumen müssen und waren in die Neustadt gezogen.

Allerdings hielt sich Bekkers Wehmut in Grenzen. Die Geschichten der Gassen würden auch diese Entwicklung überstehen. Er erinnerte sich dabei gerne an die Worte seines Freundes Niesberg, für den die aktuelle Situation nicht mehr als eine unbedeutende Momentaufnahme war: „Schack, die Gassen sind voll von Geschichten und Gefühlen, sie haben ein Eigenleben. Das kriegst du nicht kaputt."

Niesberg hatte die Angewohnheit, Dinge so lange zu wiederholen, bis sie irgendwann gar nicht mehr anders konnten, als wahr zu werden. Bekker musste schmunzeln.

Am Graben angelangt, sah er hinauf zur Zitadelle, von der aus die Römer mit der Besiedlung des Landstrichs begonnen hatten. Als er endlich den Hauseingang erreicht und den Schlüssel im Schloss hatte, mühte er sich die Treppe in den fünften Stock zu seiner Wohnung hinauf, wo er schwer atmend aufs Sofa fiel und gleich darauf einschlief.

Trautes Heim, Glück allein

Das folgende Wochenende verbrachte Bekker zwischen Bett, Balkon und Kühlschrank. Die letzte Woche hatte einiges an Energie gekostet und jetzt, da Erna zu ihrer Schwester nach Bonn gefahren war, wollte er die Zeit nutzen, um auszuruhen und etwas Kraft zu sammeln. Am kommenden Donnerstag erwartete er sie zurück. Schon jetzt war die Vorfreude groß.

Dass es zu einer Beziehung mit seiner Kollegin gekommen war, konnte er noch immer nicht recht glauben. Im Büro hielten sie die Sache geheim, lediglich Bekkers bester Freund Niesberg wusste davon, und das auch nur deshalb, weil er Erna und Schack während den Ermittlungen ihres letzten großen Falls zufällig sehr vertraut miteinander auf dem Kreuzfahrtschiff gesehen hatte. Es waren wunderbare Tage und wunderbare Nächte, der Kommissar genoss jede Minute mit ihr. Schon von Anfang an hatte es zwischen ihnen geknistert, aber die Tatsache, dass er um einiges älter und noch dazu ihr Vorgesetzter war, hatte eine Verbindung eigentlich ausgeschlossen. Dass ihre Beziehung während der Quarantäne auf einem Schiff begonnen hatte, zwischen Kotztüten und Kriminellen, verdeutlichte, wie außergewöhnlich sie war.

Bekker hatte sich einen Espresso gemacht und lag nun in eine Decke gehüllt auf seinem Liegestuhl auf dem Balkon. Es war nicht sonderlich warm, gute 15 Grad, doch die Sonne schien. Er war gerade eingenickt, als sein Handy klingelte. Erst spielte er mit dem Gedanken, nicht dranzugehen, dann rang er sich doch dazu durch.

„Ja?"

„Schack, wo bleibst du denn?", rief sein Freund Leo Anrim ins Telefon, „Die Bundesliga-Konferenz fängt gleich an, und wir sind ziemlich vollständig."

„Leo, ich liege auf dem Balkon und will heute mal nichts von euch wissen. Unser Spiel bei den Arsch-Bayern schenke ich mir. Da ärgere ich mich doch nur."

„So, der Herr Bekker genießt also die samstägliche Ruhe. Du weißt schon, dass du dich unbedingt zum Fußballschauen treffen wolltest und alle madig gemacht hast, die keine Lust hatten. Ich bin mal so frei und rate: Sonnenbrille, die alte Fleecejacke, Zigaretten und eine Kanne Espresso?"

„Yep, als ob du mich schon eine Zeit lang kennen würdest."

„Dann bleib halt, wo du bist. Wenn du irgendwas ohne Lust tust, bist du sowieso nicht zu ertragen."

„Vielleicht komm ich später vorbei."

„Du kommst nicht vorbei. Aber denk dran, wir sind nächsten Samstag auf meiner Terrasse verabredet."

„Das vergesse ich bestimmt nicht. Den Blick muss man sich ab und zu gönnen."

Anrim bewohnte ein komplettes Haus in der Uferstraße und der Blick von seiner Dachterrasse war überwältigend. Man sah über die Rheinauen hinweg bis in den Taunus. Dazu einen schönen Rotwein und ein Stück totes Fleisch, am liebsten Rind oder Lamm, von wegen vegan. Das waren Abende, die Bekker im Gedächtnis blieben. Er schloss die Augen und war im nächsten Moment eingeschlafen.

Dass an diesem Samstagnachmittag Norbert Neumanns letzter Besuch in der *Kleinen Stadthalle* stattfand, er wenige Tage danach als vermisst gemeldet werden und sich die Ereignisse in einer Weise überschlagen würden, wie Bekker es noch nie erlebt hatte, konnte der selig in seinem Stuhl dahindösende Kommissar nicht ahnen.

Vielleicht war es das Beste, dass man eben nicht immer wusste, was einem bevorstand. Sonst bliebe man womöglich am Morgen, ganz in Oblomows Manier, im Bett liegen und ließe die Dinge geschehen, die ohnehin nicht zu ändern waren.

Nächtliches Erwachen

Am frühen Donnerstagmorgen klingelte jemand Sturm und hörte nicht mehr auf. Bekker fuhr aus dem Schlaf hoch und gähnte. Halb vier, verriet ihm ein Blick auf seine Uhr. Halb vier? Der Kommissar kratzte sich am Kopf. Welcher Idiot stand mitten in der Nacht vor seiner Wohnung?

Er wartete ab und hoffte, dass sich jemand einen Scherz erlaubte, doch vergebens. Ohne Unterlass drang der schrille Ton zu ihm ins Schlafzimmer.

Schließlich stand er auf und quälte sich zur Sprechanlage im Flur.

„Ja?", krächzte er.

„Da bist du ja endlich. Werner, hier. Mach bitte die Tür auf, Schack."

„Sag mal, spinnst du eigentlich? Was ist denn los?"

„Mach auf", insistierte Niesberg, der ihn unter normalen Umständen nicht um diese Uhrzeit aus dem Bett geklingelt hätte, da war Bekker sich sicher. Das konnte wiederum nur bedeuten, dass etwas nicht stimmte.

Er drückte den Summer, öffnete die Wohnungstür und ging ins Bad, um zu pinkeln. Als er wieder in den Flur trat, stand sein Freund mit einem kleinen Rollkoffer und blauer Ikea-Tasche im Eingang.

„Du ziehst ein Gesicht, als wäre dir gerade Chefchen Meiner im Schlaf erschienen", bemerkte Bekker.

„Red' nicht so einen Quatsch, Schack."

„Die Gerda?"

„Ja", und nach einer kurzen Pause fügte Niesberg leise hinzu, „ich bin rausgeflogen."

„Ihr hattet doch erst Hochzeitstag und alles war prima, oder?"

„Wir waren gestern Abend im Frankfurter Hof und haben uns Caveman angesehen. Kennst du das Stück?"

„Da war ich mit der Erna drin. Wir haben uns herrlich amüsiert. Wie kann man denn danach Krach kriegen?"

„Wenn ich's wüsste, würd' ich nicht hier stehen."

„Stell' erst einmal die Sachen ab und komm in die Küche."

Niesberg ließ sein Gepäck fallen und folgte Bekker, der zwei Bierflaschen aus dem Kühlschrank holte. Er fragte gar nicht erst, ob Niesberg lieber Kaffee wollte, nahm einen Löffel aus dem Besteckkasten, öffnete die Flaschen und setzte sich zu seinem Freund an den Tisch. Sie prosteten sich zu und tranken eine Weile, ohne zu sprechen. Schließlich fragte Bekker: „Was ist schief gelaufen, Werner?"

Der leerte erst sein Bier, bevor er antwortete.

„Man kann gar nicht richtig sagen, wie die Scheiße anfängt. Ein Wort ergibt das nächste. Anfangs könntest du noch zurückrudern, das machst du aber nicht. Die Situation wiederholt sich zwei-, dreimal, du verpasst endgültig den Moment, die ganze Chose nimmt Fahrt auf, und – peng", Niesberg schlug die fleischigen Hände zusammen, „kommt's zum großen Knall."

„Wegen der Kinder?", riet Bekker.

„Es ist alles wie immer, Schack. Früher hab' ich angenommen, sie wären der Grund für unsere Streitereien, aber das kannst du knicken. Außerdem sind sie ja keine Kinder mehr, sondern junge Erwachsene. Nein, die Sache sitzt tiefer. Zwischen uns herrscht großes Unverständnis, nichts, was man einfach so wegdiskutieren kann. Gerda ist nur noch genervt und meckert dauernd an mir rum, sie hat ständig etwas auszusetzen. Ihr reicht es, und zwar endgültig. Als wir vorhin nach Hause kamen, hat jeder dem anderen all das, was er schon lange mal loswerden wollte, an den Kopf geknallt."

„Ihr habt die Täterää auf den Tisch und so weiter", ergänzte Bekker.

„Tacheles geredet, Schack", korrigierte ihn sein Freund.

„Jetzt schlaf dich erst mal aus und kipp' nicht gleich das Kind mit dem Bad aus." Aufmunternd klopfte er ihm auf die Schulter.

„Da sind wir schon drüber raus. Das Kind ist schon lange nicht mehr in der Wanne. Verdammt, Schack, das kann doch alles nicht wahr sein!"

Niesberg schlug mit der Faust auf den Tisch.

„Da muss man erst kurz vor der Rente stehen, um zu erkennen, dass man sich die ganzen Jahre was vorgemacht hat. Unsere Beziehung hat nie funktioniert, alles war eine einzige Mogelpackung." Er schüttelte den Kopf. „Ich nehme mir noch ein Bier. Willst du auch eins?"

Der Kommissar lehnte ab.

„Übertreib mal nicht. Ihr hattet auch richtig gute Zeiten."

„Es ist vorbei, Schack. Aus und vorbei."

Bekker überlegte, ob er aufstehen und ins Bett gehen sollte, denn er wusste, was gleich passieren würde: Niesberg würde sich weiter in die Situation hineinsteigern und die Welt als „verkackten Scheißhaufen" beschimpfen. Nein, er sollte das Gespräch jetzt abbrechen.

„Komm, wir legen uns hin. Du übernachtest in Klaras Zimmer. Da schläft nur ab und zu mal meine Nichte, die kleine Anne. Und morgen sieht die Welt schon wieder ganz anders aus", versuchte er ihn zu beschwichtigen.

„Lass mich mit diesen saudummen Beschönigungen in Ruhe, Schack. Die Situation ist nicht mehr zu retten."

Niesberg ging zum Kühlschrank. Den Kronkorken der Flasche flippte er ins Spülbecken.

„Wieso bist du so sicher, dass es keinen Weg zurück gibt?"

„Ich kenne Gerda, die Sache ist endgültig. Erklären kann ich dir das nicht."

„Zu sagen, du kennst Gerda, ist doch kein Argument."

„Du solltest mich so gut kennen, dass es dir als Begründung genügt."

Bekker stieß mit seinem Freund an und sah hinaus in den dunklen Himmel. Der Kommissar mochte den Blick über die Dächer der Stadt – nur das Treppensteigen bis in den fünften Stock wurde von Jahr zu Jahr beschwerlicher, und an einen Aufzug war nicht zu denken. Aus dem Augenwinkel sah er, dass Niesberg die Hände vor sein Gesicht gelegt hatte und leise vor sich hin fluchte. Nie hätte er sich träumen lassen, dass dieser einmal mit gepackten Sachen vor seiner Tür stehen würde. Man steckt eben nicht drin, dachte Bekker.

„Schack, wie wäre es denn, wenn ich die nächste Zeit hier bliebe?", nuschelte Niesberg.

„Du kannst heute hier schlafen, meinetwegen auch morgen und wenn es unbedingt sein muss, auch noch übermorgen. Kraft tanken für neue Taten, sozusagen."

„Ich habe gehofft, dass vielleicht längerfristig..." Weiter kam Niesberg nicht.

„Du hast was gehofft? Das kann doch nicht dein Ernst sein!", platzte Bekker dazwischen. Niesberg hatte doch nicht etwa vor, sich längerfristig bei ihm einzuquartieren? Eine Wohngemeinschaft, im zarten Alter von... oh nein, das war echt zu viel des Guten! Er gab vor, auf Toilette zu müssen. Im Flur drückte er die Stirn an die Wand und hätte am liebsten aus Leibeskräften „Nein, du verdammter Idiot!" geschrien. Wollte er ihre Freundschaft aufs Spiel setzen? Natürlich war der Gedanke überzogen, aber die Erfahrung lehrte, dass es oft Probleme gab, wenn man jemanden für längere Zeit bei sich wohnen ließ, ohne dessen häusliche Gewohnheiten zu kennen. Schlimmer war jedoch der Umstand, dass damit die Abende mit Erna nicht mehr in gewohnter Weise ablaufen konnten. Nackt durch die Wohnung laufen und auch andere nette Dinge wurden damit unmöglich.

Niesbergs Invasion in sein Zuhause kam ihm wie ein schlechter Traum vor. So gut, wie bis zu diesem Moment, war sein Leben schon seit Jahren nicht mehr verlaufen. Und jetzt saß mit seinem Freund eine personifizierte, unverrückbare Tatsache in der Küche. Oder die normative Kraft des Faktischen, wenn man es philosophisch betrachtete. Wie um alles in der Welt könnte er Niesbergs Bitte ablehnen und ihn vor die Tür setzen?

Der Kommissar ging in die Küche zurück, öffnete das Fenster und griff sich eine Gauloises aus der Schachtel. Die Nachtluft war kühl und trocken, tief sog er den Rauch der Zigarette ein. Die Wohnung war zweifellos groß genug, er hatte hier immerhin mit seiner Exfrau Helene und den drei Kindern gewohnt. Doch Niesbergs Präsenz bedeutete vor allem, dass er in seinen eigenen vier Wänden nicht mehr tun und lassen konnte, was er wollte.

Plötzlich stand Niesberg neben ihm: „Schack, ich habe nochmal nachgedacht. Dich zu fragen, war eine beschissene Idee. Vergiss es, ich möchte dich nicht in die Verlegenheit bringen."

Bekker hatte sich diesen Satz von seinem Freund erhofft, doch jetzt fühlte er sich gar nicht gut an. Er würde es bereuen, ihn wegzuschicken.

„Werner, du kannst fürs Erste deine Zelte hier aufschlagen."

„Bist du sicher?"

„Hast du denn Alternativen? Lass es uns eine Woche versuchen, dann sehen wir uns in die Augen und entscheiden. Einverstanden?"

„Ich verbiege mich, wie ich kann", antwortete Niesberg verlegen. Er wusste, dass Bekker zweifelte, und nicht ganz zu Unrecht, denn es erforderte einiges an sozialer Kompetenz, um in einer Wohngemeinschaft zu überleben.

Bekker musterte Niesberg.

„Das bekommen wir schon hin. Ich hole Block und Stift, um Küchen- und Klodienst einzuteilen. Außerdem muss festgelegt werden, wer an welchen Tagen was einkauft."

Niesberg sah Bekker mit großen Augen an.

„Schack, nichts für ungut, aber es ist halb fünf."

Der Kommissar zuckte mit den Achseln. Sein ernster Gesichtsausdruck signalisierte, dass er den Einwand seines Freundes nicht nachvollziehen konnte. Dann aber lachte er unvermittelt los.

„Ich wollte dein verdattertes Gesicht sehen, das hilft mir beim Einschlafen. So schlimm wird's nicht werden, Werner, aber ein paar Sachen müssen wir schon organisieren. Lass und jetzt Schluss machen, gleich klingelt wieder der Wecker."

Der Morgen danach

Als Bekker erwachte, fühlte er sich wie gerädert. Der Geruch von gebratenem Speck und Eiern drang zu ihm ins Schlafzimmer. War Erna etwa doch noch vorbeigekommen? Es wäre nicht das erste Mal, dass sie ihn morgens mit einem deftigen Frühstück überraschte, allerdings war sie sonst vorher immer zu ihm ins Bett gekommen. Er wollte nach ihr rufen, doch dann fiel ihm wieder ein, dass Niesberg ihn in der Nacht heimgesucht hatte.

Ein Blick auf die Uhr verriet ihm, dass es kurz vor acht war. Scheiße, gleich würde dieses nervige Geräusch einsetzen. Wenigstens eine Minute vor dem Weckerklingeln wach zu werden, um sich mit einem gekonnten Schlag auf das gute Stück diesen nervigen Alarm zu ersparen, gehörte zu seinem täglichen Sport.

Bekker verließ das Schlafzimmer, passierte die Küche, brummte „Morgen" und verschwand im Bad. Er stieg in die Duschkabine, drehte das Wasser auf und sah, wie jeden Morgen, an sich herunter. Er war korpulent, aber nicht dick, auf diese Unterscheidung legte er Wert, obwohl er es nie zugegeben hätte. Der Kommissar drehte das Wasser kälter, bis ihm die Luft wegblieb – so viel Abhärtung musste sein, wenn auch nicht zu lange. Während er sein Badetuch griff und sich abrubbelte, beschloss Bekker, dass es vollkommen ausreiche, wenn er gegen neun im Büro war. Glücklicherweise lag das Polizeirevier nicht weit entfernt und war bequem zu Fuß zu erreichen.

Die Tatsache, dass Niesberg in seiner Küche Kaffee kochte und dazu Eier briet, störte Bekker. Er empfand es als Belästigung, und das bereits am ersten gemeinsamen Morgen. Bravo! All diese negativen Empfindungen stiegen wieder in ihm auf. Er musste Niesberg klarmachen, dass er nicht länger als unbedingt nötig hier unterkommen konnte. Morgens brauchte er seine Ruhe und er wollte den Kühlschrank für sich alleine haben. Die Vorstellung, einzelne Fächer wie zu WG-Zeiten aufzuteilen, war ihm unerträglich.

Bekker feuerte das Handtuch auf den Boden und sah in den angelaufenen Spiegel über dem Waschbecken. Jetzt bloß nicht Fenster oder Tür öffnen, denn sobald der Dampf verschwunden war, würde es ihn wieder anstarren, sein müdes Gesicht, auf das er heute keine Lust hatte. Natürlich sah er fertig aus. Aber war das verwunderlich? Der jahrelange Kleinkrieg mit seiner Exfrau, der Streit um das Sorgerecht und den Unterhalt, dazu die berufliche Belastung und die abendlichen Sauftouren – all das hatte seinen Tribut gefordert.

Immerhin war er zu guter Letzt zum Hauptkommissar befördert worden. Eine besondere Genugtuung, wenn man bedachte, dass sein ehemaliger Schwiegervater gute Beziehungen zu Bekkers Vorgesetzten Dr. Meiner pflegte. Und Bekker war nicht gerade der klassische Vorzeigebeamte gewesen. Endlich schien er sein Gleichgewicht gefunden zu haben. Und ausgerechnet jetzt sollte er sich mit Niesberg, der gerade an seinem Herd stand, die Wohnung teilen? Bekker hätte am liebsten laut geflucht, aber er beherrschte sich. Die Angelegenheit musste auf der Stelle geregelt werden. Das ist dann bereits dein zweiter Anlauf, ging es ihm durch den Kopf. Er zog seinen abgetragenen, rot gepunkteten Bademantel an, von dem er sich einfach nicht trennen konnte, und ging in die Küche.

Niesberg saß am Tisch, hatte die Allgemeine vor sich liegen und schenkte sich gerade Kaffee ein. Bekker warf einen kontrollierenden Blick zum Herd, der entgegen seiner Erwartung sauber war. Auch sonst stand nichts herum.

„Willst du einen Kaffee?"

Bekker nickte, nahm eine Tasse von der Spüle und hielt sie seinem Kollegen hin. Dann setzte er sich auf seinen angestammten Platz und trank einen großen Schluck. Der Kaffee war gut, sehr gut sogar. Besser als wenn er ihn kochte, das musste er zugeben.

„Erzähl nochmal, was gestern Abend passiert ist", forderte er seinen Freund auf.

„Wenn ich das so einfach sagen könnte." Niesberg legte das Besteck zur Seite und hielt kurz inne, als wollte er seine Worte mit Bedacht wählen.

„Es ist ein bisschen so, als würde man nicht mehr dieselbe Sprache sprechen, und zwar von jetzt auf gleich. Das war ein ziemlicher Schock, kann ich dir sagen."

Bekker schwieg, denn alles, was er in diesem Moment hätte beisteuern können, waren hohle Phrasen oder Allgemeinplätze. Niesberg wirkte erschöpft und ausgezehrt. Ihm reinen Wein einzuschenken, war nicht in die Tat umzusetzen. Dennoch, zwei gestandene Männer in einer Wohngemeinschaft, das kam Bekker lächerlich vor.

„Schack? Woran denkst du?"

„Ich überlege, in welchem Zimmer ich dich einquartiere. Am besten wäre das ehemalige Kinderzimmer der Zwillinge. Bettzeug liegt im Schrank."

„Brauch ich nicht, hab' doch meinen Schlafsack."

„Das ist kein Zustand. Du musst das Bett nur beziehen."

Niesberg trank seinen Kaffee aus und stand auf.

„Danke, Schack. Iss doch den Rest der Eier. Ich habe extra mehr gemacht."

Er schob ihm die Pfanne hin, griff Teller und Besteck von der Abtropfvorrichtung und stellte alles auf den groben Holztisch, der schon seit Jahren in der Küche stand. Bekker wollte eigentlich nichts essen, aber das Angebot abzulehnen wäre ihm mies vorgekommen. Also nahm er sich Eier, Speck und eine Scheibe Schwarzbrot, während Niesberg die Küche verließ. Er schenkte sich nochmal Kaffee ein und widmete sich dann dem Frühstück. Vor der Arbeit Spiegeleier und Speck zu braten, rang ihm Respekt ab, dazu hätte er keinen Elan.

Im Bad wurde das Wasser in der Dusche aufgedreht. Bekker kannte seinen Freund nur zu gut: Natürlich würde er in den ersten Tagen alles vorbildlich erledigen, doch ob das von langer Dauer war, wagte er zu bezweifeln. Es half nichts, er musste einen Putzplan machen, sonst sah die Wohnung nach kürzester Zeit wie eine Schutthalde aus.

Die Dusche wurde abgedreht. Unweigerlich stellte sich Bekker die Frage, welches Handtuch sein Kollege gegriffen hatte; so durfte er gar nicht erst anfangen. Er schenkte sich den restlichen Kaffee nach und schaltete das Küchenradio ein, um die Geräusche aus dem Nebenraum zu übertönen. Ein Steely-Dan-Song lief, den er laut und falsch mitsummte, während er am Fenster stand und in den jungen Tag hinausschaute.

War diese Niesbergsche Heimsuchung eine Katastrophe oder doch nur der ganz normale Wahnsinn, der einen jederzeit und überall ereilen konnte? Die Antwort würde auf sich warten lassen. Für gewöhnlich verkroch sich der Kommissar abends an die Theke seiner Stammkneipe und blendete so die Störgeräusche des Tages aus. Oder er schaltete Türklingel und Telefone ab, legte sich in die Badewanne und hörte Bossa Nova. Manchmal auch Jazz. Er wollte aber nicht schon wieder damit anfangen, dass sein Freund ihm diese Art des Rückzugs erst einmal verhagelt hatte. Heute Abend würde er einen Abstecher in die *Stadthalle* machen, die nach Jahren in der Umbach endlich wieder in der Altstadt lag. Er war Helga über die Jahrzehnte treu geblieben, ihr selbst zumindest ein- bis zweimal die Woche bis zur Großen Bleiche gefolgt. Für Bekker ein großes Zugeständnis, denn er war träge und zufrieden mit dem, was ihm die Altstadt bot. Da brauchte es eigentlich keine Ausflüge in die Nähe des Bahnhofs.

Er ging zum Esstisch zurück und räumte alles in die Spüle. Für den Abwasch fühlte er sich heute irgendwie nicht zuständig. Im Bad musste Bekker feststellen, dass Niesberg nach dem Duschen nicht einmal das Fenster gekippt hatte. So ein Armleuchter, das muss ich ansprechen, dachte er und fühlte sich wie der letzte Spießer. Vielleicht schaffte er es ja auch, einfach nicht hinzusehen. Er musste mit jemandem reden, um sich abzulenken, also griff er zum Telefon und wählte Ernas Nummer im Büro.

„Hauptkommissarin Dunst am Apparat."

„Morgen, Ernie. Ich bin's, Schack. Wie war's denn bei deiner Schwester?"

„Sehr schön. Aber raus damit! Ich hör dir doch an, dass irgendetwas nicht stimmt."

„Wie? Was soll denn sein?"

Er fühlte sich ertappt. Sie konnte doch unmöglich am Klang seiner Stimme etwas erkannt haben. Hatte Niesberg sie schon eingeweiht? Das konnte er sich nicht vorstellen.

Erna lachte. Es klang wunderbar fröhlich, lebendig und einnehmend.

„Schack, du rufst nie an, bevor du zum Dienst kommst. Also, was ist los?"

Bekker zögerte. Eigentlich hatte er noch ein wenig mit dieser Hiobsbotschaft warten, einen guten Zeitpunkt wählen wollen, denn es betraf ja auch Erna. Aber dann warf er alle Vorsätze über Bord.

„Der Werner stand heute Nacht vor meiner Tür."

„Aha. Dann hat Gerda also Ernst gemacht."

„Sieht ganz so aus. Und deswegen..."

Sie unterbrach ihn: „... möchte er für eine Weile bei dir wohnen."

„Aber, woher...? Das kannst du doch gar nicht wissen!"

„Ach, Schack. Du klingst, als würde die Welt untergehen, da weiß ich gleich, was die Stunde geschlagen hat."

„Wie kann mich der Werner nur um so was bitten", maulte Bekker.

Seine Verzweiflung hatte etwas unglaublich Albernes, fand Erna. Es gab nur zwei Möglichkeiten: Ihm zuzustimmen, was zur Folge hätte, dass man die kommenden Tage sein Gejammer ertragen musste, oder ihn daran erinnern, was Niesberg schon alles für ihn auf sich genommen hatte. Und ihm dabei deutlich zu verstehen geben, wie er sich ihrer Meinung nach verhielt. Sie musste nicht überlegen, welches der einzig gangbare Weg war.

„Hast du dir mal überlegt, was der Werner schon alles für dich gemacht hat? Also, ohne dir zu nahe treten zu wollen, aber du stellst dich an wie ein kleinkarierter Spießer, Schack."

Stille am anderen Ende der Leitung, schließlich knackte es – Bekker hatte aufgelegt. Erna grinste und wusste, dass sie richtig reagiert hatte, und Schack wusste es auch. Die Hauptkommissarin ging ans Fenster und rauchte eine Zigarette. Die Vorstellung, wie diese beiden liebenswerten und beruflich höchst verlässlichen, aber privat unglaublich chaotischen Polizisten miteinander auskommen mussten, amüsierte sie. Schack würde seinem neuen Mitbewohner garantiert einen Plan vorlegen, der besagte, wer was und wann im Haushalt zu tun hatte. Dieses Unterfangen würde gnadenlos scheitern, selbst mit den besten Vorsätzen. Sie musste lachen.

Erna drückte die Kippe aus und schloss gerade das Fenster, als Kollege Dingmann den Kopf durch die Tür streckte und wissen wollte, ob Schack in der Nähe sei.

„Noch nicht da, ist aber auf dem Weg. Hast du was für ihn?"
„Ein Mann, den er kennen dürfte, wird vermisst."
„Woher?"
„Er geht in der *Kleinen Stadthalle* ein und aus."
„Gib mir bitte mal die Meldung, ich sehe mir das an."
Dingmann reichte ihr die Notiz und verabschiedete sich.

Norbert Neumann wurde vermisst? Auch sie kannte ihn. Merkwürdig, dass es keine Angaben zu seinem Wohnort gab. Er war seit einer knappen Woche nicht mehr aufgetaucht? Wer hatte sein angebliches Verschwinden gemeldet? Günter Stumpf. Das konnte nur Glatzen-Günter sein. Bestimmt ließ sich das recht schnell klären, wie in der überwiegenden Zahl der Fälle. Fünf Tage hatten noch nichts zu bedeuten, besagte die Erfahrung. Dennoch war es verwunderlich, dass ein Kneipenfreund diese Meldung gemacht hatte und nicht etwa ein Familienangehöriger. Sie würde das gleich mit Schack besprechen und der Sache nachgehen. Wo blieb er nur?

Nachdem sie die Umgebung kontrolliert hatten, zogen sich die beiden Männer noch einmal in den Wagen zurück. Sie wollten die Tiefe der Nacht abwarten. Es war halb drei morgens, der Gehweg menschenleer und so gut wie kein Fahrzeug mehr auf der Straße unterwegs – alles war wie ausgestorben.

Es würde kein leichtes Unterfangen werden, das zu finden, was ihnen der Chef aufgetragen hatte, doch sie hatten Erfahrung, waren geübt und verstanden ihren Job. Um drei Uhr drangen sie ins Erdgeschoss des Gebäudes ein, nur weitere zehn

Minuten später standen sie bereits in der exklusiven Maisonette-Wohnung.

Sie würden Chaos hinterlassen, um ihre Spuren so gut wie möglich zu verwischen. Also rissen sie alles aus den Kommoden und Kleiderschränken und leerten ganze Schubladen auf den Boden. Auch im Schreibtisch fanden sie nichts.

Nachdem sie den unteren Teil der Wohnung vollständig durchsucht hatten, gingen sie in die obere Etage. Ohne Erfolg! Auch hier keine Spur von dem, was sie hätten finden sollen. Um halb fünf schlichen sie schließlich auf die Loggia und rauchten wortlos. Der böige, in Momenten stürmische Wind blies ihnen die Köpfe frei. Sie würden den Auftrag schon erfüllen. Wenn nicht auf diese, dann eben auf eine andere Weise. „Auf jeden Topf passt ein Deckel", sagte einer der beiden Männer in eindringlichem Ton.

Vom Erdboden verschluckt

Bekker hatte Niesberg noch Haus- und Wohnungsschlüssel gegeben, dann war sein Kollege endlich gegangen. Klar, er mochte ihn, sie hatten ganze Nächte durchgezecht, aber der Gedanke, mit ihm die Wohnung zu teilen – daran konnte er sich bislang nicht gewöhnen. Auch wie das mit Erna gehen sollte, war ihm ein Rätsel. Die vielen kleinen Rituale mit ihr, die vertrauten Blicke, Berührungen und … na ja, auch das, was er mit ihr erlebte, das alles brauchte wirklich keinen Zaungast.

Er packte seine lederne Umhängetasche, kontrollierte, ob Herd und Kaffeemaschine abgeschaltet waren, und verließ die Wohnung. Bekker durchquerte die Jakobsbergstraße, kaufte sich bei der Bäckerei Vetter ein mit gekochtem Schinken und Käse belegtes Roggenbrötchen und lief die Altstadttangente entlang bis zu seiner Dienststelle. Erna war nicht im Raum, als er im ersten Stock ankam. An seinem Schreibtisch las er die Nachricht über den vermissten Norbert Neumann.

Neumann war mit Günter Stumpf, den der Kommissar auch aus der *Kleinen Stadthalle* kannte, am Montag verabredet gewesen. Spurlos verschwunden, schrieb er auf seine Schreibunterlage. Die Notiz bereitete ihm erst einmal keine Sorgen, allerdings war Glatzen-Günter alles andere als ein überfürsorglicher Typ. Er würde ihn fragen, warum er sich zu diesem Schritt entschlossen hatte. War er ihm nicht neulich in der *Stadthalle* begegnet? Bekker war sich nicht ganz sicher. Ein Umstand war nicht von der Hand zu weisen: Norbert Neumann war gewissenhaft und zuverlässig. Wenn er mit Günter einen Termin gehabt hatte, diesen ohne jede Erklärung platzen ließ und dann mehrere Tage nicht in seiner Stammkneipe auftauchte oder sich bei Stumpf meldete, war das jedenfalls sehr ungewöhnlich.

Er wollte zunächst bei Neumann vorbeigehen. Als er bei seinem Kollegen anrief, um die Adresse herauszufinden, erfuhr Bekker, dass dieser gar nicht in Mainz gemeldet und auch sonst keine Adresse bekannt war. Man hatte die Notiz erst einmal an ihn weitergeleitet, bevor man Nachforschungen anstellte, da Bekker den Vermissten schließlich kannte. Obwohl es definitiv zu früh für irgendwelche Annahmen war, gelang es dem Kommissar nicht, dieses unterschwellige Gefühl, dass etwas passiert war, vollends zu verdrängen. Er sah auf die Uhr – kurz nach halb elf – und wählte spontan die Nummer der *Kleinen Stadthalle*.

„Ja?", meldete sich Helga mit ihrer kratzigen Stimme.

„Schack hier. Na, bist du schon am Putzen?"

„Nein, ein großer Kaffee steht vor mir und ein Eierbrötchen lacht mich an", sagte sie irgendetwas kramend. „Ist was passiert, Schack?"

„Nein, es ist nichts passiert. Aber eine Frage hab' ich: War Norbert zufällig die letzten Tage mal da?"

Bekker konnte Helga vor sich sehen, wie sie die Augen zur Decke gerichtet einen Schluck Kaffee trank und nachdachte.

„Nee, Schack, der war nicht da. Und ja, ich bin ganz sicher", kam sie seiner Nachfrage zuvor.

„Ich komme später mal kurz vorbei."

„Irgendwas ist doch", hakte die Wirtin nach.

Als Bekker ihr von der Vermisstenanzeige erzählte, reagierte Helga irritiert.

„Komisch, ich hatte ihn gar nicht vermisst. Ich glaube, ich werde alt, Schack."

„Spinn' nicht rum, Helga. Bis später."

Er hatte nicht bemerkt, dass Erna zurück ins Zimmer gekommen war und das Ende des Gesprächs mitgehört hatte. Während sie zu ihm kam und ihn küsste, überlegte Bekker, was für ein Glück er doch hatte.

Erna war schlagfertig und ausgesprochen charmant und nicht nur deshalb eine Kollegin, um die er seit vielen Jahren von allen beneidet wurde. Er hatte sie nie von oben herab behandelt, sondern immer als ebenbürtig gesehen und sein Wissen mit ihr geteilt. Besonders ihr Mut und die Tatsache, dass sie niemandem in den Hintern kroch, imponierten ihm. Dass sie dabei mehr Benehmen hatte als er, war kein großes Kunststück. Wie es dazu kam, dass sie nach der Sache auf dem Flusskreuzfahrtschiff mittlerweile ein Paar waren, konnte sich Bekker gar nicht mehr so genau erklären. Zumal er nicht verstand, wie ausgerechnet eine Frau wie Erna, die noch dazu gute 15 Jahre jünger war und sehr gut aussah, seine ganzen Macken ertragen konnte.

„Guten Morgen, Schack. Erst Niesberg und jetzt auch noch der verschwundene Neumann. Das hat dir gerade noch gefehlt, oder?"

„Stimmt, ich kann mir wirklich Besseres vorstellen. Günter hat einen guten Riecher und wie du weißt, ist er nicht gerade übertrieben fürsorglich. Ich gehe am Mittag mal in der *Kleinen Stadthalle* vorbei und höre mich um. Mir will nicht in den Kopf, dass Norbert hier nicht gemeldet ist. Er muss doch eigentlich ganz in der Nähe wohnen, wenn er bis nachts in der Kneipe hockt. Dass er dann noch Auto fährt, kann ich mir nicht vorstellen."

„Und die Sache mit Werner?"

Bekker lächelte resigniert.

„Was hättest du denn an meiner Stelle getan?"

„Das habe ich dir doch schon am Telefon gesagt. Vielleicht funktioniert das ja besser als gedacht mit eurer WG, Schack.

Und irgendwie arrangieren wir uns schon damit. Wird ja nicht für immer sein."

„Du lieber Himmel!", rief Bekker aus und raufte sich die Haare, „Bloß das nicht."

Erna wechselte das Thema und kam noch einmal auf Neumann zu sprechen.

„Hast du eine Ahnung, wo er abgeblieben sein könnte?"

„Schwer zu sagen. Wenn man die Fakten betrachtet, ist es äußerst merkwürdig. Und dass er sich aus dem Staub gemacht hat, passt nicht zu ihm. Warum auch?"

„Oberste Priorität hat jetzt die Suche nach seinem Wohnort. So wie es aussieht, wohnt er weder in Mainz noch in der näheren Umgebung. Das haben die Kollegen bestimmt überprüft, bevor sie über eine Suchmeldung nachgedacht haben. Dann müssen wir ausschließen, dass er irgendwo im Krankenhaus liegt. Also Rettungsdienste und Notaufnahmen abfragen."

„Darum kümmere ich mich und spreche mit den Personen aus seinem Umfeld. Schon möglich, dass die Jungs aus der *Stadthalle* etwas wissen."

„Und wenn das alles nichts bringt, dann müssen wir eine Fahndung in Betracht ziehen. Vielleicht hat Helga seinen Wohnungsschlüssel? Deinen hat sie ja schließlich auch."

„Sie hat meinen Schlüssel nur, weil wir uns schon seit einer halben Ewigkeit kennen. Ich kann mir nicht vorstellen, dass er ihr seinen Schlüssel gegeben hat, wenn er sich noch nicht mal hier angemeldet hat. Das wäre ein bisschen viel Glück auf einmal, meinst du nicht?"

Erna zuckte mit den Schultern und bat ihn, schon mit den Telefonaten anzufangen, während sie noch in der Rechtsmedizin mit Walter etwas wegen der letzten Wasserleiche klärte. Der Rhein war selbst für geübte Schwimmer aufgrund der starken

Strömung und der daraus resultierenden Soge in hohem Maß lebensgefährlich, was allerdings hinreichend bekannt war. Jedes Jahr starben Menschen in den Fluten, weil sie entweder Strömung und Strudel unterschätzten oder, wie auch in diesem Fall, in Gefahr Geratene zu retten versuchten.

Walter Kur war der leitende Rechtsmediziner und seit Jahren mit Erna und Bekker gut befreundet. So gut, dass er fester Bestandteil der Weihnachtsfeier in der Mordkommission war. Maximilian Büben, Kurs Stellvertreter, und dem Leiter der Kriminaldirektion, Dr. Meiner, war das ein Dorn im Auge, doch niemand konnte etwas dagegen sagen oder tun.

Büben war für Bekker ein rotes Tuch, denn er verkörperte so ziemlich alles, was der Kommissar nicht leiden konnte: fehlenden Humor, den sprichwörtlichen Stock im Arsch und eine nicht zu unterschätzende Arroganz, die sich schon in seiner aufgesetzten Redeweise zeigte. Oder anders gesagt: Büben gehörte zu der Sorte Wiesbadener, dem ein waschechter Mainzer auf der Stelle Stadtverbot erteilen würde.

Von Alzey bis Rüsselsheim rief Bekker alle infrage kommenden Dienste und Krankenhäuser an, aber niemand hatte Norbert Neumann oder eine Person, die auf seine Beschreibung passte, aufgenommen oder transportiert. Als er auch das letzte Gespräch erfolglos beendet hatte, legte er frustriert auf und ging zur Toilette.

Auf dem Flur kam ihm Dr. Meiner entgegen, mit dem er seit Jahren im Clinch lag. Eine Besserung des Verhältnisses war nicht mehr zu erwarten. Der Leiter der Kriminaldirektion hatte seinem besten Mann über Jahre hinweg jeden erdenklichen Stein in den Weg gelegt. Dazu gehörte unter anderem, ihn nicht für die Beförderung zum Hauptkommissar vorzuschlagen. Es war sogar so weit gekommen, dass Erna vor ihm zur Hauptkommissarin ernannt wurde. Bekker hatte ihre Beförderung aufrichtig gefreut, aber eine gewisse Enttäuschung konnte er dennoch nicht ganz verhehlen. Allerdings war er nicht ganz unschuldig an dieser Situation, denn die Liste seiner Verfehlungen im Dienst und das wenig respektvolle Verhalten dem Chef gegenüber hatten ihr übriges getan. Letztlich war ihm die Ernennung jedoch nicht zu nehmen gewesen.

„Guten Morgen, Herr Hauptkommissar," begrüßte ihn sein Chef förmlich.

„Morgen, Doktor. Haben Sie gut geschlafen?"

Meiner konnte wie so häufig nicht einschätzen, ob Bekker etwas im Schilde führte.

„Wohin geht es denn?", versuchte sich Meiner nichts anmerken zu lassen.

„Klo, dann Brötchenpause und ein oder zwei schöne Bierchen bei dem Wetter."

„Wieder einmal zum Scherzen aufgelegt, der Herr Bekker", bemerkte der Chef der Kommissariate künstlich lachend.

„Nein, ganz und gar nicht! Brötchen und Bier, eine ur-deutsche Brotzeit. Bis zum Dienstschluss alkoholfrei, versteht sich."

Meiner schüttelte resigniert den Kopf. Bekker wusste genau, was gerade in ihm vorging. Er hielt ihn für einen ungehobelten Menschen, doch immerhin hatte er eine lange Liste beachtlicher Ermittlungsergebnisse vorzuweisen, sonst wäre er gewiss schon irgendwo ins Hinterland versetzt worden. Und das hätte er kaum verkraftet.

„Wohin sind Sie unterwegs?", fragte Bekker.

„Zu Ihrer Kollegin, Hauptkommissarin Dunst."

„Nicht da. Ist bei Professor Dr. Kur in der Rechtsmedizin."

Bekker, der Titel gerne ignorierte, verwendete den seines Freundes mit Vorliebe in Meiners Gegenwart, denn es kratzte an dessen Ego. Bekker wusste zwar um seinen kleinmütigen Humor, konnte es aber einfach nicht lassen.

„Da geht es um die Wasserleiche, Sie wissen schon. Was gibt es denn?"

Meiner zögerte, entschied sich aber, den Kommissar nicht einzuweihen. Bekker spürte, dass sein Vorgesetzter kein Vertrauen in ihn hatte.

„Ich komme später nochmal vorbei, wenn ihre Kollegin wieder am Platz ist. Noch einen angenehmen Arbeitstag, Herr Kommissar."

„Etwas Wichtiges?", hakte Bekker nach.

„Das kommt darauf an. Noch einen guten Tag."

„Der ist gut genug", nuschelte der Kommissar und war im nächsten Moment in die Toilette verschwunden.

Hatte die Information etwas mit Norbert Neumann zu tun? Wie hatte es dieser Arschkriecher Meiner nur so weit nach oben geschafft? Fett schwimmt eben oben, dachte er sich. Sein Chef vermied für gewöhnlich konkrete Aussagen. Entweder redete er um den heißen Brei herum oder er machte sich aus dem Staub, wenn man seinen Mann stehen musste. Diesem dummschwätzenden Bappsack gelang es fast immer, schwierige Situationen zu vermeiden. Eine Qualität, die man nicht unterschätzen durfte. Aber vielleicht gelingt es mir ja doch irgendwann, ihm einen reinzuwürgen.

Zurück im Zimmer, holte Bekker seine Jacke, nahm die Treppe nach unten und stand gleich darauf vor dem Polizeigebäude. Von dort gelangte er über den Bischofsplatz zum Leichhof und bog in die Augustinerstraße ein, als sein Handy klingelte.

Erna kam gerade aus der Rechtsmedizin und berichtete ihm über die letzten Erkenntnisse. Bekker erzählte in kurzen Worten von seinen erfolglosen Anrufen bei Notaufnahmen und Fahrdiensten. Außerdem warnte er Erna vor Dr. Meiner und sie verabredeten sich für den Nachmittag im Büro.

Die Sonne blitzte durch die Wolken hindurch. Bekker genoss die Wärme auf seinem Gesicht und fühlte sich großartig, während er auf direktem Weg zur *Salumeria Stella* ging, um sich ein Panino belegen zu lassen. Etwas Deftiges: Mortadella, Schinken oder Salami. Bekker rieb sich die Hände, der Gedanke beschwingte ihn. Er musste einen Moment warten, denn der kleine Feinkostladen war komplett voll. Mit seinem Imbiss setzte er sich schließlich auf die kleine Holzbank vor dem Laden und genoss die milden Temperaturen. Die wärmenden Sonnenstrahlen der letzten Oktobertage würden bald vorüber sein, die Feuchtigkeit stetig zunehmen und den Tagen schließlich ihre Helligkeit fehlen.

Bekker mochte vor allem die Wechseljahreszeiten, nur wochenlanger Regen und grauer Himmel schlugen ihm aufs Gemüt. Glücklicherweise war er nicht wetterfühlig und neigte auch nicht zu Depressionen wie sein Sohn Theo, der damit zu kämpfen hatte. Das sorgte ihn weit mehr, als er zuzugeben bereit war. Anfänglich hatte es ihn erstaunt, wie sehr ihm die Leiden der Kinder unter die Haut gingen. Er quälte sich regelrecht, was er vor seiner Vaterschaft als übertrieben abgetan hätte. Aber man musste irgendwann schweren Herzens lernen, dass es nicht möglich war, jeden Menschen, der einem etwas bedeutete, bewahren zu können. Vor was auch immer. Das klang zwar ein wenig nach Küchenphilosophie, war aber eine harte Erkenntnis mit weitreichenden Konsequenzen.

Bekker vertrieb die trüben Gedanken, holte sich abschließend noch einen Espresso und blätterte in einer liegengelassenen AZ. Normalerweise hätte er sie ja schon gelesen, wenn

Niesberg ihm in der Früh nicht zuvorgekommen wäre. Vor seinem geistigen Auge sah er dieses Elend einer gelesenen, zerfledderten Zeitung – used look sah schon bei Jeans beschissen aus, wie er fand. Er hasste es, wenn die einzelnen Teile wahllos ineinandergelegt waren und man sich nicht mehr zurechtfand. Seiner Aufgeschlossenheit für Unordnung waren hier Grenzen gesetzt. Er überflog zuerst den Lokalteil, dann den Sportteil und abschließend das Feuilleton, bevor er sich auf den Weg zur *Stadthalle* machte.

Zur Kleinen Stadthalle

Die Sonne verschwand mit einem Mal hinter Wolken, die aufgezogen waren, und es begann leicht zu nieseln, als Bekker sich dem Gutenberg-Museum näherte. Das Wetter der letzten Tage kann sich nicht recht entscheiden, dachte der Kommissar. Ein bisschen wie im April. Aber solange es nicht kalt und feucht wurde, störte ihn das nicht.

Bei dieser Neumann-Sache war es ähnlich: Alle fünf Minuten änderte sich seine Theorie. Das passierte ihm ausgesprochen selten. Aber die Geschichte fühlte sich einfach nicht gut an. Was, wenn Neumann tatsächlich etwas zugestoßen war? Oder er womöglich tot in seiner Wohnung lag, wo auch immer sich diese befinden mochte?

Im *TabaCasa*, das in seiner Jugend noch der *Zigarren Müller* gewesen war, kaufte Bekker eine Schachtel Blaue Gauloises. Dann passierte er den Liebfrauenplatz, lief durch das Salmengäßchen, das nach dem Krieg nur noch als Durchgang unter einem Haus existierte und bog in die Fischergasse, wo er an die alte Holztür der *Kleinen Stadthalle* klopfte. Kurz darauf wurde aufgeschlossen und Helga stand vor ihm: Kittelschürze, nach oben gebundene, wasserstoffblonde Haare und eine Zigarette im Mund. Obgleich er den Anblick kannte, musste er lachen: Sie sah aus wie eine der Hausfrauen aus den Monty-Python-Sketchen. Natürlich würde ihr das nichts sagen.

„Komm rein, Schack. Ich mach' erst in einer Viertelstunde auf. Magst du was trinken?"

„Ein Käffchen und Kranenwasser."

„Du bist also dienstlich hier."

„Mittags um kurz vor zwei schon", bemerkte er.

Bekker setzte sich an seinen Stammplatz am Tresen, der zweite Hocker links neben dem Durchgang, und beobachtete, wie sie mit schlafwandlerischer Präzision den Filterkaffee zubereitete, der es an Stärke fast mit einem Espresso aufnehmen konnte. Wenig später standen seine Tasse mit der Aufschrift *Bekker Mord* und ein großes Glas Wasser vor ihm.

Er sah sich um. Das Lokal versprühte altertümliches Flair. Helga hatte von einem Stammgast alte Wirtshausmöbel für kleines Geld bekommen, die dieser jahrelang in einer Scheune in Hechtsheim gelagert hatte. Schwere Holzbänke, dazu alte Wirtshausstühle und Tische, deren Platten sie hatte überarbeiten lassen. An den Wänden hingen Bilder und Fotos, die alte Stadtansichten und verstorbene Stammgäste zeigten. Einzelne Plätze waren mit messingfarbenen Schildern versehen worden, als Reminiszenz an besondere Charaktere, die bei Helga ein- und ausgegangen waren.

Die Wirtin klopfte mit ihrem Glas Ginger Ale auf die Theke, um Bekkers Aufmerksamkeit zu bekommen, und fragte, ob es um Norbert gehe. Der Kommissar nickte und führte aus: „Kannst du dir vorstellen, dass wir keine Adresse von ihm in Mainz und Umgebung finden können? Er muss doch hier ganz in der Nähe wohnen. Oder ist er etwa nachts noch ins Auto gestiegen und irgendwohin gefahren? Also, ich weiß nicht. Hast du eine Ahnung?"

„Ist er wirklich nicht hier gemeldet?"

„Nein, und auch nicht mit Zweitwohnsitz. Grundsätzlich wäre das kein größeres Problem. Aber wenn jemand spurlos verschwindet, dann ist das schon nicht ohne. Ich gehe davon aus, dass Günter ein paar der Jungs hier nach Norbert gefragt hat, bevor er sich an die Polizei wandte. Das überprüfen wir natürlich noch."

Nach einer Pause fügte Bekker sehr bedacht hinzu:

„Ich habe trotz allem den Eindruck, dass er hier ganz in der Nähe wohnt."

Helga sah Schack an und zog an ihrer Zigarette. Dann bekam ihr Gesichtsausdruck etwas Heroisches. Sie drehte sich um und nahm einen Schlüssel aus der Schublade hinter sich. Bekker spürte, dass er ziemlich blöd aus der Wäsche guckte.

„Das ist doch nicht etwa ... oder doch?"

„Ich habe ja auch deinen," grinste Helga.

„Ja gut, aber wir kennen uns auch schon eine Ewigkeit."

„Oh Schack, es gibt noch ein paar mehr Leute, die mir vertrauen. Der Norbert wohnt gleich hier am Brand. Ich kann dir den Eingang zeigen, nur die Hausnummern da oben kann ich mir nicht merken, das ist alles total verbaut."

„Warst du mal in seiner Wohnung?"

„Nee, wo denkst du hin? Für ihn hat es wohl Tradition, den Wohnungsschlüssel in seiner Stammkneipe zu hinterlegen. Das macht er schon immer, hat er mir gesagt, und so sollte es auch bleiben. Du weißt doch: Der Norbert ist ein feiner Kerl. Natürlich habe ich ihm den Gefallen getan."

Helga trank noch einen Schluck Ginger Ale und reichte Bekker den Schlüssel über den Tresen. Er sah gleich, dass es sich um ein teures Schließsystem handelte. Wer hatte Norbert Neumann diese Wohnung überlassen? Eigentlich nur ein guter Bekannter, ein Freund oder vielleicht jemand aus seiner Familie, vermutete er. Natürlich hatte Norbert einen Eintracht-Anhänger verwendet, was auch sonst, er war ja in der Nähe des Waldstadions aufgewachsen. Bis heute benutzte er den Namen jenes Bankhauses nicht, nach dem das Stadion nun benannt war.

„Hat er dir mal irgendetwas über die Wohnung erzählt? Jede Kleinigkeit könnte wichtig sein," wandte Bekker sich wieder an Helga.

„Nein. Mach nicht so ein Theater wegen der Geschichte, der wird schon wieder auftauchen. Das ist er bisher immer."

„Wie oft ist er denn in der Regel weggefahren?"

„Ein- oder zweimal im Monat, immer für ein paar Tage."

„Jetzt sind es fünf Tage, die er weg ist, und er hat dazu eine Verabredung nicht eingehalten. Du musst schon zugeben, dass das nicht ganz normal ist."

„Hoffentlich liegt er nicht tot in seiner Wohnung. Das wäre furchtbar."

„Hab' ich auch schon dran gedacht. Geh' mal nicht gleich vom Schlimmsten aus. Dank des Schlüssels werden wir das in Kürze wissen."

„Kennst du ihn denn besser?", erkundigte sich Helga und bedauerte, Neumann selbst nie gefragt zu haben. Aber es war nicht ihre Art, Leuten die Würmer aus der Nase zu ziehen.

Bekker stockte.

„Nein, kann ich nicht behaupten. Eigentlich weiß ich kaum etwas über Norbert."

Die Wirtin spürte, dass ihn dieser Umstand mehr traf, als er zugeben mochte.

„Norbert hat so gut wie nie über sich gesprochen."

Sie überlegte kurz, als erinnere sie sich an etwas, dann fuhr sie fort: „Bis auf ein einziges Mal. Da haben wir nach Feierabend da vorne am Fenster gesessen und über vergangene Zeiten geredet. Er ist ein ziemlich sentimentaler Typ."

„Das war mir nicht bewusst."

„Doch", bestand Helga auf ihrer Feststellung, „er kommt aus Frankfurt, dort hat er auch gearbeitet. Irgendwas Stressiges, es ging wohl um viel Geld."

„Aber nicht mehr in den letzten Jahren", mutmaßte Bekker, „allerdings sind die Wohnungen am Brand nicht gerade günstig."

„Man sieht den Leuten häufig gar nicht an, ob sie Geld haben oder nicht, Schack."

„Denkst du, Norbert hat Geld?"

„Würde ich schon sagen. Ich kann natürlich nur von dem ausgehen, was ich hier erlebe. Er macht nie einen Deckel, hat immer ordentlich Scheine in seinem Geldbeutel, gibt großzügig Trinkgeld und schmeißt ab und zu 'ne Runde."

„Stimmt, knauserig ist er wirklich nicht."

Nachdenklich wanderte Helgas Blick zur Decke.

„Norbert ist ein angenehmer Zeitgenosse. Er ist unauffällig, nett und passt einfach rein."

„Glaubst du, er hat uns was vorgemacht?"

„Möglicherweise."

„Daraus werde ich nicht schlau. Was kann das nur bedeuten?"

„Schwer zu sagen. Tatsache ist, er hat sich hier schnell integriert und ist bei eigentlich allen sehr beliebt. Dahinten am Tresen sitzt er immer", deutete Helga auf den letzten Stuhl an der Längsseite des Tresens.

„Weißt du, wie alt er ungefähr ist?", wollte Bekker wissen.

„Mein Jahrgang, 1945."

„Dein Jahrgang? Woher weißt du denn das?"

„Du kennst doch bestimmt diese Jahrgangs-Bücher, ich hatte in seiner Tasche mal den Band für das Jahr 1945 gesehen."

„Meinst du, er ist verheiratet?", überlegte Bekker

„Nicht dass ich wüsste, er trägt zumindest keinen Ring."

„Ob er Kinder hat?"
„Kann ich dir echt nicht sagen, Schack."
Bekker stand auf und streckte sich.
„Ich rufe Erna an, dann bringst du uns zur Wohnung."
Während die Wirtin nach hinten verschwand, vereinbarte Bekker mit seiner Kollegin, sich in einer Viertelstunde am Brand zu treffen.

Sie machten sich auf den kurzen Weg zu dem Geschäfts- und Wohnkomplex, wo Neumann wohnen sollte. Bis zum 2. Weltkrieg war es das am engsten bebaute Viertel der Stadt gewesen, mit Sträßchen, die nur wenige Meter breit waren. Ironie des Schicksals, dass ausgerechnet Feuer diesem Viertel den Garaus machte.

Als sie dort eintrafen, war Erna schon da. Helga zeigte ihnen den Hauseingang, wünschte noch viel Glück und ging in Richtung Markt davon.

„Sie hat tatsächlich Neumanns Schlüssel? Ich hatte das mehr gewünscht, als es für möglich gehalten", bemerkte die Kommissarin erstaunt.

„Irgendwie passt es doch zu ihrer mütterlichen Art. Was sind denn die Gäste in der *Stadthalle* anderes als ihre Familie?"

Sie schlossen die Eingangstür auf und gingen hinein. Auf dem obersten Klingelschild hatte kein Name gestanden und auch einer der Briefkästen war unbeschriftet. Sie nahmen den Aufzug ins oberste Stockwerk, wo sie zwei Eingänge fanden, einer wieder ohne Namensschild. Auch keine Fußmatte, registrierte Bekker. Die Tür war unversehrt, keine Spuren gewaltsamen Eindringens waren zu sehen. Sie klingelten mehrfach und warteten eine Weile, doch es schien niemand da zu sein.

„Komm, schließ auf", bemerkte Erna ungeduldig.

Sie zogen Handschuhe an, bevor der Kommissar die Tür öffnete. Sofort fiel ins Auge, dass sie zusätzlich verstärkt worden war. Ein kleiner Flur, von dem es geradeaus ins Wohnzimmer ging. Alles im Raum war in Weiß gehalten und spärlich möbliert. Ein kleiner Tisch mit zwei Designer-Stühlen, ein Lesesessel mit Lampe und daneben ein Hocker. Erna beugte sich herunter und betrachtete dessen Oberfläche.

„Da hat ein Laptop gestanden, vermutlich ein ziemlich schneller, denn den Abdrücken im Staub nach ist er nicht sonderlich groß. Ich tippe auf ein MacBook Pro, 13 Zoll."

„Wieso schnell und wieso ausgerechnet ein Mac?", wunderte sich Bekker.

„Norbert ist ein Mann. Wenn schon klein, dann aber super leistungsstark. Und so stylisch, wie diese Wohnung eingerichtet ist, kommt keine andere Marke infrage."

Bekker sah sie an, sagte aber nichts. Was Frauen über Männer dachten, dachte er bei sich. Waren wir tatsächlich so einfach gestrickt?

„Den Laptop hat Norbert vermutlich mitgenommen. Lass uns erst einmal das Appartement absuchen."

Dem Wohnzimmer schloss sich eine durch eine Halbwand abgetrennte Küchenzeile an, ebenfalls in Weiß.

„Alles ziemlich nobel hier drin", stellte Erna fest, „aber älteren Datums. Mit den aktuellen Trends hat das nichts zu tun. Die Mikrowelle, der Ofen und auch der Kühlschrank gehören nicht zur neuen Generation."

Bekker öffnete den Standkühlschrank. Darin befand sich ein Stück Parmesan. Nicht aus dem Supermarkt, sondern vom Wochenmarkt, wie Bekker am Einwickelpapier erkannte. Außerdem Joghurt, Milch, zwei verschrumpelte Paprika und Hähnchenschenkel, ebenfalls vom Markt. Anschließend warfen sie einen Blick in die Schubladen und Schränke. Es gab kaum Geschirr oder Küchengeräte. Sie waren sich einig, dass es Neumann finanziell nicht schlecht ging, dennoch gab es hier nur das Notwendigste.

„Die eigentlichen Fragen sind…", führte Bekker aus und Erna vollendete „… ob die Wohnung Neumanns Eigentum ist, warum kein Name an der Klingel steht, und ob er womöglich ganz anders heißt."

Genau das würden sie zuerst herausfinden müssen.

Bekker betrat das recht große Bad. Mit ein wenig Glück würden sie hier wichtige Hinweise über den Vermissten finden. Zwei kleine Handtücher hingen neben dem Waschbecken, ein Badetuch und ein Bademantel an einem Haken neben der Wanne. Alles in Weiß und bester Qualität. Das Bad machte den Eindruck, als würde es kaum benutzt werden. Der Spiegelschrank war blitzblank. Kein Wassertropfen oder Fleck war zu entdecken, alles schien makellos. Sie fanden Zahnbürste und Zahnpasta, einen elektrischen Rasierapparat und diverse Cremes, die Neumann jedoch in weiße Spender gefüllt hatte. Außerdem stand dort eine Schale mit drei Sorten nicht zu identifizierenden Tabletten.

„Schade, dass wir nicht mehr Fortune mit den Medikamenten haben", stellte der Kommissar ein wenig ernüchtert fest, denn für gewöhnlich gaben Arzneimittel deutliche Hinweise über den Menschen, der sie verwendete. Egal, ob es sich um Tabletten für Bluthochdruck, Schilddrüsenunterfunktion, Nahrungsergänzungsmittel oder ein Psychopharmakon handelte. Personen wurden dadurch greifbarer, besser einschätzbar, was sich meist im Verlauf der Ermittlungen bestätigte, wenn sich die unterschiedlichen Ergebnisse zu ergänzen begannen.

Erna deutete auf eines der Handtücher.

„Siehst du, was ich sehe, Schack?"

„Es wurde zwei-, dreimal benutzt, und das Badetuch ist noch völlig ungebraucht. Ich halte es für immer wahrscheinlicher, dass ihm etwas zugestoßen ist", murmelte Bekker und begann den Korb mit Schmutzwäsche neben dem Waschbecken durchzuwühlen, der zu einem Drittel gefüllt war.

„Nur Unterwäsche, Strümpfe und Hosen ... Moment!" Er griff etwas am Boden des Behälters und zog es heraus.

„Ein kleiner Stoffbeutel."

Er reichte ihn Erna, die den Knoten öffnete. Ein mehrfach gefaltetes Blatt kam zum Vorschein.

„Das sind irgendwelche Zahlen, Zeichen und einige Schlagworte." Sie zeigte sie ihrem Kollegen.

„Der Zettel hat für Norbert wahrscheinlich besonderen Wert. Wir müssen herausbekommen, worauf sich die Begriffe *System, Einsatz, Risiko, Geschwindigkeit* oder *Erlös* beziehen."

Erna steckte Beutel und Zettel ein und wechselte ins Schlafzimmer, während Bekker noch einen Moment zurückblieb und sich umsah. Wenn es ihnen gelang, in eine konkrete Richtung zu ermitteln, würden sich viele Dinge von alleine auflösen oder zumindest sehr viel besser einzuordnen sein.

Er dachte an Norbert Neumann und daran, dass er vermutlich anders hieß. Warum hatte er sich ein Alias gegeben?

„Neumann", sagte Bekker vor sich hin und wiederholte den Namen mehrere Male leise. Dann zog er den Namen auseinander.

„Neu – mann."

Der neue Mann? Konnte das sein? Ein sprechender Name, hatte er sich eine andere Identität zugelegt? Einiges sprach dafür, dass er sich neu erfunden hatte, aus welchem Grund auch immer. Der Kommissar fühlte sich wie ein Jäger, der Witterung aufnahm. Ob wenigstens Norbert sein richtiger Vorname ist? Er vermutete es.

Was um alles in der Welt hatte es mit diesem Menschen auf sich? Bekkers Gespür für Ungereimtheiten war gut entwickelt, und doch war dem Kommissar nichts aufgefallen. Überhaupt nichts. Vielleicht hatte ihm die Nähe zu Neumann den Blick verklärt. Bestimmt. Kopfschüttelnd verließ er das Bad, ging zu Erna, die sich immer noch im Schlafzimmer umsah, und berichtete ihr von seiner Überlegung.

„Das hört sich plausibel an. Ich frage mich allerdings auch, wieso mir bei Neumann nie etwas aufgefallen ist. Normalerweise habe ich ein ziemlich gutes Auge dafür."

Da seine Kollegin mit dem Nachtschränkchen beschäftigt war und sie annahm, im Raum fündig zu werden, nahm Bekker sich den Kleiderschrank vor. Er öffnete die Schiebetür des in die Wand eingelassenen Einbauschranks, dessen weiße Lackierung die kühle Eleganz der gesamten Einrichtung unterstrich.

„Norbert hat einen ziemlichen Tick mit seiner Farbauswahl. Hätte ich im Leben nicht vermutet", stellte Bekker fest.

„Farbe? Weiß ist keine Farbe. Und Schwarz übrigens auch nicht. Was mir aufgefallen ist: Diese Art von Boxspringbett gibt es noch nicht allzu lange auf dem deutschen Markt. Und es ist auch keines, das man für kleines Geld bekommt."

„Immer wieder erstaunlich, was du alles weißt. Heißt das, wir können herausfinden, wer das Bett geliefert hat?"

„Mit ein bisschen Glück. Ich werde der Sache nachgehen."

„Dann können wir uns jetzt wieder auf diese farblose Wohnung konzentrieren", frotzelte Bekker. „Im Schrank hängen nur Kleider, die man von ihm kennt." Er zog mehrere Holzfällerhemden und Jeans heraus.

„Das passt alles irgendwie nicht zu diesem Designer-Schnickschnack. Allerdings fehlt die Jacke, die er in letzter Zeit meistens getragen hat."

„Vielleicht haben sie die Motten gefressen", lachte Erna herzerfrischend.

„Ich wüsste nicht, wie eine Motte hier überleben sollte."

„Von Luft und Liebe."

„So etwas kann nur eine Frau sagen!"

Die fehlende Jacke deutete ihrer Meinung nach darauf hin, dass Neumann sein Appartement nicht überhastet, sondern geplant verlassen hatte und vermutlich weggefahren war.

„Was, wenn sein Umzug nach Mainz keine Flucht war, sondern er einfach nur sein altes Leben abgestreift hat? Jemand, der ausgestiegen ist und nichts mehr von seiner alten Existenz wissen wollte", überlegte Erna. „Einfach an anderer Stelle noch einmal neu anfangen. Das gibt es doch immer wieder."

Sie konnte recht haben. Ein Ausstieg ohne Rückfahrkarte war durchaus möglich. Aber warum war Neumann dann nach Mainz gekommen und nicht ans andere Ende der Republik gegangen oder gar ins Ausland? Spekulieren half nichts, sie brauchten Fakten.

„Wir müssen mit der Hausverwaltung Kontakt aufnehmen. Vielleicht erfahren wir dann Norberts richtigen Namen, oder wer die Person ist, die ihm die Wohnung zur Verfügung stellt. Da er hier nicht gemeldet ist, bezweifle ich, dass er sie mietet", stellte Bekker fest.

„Lass uns noch ein bisschen weitersuchen. Ich kann mir einfach nicht vorstellen, dass wir nichts finden, was uns dienlich ist. Anschließend setzen wir uns hin und machen einen Plan, wie wir weiter vorgehen."

Sie durchsuchten das Appartement weiter gründlich, doch es verriet leider so gut wie nichts über seinen Bewohner. Neumann war hier nicht zu greifen. Und wenn ihm im Zuge des Zeugenschutzprogramms eine neue Identität zugewiesen worden war?

Dagegen sprach jedoch, dass Mainz zu nahe an Frankfurt lag. Das herauszubekommen, würde zwar ausgesprochen schwierig werden, überlegte der Kommissar, aber nicht unmöglich. Doch diesen Weg würde er nur im äußersten Notfall gehen. Keine schlafenden Hunde wecken, dachte er. Denn wenn es ihm gelingen sollte, würden das auch andere Personen schaffen.

Plötzlich stand Erna neben ihm und hielt etwas in der Hand.

„Klär mich auf, Schatz."

„Ein schmales Album mit alten Fotos, das im Nachtschränkchen unter einer Zeitung lag. Auf den ersten Blick erkenne ich da niemanden."

„Das sollten wir uns in Ruhe ansehen. Unter was für einer Zeitung lag es denn?"

Erna griff die F.A.Z. vom Bett und gab sie ihm. Die Ausgabe war vom 16. Oktober und enthielt auf den ersten Blick keine besonderen Artikel.

„Warum hat er ausgerechnet die aufgehoben?"

„Keine Ahnung, da müssen wir uns wohl ein wenig mehr Zeit nehmen. Darin könnte sich ein Hinweis verstecken", vermutete Erna und fügte dann mit einem Blick auf das Zimmer hinzu, „Das dürfte nicht unser letzter Besuch hier gewesen sein. Sobald wir einen ersten Ansatzpunkt haben, werden sich die Indizien schon fügen. Sollten wir neben dem seltsamen Zettel, der Zeitung und dem Album nicht auch die Tabletten mitnehmen und untersuchen lassen?

„Gute Idee. Ich hole sie schnell, dann können wir los."

Dieses Appartement war so clean. Bekker konnte nicht nachvollziehen, dass Neumann hier über Jahre gewohnt haben sollte. Es wirkte wie ein Mausoleum, fand er.

Irgendwo hast du deinen Unterschlupf, Norbert. Erzähl mir doch nix, das da oben ist eine Maske vor der Maske, dachte er, während sie aus dem Aufzug ausstiegen und den Rückweg antraten. Von draußen schallte eine Arie aus *Der Rosenkavalier* herein. Der Tenor präsentierte während der warmen Monate beinahe täglich sein immer gleiches Programm in den Straßen von Mainz. Eigentlich viel zu gut, um mit dem Hut Geld zu sammeln. Aber es wird schon einen Grund geben, warum er ausgerechnet die Stadt als seine Bühne auserkoren hatte. Wenn Bekker allerdings nach einer durchzechten Nacht und mit dickem Schädel auf ihn traf, würde er ihm am liebsten sagen: Ich geb' dir 20 Euro, wenn du mit dem Geträller aufhörst!

Günter Stumpf

„Ich werde die Hausverwaltung anrufen, mich über die Wohnung erkundigen und anschließend die F.A.Z. durchforsten. Darin muss etwas zu finden sein", beschloss Erna.

„Alles klar. Ich gehe nochmal bei der Helga vorbei und unterhalte mich mit den frühen Vögelchen in der *Stadthalle*."

„Es ist wirklich nicht zu fassen, dass wir keinen Hinweis auf seine Identität in der Wohnung gefunden haben. Der kann doch nicht einfach alle Brücken hinter sich abgebrochen haben."

Sie überlegten nochmal kurz, ob das Zeugenschutzprogramm eine mögliche Erklärung war und entschieden, einen Bekannten beim BKA deswegen anzufragen.

Dann verabschiedeten sie sich und Erna ging zurück zur Polizeidienststelle.

Bekker wollte noch schnell im Café Dinges vorbeischauen, wo sein alter Kumpel Winfried wie jeden Tag draußen auf der Terrasse sitzen, sein Zigarettchen rauchen und Zeitung lesen würde. Er lief die Treppen zum Rebstockplatz hinunter und sah Winfried schon von Weitem in seinem eleganten Zwirn an einem der äußeren Tische sitzen. Wie immer las er zuerst die AZ und dann das Revolverblättchen, wie er die Bild-Zeitung nannte. Zigarettenqualm stieg hinter der Zeitung hervor. Winfried rauchte Davidoff Classic, und das in großen Mengen. Die eleganten Schachteln passten zu ihm, der meist in einem grauen Anzug und feinem Trenchcoat unterwegs war. Ob er sich damit ins Grab rauchte, interessierte ihn nicht. Er sei pensioniert, über 70. Da mache es nichts aus, ob man ein Jahr früher oder später abtrete. Bekker wusste, dass dies keine gespielte Furchtlosigkeit war. Dafür kannte er Winfried zu gut. Eine solche Haltung zu haben, wenn man dem Sensenmann schon einmal ins Auge geblickt hatte, überzeugte den Kommissar. Er näherte sich, griff seine Zigarettenschachtel und warf sie über die aufgeschlagene Zeitung hinweg.

„Schack, du Hutsimpel. Trinkst du einen Kaffee mit?", begrüßte sein Freund ihn.

„Guten, Winfried. Einen schnellen Espresso würde ich nehmen."

Dabei zog der Kommissar einen Stuhl heran und setzte sich. Sie hielten nur sporadisch Kontakt, aber mehr brauchte es auch nicht.

„Woran knabberst du zur Zeit?", wollte Winfried wissen, der schon immer spürte, wenn Bekker etwas beschäftigte.

„Kennst du Norbert Neumann?"

Winfried nahm die Zeitung herunter und sah Bekker erstaunt an, was nur bedeuten konnte, dass sich die beiden schon einmal begegnet sein mussten.

„Entfernt. Wir haben hier ein paar Mal zusammen am Tisch gesessen. Anfänglich war das reiner Zufall. Dann sind wir ins Gespräch gekommen. Warum?"

„Er ist seit ein paar Tagen verschwunden, obwohl er einen Termin mit Günter Stumpf hatte. Den müsstet du auch kennen."

Sein Espresso wurde an den Tisch gebracht.

„Mit dem hatte ich früher beruflich zu tun. Ist aber nicht mein Fall, der geht mir auf die Nerven mit seiner hektischen Art."

„Da hast du wohl recht", lachte Bekker, „aber nochmal zurück zu Neumann: Weißt du zufällig, wo er wohnt?"

Winfried schüttelte den Kopf und zuckte mit den Achseln.

„Muss hier ganz in der Nähe sein, denn er hat mal was in die

Wohnung bringen müssen und war zehn Minuten später schon wieder zurück."

„Und was war das?"

Winfried kannte die Berufskrankheit des Kommissars.

„Du und deine Neugier, Schack. Markteinkäufe, die in den Kühlschrank mussten."

„Hat er dir mal irgendwas über sich erzählt?", fragte Bekker und kippte seinen Espresso runter.

„Ich weiß, dass er aus Frankfurt kommt und dort gearbeitet hat. Er kennt sich ziemlich gut mit dem Finanzmarkt aus, auch wenn er meinte, damit nichts mehr zu tun zu haben. Außerdem fährt er wohl ab und zu noch hin, meistens, um sich die Eintracht anzusehen."

„Dass er Eintracht-Fan ist, weiß ich auch. Hat er mal irgendwas über seine Familie erzählt?"

Winfried überlegte.

„Er hat mal etwas in einem Nebensatz fallen lassen. Es könnte sein, dass er noch eine Schwester hat. Das aber ohne Gewähr."

Bekker nickte. Norbert schien mit wichtigen Dingen über sich selbst offensichtlich hinterm Berg zu halten.

„Denkst du, er hat noch Freunde oder ehemalige Kollegen in Frankfurt, die er besucht?"

„Ich würde es mal annehmen, wieso sollte er sonst immer dort hinfahren?"

„Stimmt, davon kann man ausgehen", murmelte Bekker und wechselte dann das Thema. Die beiden kamen auf die 05er zu sprechen und auf das in drei Wochen anstehende Spiel gegen die Eintracht, von dem die Frankfurter Fans nach wie vor behaupteten, es sei kein Derby. In jedem Fall war es weit spannender, als gegen irgendwelche Werks- oder Konzernteams anzutreten, wie Leverkusen oder Wolfsburg. Und früher oder später würde auch Leipzig hinzukommen. Sie stellten einvernehmlich fest, dass Geld in der Bundesliga so dominant geworden war, dass die Tabelle in schöner Regelmäßigkeit fast exakt mit den finanziellen Möglichkeiten der Vereine übereinstimmte. Natürlich gab es immer wieder mal einen Ausreißer, mal Freiburg, mal Augsburg oder eben die 05er, aber das war eine Seltenheit. Immerhin war es den Mainzern in den letzten Jahren mehrfach gelungen, die Ausnahme von der Regel zu sein.

Schließlich verabschiedete sich Bekker, lief die Mailandsgasse entlang bis zur Fischergasse und betrat kurz darauf zum zweiten Mal an diesem Tag die *Kleine Stadthalle*. Die Wirtin saß am Tresen und trank Kaffee. Helga kannte die ursprüngliche *Kleine Stadthalle*, die im 2. Weltkrieg zerstört worden war, nur aus Erzählungen, doch hatte sie für jedes ihrer Lokale diesen Namen gewählt. Er würde sie bei Gelegenheit fragen, warum. Als sie Schack sah, wollte sie sofort von ihm wissen, ob er Neues über Norbert herausgefunden hatte.

„Bisher nur Kleinigkeiten", antwortete der Kommissar knapp. „Es gibt so gut wie nichts, was ich dir erzählen kann. Wir wissen noch immer viel zu wenig über ihn."

Er machte eine lange Pause, bevor er weitersprach. Er würde ihr nicht sagen, dass Neumann wahrscheinlich nicht Neumann war.

„Weißt du, ob ihm die Wohnung gehörte?"

„Hm, direkt dazu hat er nie was gesagt. Aber ich glaube, er musste mal zu irgendeiner Versammlung wegen der Wohnung. Hab' ich zufällig aufgeschnappt."

„Zufällig aufgeschnappt?", wiederholte Bekker grinsend. „Und hast du vielleicht noch irgendetwas – aus Versehen natürlich – aufgeschnappt?"

„Das geschieht ganz automatisch, Schack. Da kann man gar nichts machen. Man sollte nie über persönliche Sachen in der Kneipe reden. Das kriegt immer jemand mit. Willst du auch etwas essen?", wechselte sie plötzlich das Thema, „Es gibt Linsensuppe mit Würstchen."

Helgas Art war es, gerade in schwierigen Momenten Essen als so etwas wie Lebenshilfe zu sehen.

Schack bejahte, denn er liebte Linsen in jeder erdenklichen Form, bevorzugt als Suppe. Erna hatte Anfang der Woche Linsen mit Spätzle und Fleischwurst gemacht und er hatte festgestellt, dass ihm diese schwäbische Spezialität weit besser schmeckte, als er vermutet hatte. Er erinnerte sich an ein Holztäfelchen aus einem Souvenirladen. Auf dem war zu lesen: *Spätzle und Linsen lassen's Arscherl grinsen.* Sei's drum!

Während die Wirtin in die Küche verschwand, zog Bekker sein Handy heraus und informierte Erna darüber, was Helga ihm gerade erzählt hatte und steckte es dann wieder weg. Er konnte es partout nicht leiden, wenn man während des Essens auf diese winzigen Hochleistungscomputer starrte, die im letzten Jahrzehnt das Leben und Miteinander der Menschen vollkommen verändert hatten. Einerseits schätzte er es, in einer Zeit zu leben, die eine solch grundlegende technische Neuerung hervorgebracht hatte, die ähnlich revolutionär war, wie die Erfindung des Buchdrucks mit beweglichen Lettern. Andererseits waren ihm die Digital Natives, zu denen auch seine Zwillingssöhne gehörten, tatsächlich ein Stück weit fremd, obwohl er sich, auch um den Anschluss nicht zu verlieren, bei sozialen Netzwerken und Ähnlichem einigermaßen auskannte. Tatsache war, dass die junge Generation einen völlig anderen Umgang miteinander pflegte. Dass man beispielsweise den Ort und Zeitpunkt eines Treffens bis kurz vor dem

Termin offen ließ oder einfach spontan absagte, war Bekker völlig fremd.

Helga kam mit zwei dampfenden Tellern Suppe aus der Küche, setzte sich neben ihn und begann zu essen.

„Mir hätte wirklich eine kleine Portion gereicht", bemerkte Bekker, als er den randvollen Teller sah.

„Iss was, Schack, du musst bei Kräften bleiben."

Sein Handy klingelte, und als er ranging, teilte Erna ihm mit, dass sie den Besitzer der Wohnung am Brand, ein gewisser Klaus Knechte, ausfindig gemacht hatte.

„Klaus Knechte? Seit wann gehört ihm denn die Wohnung?"

„Schon rund 20 Jahre."

„20 Jahre!"

Bekker pfiff durch die Zähne.

„Ist Knechte denn am Brand gemeldet?"

„Nein, er wohnt aktuell in Frankfurt. In der Sophienstraße, Stadtteil Bockenheim."

„Schönes Viertel. Liegt in der Nähe vom Palmengarten, wenn ich mich nicht täusche. Hast du noch irgendwas über diesen Typen rausfinden können?"

„Bisher Fehlanzeige."

„Telefon?"

„Fehlanzeige."

„Und wenn du es über das Einwohnermeldeamt versuchst?"

„Bin dran, Schack", reagierte Erna ein wenig genervt.

„Ich denke mal, dass Norbert mit Knechte persönlich bekannt oder befreundet ist. Deshalb musste er sich auch nicht anmelden."

„Das hört sich logisch an. Was mich nach wie vor beschäftigt: Wieso hat Neumann Helga seinen Wohnungsschlüssel gegeben? Einer Frau fällt doch sofort auf, dass in dieser Wohnung etwas nicht stimmt. Wenn er seine Identität geheim halten wollte, dann war das doch eine fragwürdige Entscheidung."

„Vielleicht kennt er sonst niemanden in der Stadt, dem er seinen Zweitschlüssel anvertrauen würde."

„Möglich. Ich sehe zu, was ich noch über Knechte erfahre. Komm einfach ins Büro, wenn du mit deiner – wie nennt man das am besten – Feldforschung fertig bist."

Bekker gefiel Ernas neckischer Ton. Ihre Beziehung war reif, aber nicht langweilig. Die Mischung erschien ihm nahezu perfekt. Dann sah er, dass sich die Tür öffnete und ein Mann eintrat. „Eben kommt Günter in die *Stadthalle*. Mal sehen, was er mir erzählen kann. Bis später."

Günter Stumpf grüßte Bekker und setzte sich auf den Barhocker neben ihm. Darauf hatte der Kommissar gewartet. Nur Stumpf würde ihn darüber aufklären können, mit wem er sonst noch über Neumanns Verschwinden gesprochen hatte und ob vielleicht jemandem etwas aufgefallen war. Dann würde er bei der entsprechenden Person noch einmal nachhaken können.

„Guten Appetit, Helga. Mach mir bitte ein kleines Bierchen, wenn du fertig bist", bat Stumpf die Wirtin.

„Mir auch", schloss sich Bekker an und kam dann gleich zur Sache:

„Warum hast du heute Morgen die Polizei über Norberts Verschwinden informiert?"

„Ich hatte schon gestern darüber nachgedacht, aber da kam ich mir lächerlich vor. Immerhin ist Norbert ein erwachsener Mann und ich wollte nicht übergriffig werden. Das kann ich auf den Tod nicht leiden. Aber nachdem ich gestern Mittag nochmal vergeblich bei ihm angerufen habe und mittlerweile fünf Tage vergangen waren, dachte ich: Jetzt solltest du doch was tun."

„Was hattet ihr denn vorgehabt?"

„Wir wollten zum Bau- und zum Getränkemarkt. Ich brauche einen neuen Schlagbohrer, da kennt er sich ganz gut aus. Außerdem wollte er irgendwas für seine Tür kaufen."

„Ein neues Schloss?"

„Ja, sowas in der Art. Er hat nichts Näheres dazu gesagt. Ich habe mit dem Wagen in der Rathausstraße gewartet, aber er ist einfach nicht aufgetaucht. Wir waren schon ein paar Mal zusammen etwas holen, da war er immer pünktlich. Du kennst ihn ja. Dass er sich dann überhaupt nicht meldet, fand ich merkwürdig."

„Das ist wirklich nicht seine Art. Und ihr seid immer mit deinem Wagen gefahren?", hakte Bekker nach, während Helga ihnen jeweils ein volles Bierglas hinstellte.

„Ich glaube, er hat keinen."

„Hast du gewusst, dass er am Brand wohnt? Ich war heute dort in seiner Wohnung."

„Nee."

Stumpf klang überrascht.

„Er war nicht da und es gibt bisher keinen Hinweis, wo er sein könnte. Ist dir bekannt, was er in seiner Freizeit so getrieben hat?"

„Er war ein netter Typ, aber rausgelassen über sich hat er so gut wie nichts. Ein bisschen Politik, Musik und vor allem Sport. Da kannte er sich richtig gut aus."

„So ähnlich hätte ich ihn auch beschrieben. Das ist natürlich nicht besonders viel. Hast du irgendjemanden nach ihm gefragt oder hat dich vielleicht jemand auf ihn angesprochen?"

Stumpf kratzte sich am Kinn, trank einen Schluck Bier und versuchte, sich zu erinnern.

„Den Stichling hab ich gefragt, aber der wusste nichts. Und angesprochen deswegen hat mich niemand."

Auf einem der Hocker links von ihm saß normalerweise Norbert Neumann. Bekker strich gedankenverloren mit der Hand über die Theke und versuchte sich zu erinnern, worüber sie sich bei ihrem letzten Gespräch unterhalten hatten. Er wusste es nicht mehr. Sie hatten oft und gerne über Fußball gefachsimpelt. Neumann frotzelte gerne über den verpassten Aufstieg der 05er 2003 trotz ihres 4-1-Siegs in Braunschweig, da die Eintracht 6-3 gegen Reutlingen gewann, obwohl es bis kurz vor Schluss der Partie noch 3-3 gestanden hatte. Schiedsrichter war damals Hartmut Strampe gewesen. Bis zum heutigen Tag zweifelte Bekker an einem regulären Ablauf des Spiels: In der 83. Minute fiel das 4-3 für die Eintracht, dann gab es die rote Karte für den Reutlinger Rehm in der 88. und schließlich die beiden Tore in der Nachspielzeit. Die Minuten, als das Spiel der 05er in Braunschweig bereits beendet war, und die Frankfurter in der gefühlt eine halbe Ewigkeit dauernden Nachspielzeit das Spiel noch zu ihren Gunsten drehten, waren ein einziger Albtraum gewesen. Natürlich war es nur Fußball, und doch hatte es sich angefühlt, als habe man ihm das Herz herausgerissen. Glücklicherweise gelang im Jahr darauf doch noch der Aufstieg. Ein Drama, wie es Hessen Kassel erlebt hatte, wurde vermieden und das Fußballmärchen Wirklichkeit. Heute konnte Bekker darüber lachen, doch letztlich war die extreme Leidensfähigkeit der Mannschaft wie auch der gesamten Stadt maßgeblich für die späteren Erfolge der 05er verantwortlich. Er erinnerte sich an die bewegende Rede vom Jürgen, montags, nach dem zweiten Nichtaufstieg in Folge. Der grandiose Aufruf, sich nicht und niemals unterkriegen zu lassen, aufzustehen und weiterzumachen. Der Glaube, das Glück zwingen zu können, auch wenn sich scheinbar alle Mächte gegen einen verschworen, war Grundlage dafür gewesen, was in den Jahren danach folgen sollte.

Im Gegenzug erinnerte der Kommissar seinen Kumpel Neumann an den 32. Spieltag der Saison 2010/11, als die Eintracht am Bruchweg mit einem satten 3-0 baden ging, am Ende sogar absteigen musste und die 05er in die Europa-League einzogen. Die Bezeichnung nervte ihn. Einfach unglaublich, dass man dem ehemaligen UEFA-Cup diesen bescheuerten Namen gegeben hatte, der wie ein Billigprodukt aus einem Discounter klang.

Bekker sah sich weiter in der nur aus einem Raum bestehenden Gaststube um. Rauchen war erlaubt. Natürlich hatte er Verständnis für die Nichtraucher und war insgeheim froh, dass seine Kinder nicht rauchten, aber sich vor die Kneipe stellen zu müssen, um ein Kippchen zu genießen, empfand er als Zumutung. Gemütlichkeit schlug für ihn in diesem Fall Gesundheit.

Bekker konzentrierte sich wieder auf den Fall. Wie war es Neumann nur gelungen, seine Identität so perfekt zu verschleiern? Dazu der in der *Stadthalle* hinterlegte Schlüssel … Es ergab einfach keinen Sinn. Der Mann, der sich Norbert Neumann nannte, hatte sein altes Leben wie ein Jackett abgelegt und ein neues übergestreift. Sie würden ihn finden, davon war der Kommissar überzeugt, aber eines schien jetzt schon klar: Sein Kneipenfreund hatte bestimmt nicht grundlos seine Spuren verwischt und das alte Leben aufgegeben.

Das Handy klingelte und riss ihn aus den Gedanken.

„Bekker, Mord."

„Ich bin's, Werner", antwortete Niesberg. „Soll ich uns heute Abend was kochen?"

„Wie, was kochen?"

Um ein Haar hätte er Niesberg gesagt, dass er nicht in die Baentschstraße kommen würde. Doch dann fiel ihm wieder ein, dass sein Freund gestern Nacht bei ihm eingezogen war.

Nein, bitte keinen gemeinsamen Abend vor dem Fernseher! Er machte einen Gegenvorschlag.

„Wir könnten ins Holztor gehen und ein Schnitzel mit Pommes und Salat essen. Ganz klassisch."

„Aber ich hab' schon eingekauft", maulte Niesberg.

„Nee, Werner, wirklich nicht. Mich heute Abend in die Bude zu hocken, wenn der Himmel klar ist und die Temperaturen angenehm. Dich haben sie wohl mit dem Hammer gepudert. Wenn du nicht raus willst, bleib' halt zu Hause."

„Na gut, dann lade ich eben ein paar Leute ein."

„Wie? Zu mir in die Wohnung?", platzte Bekker heraus.

„Stört dich das etwa?"

„Ach Quatsch, war nur ein blöder Spruch", musste Bekker einlenken, „Bis nachher."

Niesberg legte einfach auf. Seine Reaktion schien ihn getroffen zu haben. Dabei war er es gewesen, der in Bekkers Welt um Asyl gebeten hatte. Natürlich würde er ihn nicht im Stich lassen, aber verbiegen kam für ihn deshalb nicht infrage. Ein sehr schönes Schnitzelchen und ein Weizenbier, das lasse ich mir von nichts und niemandem heute Abend nehmen, dachte er.

Der Kommissar verabschiedete sich von Stumpf, zahlte und verließ die *Stadthalle*, die er wegen des geringen Lichteinfalls an schönen Tagen nur ungern vor Sonnenuntergang besuchte. Er schlug den direkten Weg zum Polizeirevier ein.

Ernas Recherche über Klaus Knechte hatte ergeben, dass dieser 1945 in Frankfurt geboren worden war. Gearbeitet hatte er als Broker an der Frankfurter Börse. Verheiratet von 1970 bis 1985 mit Evelyn Stucke, geboren in Mainz, verstorben 1985. Keine Kinder. Knechtes Frau stammte also aus Mainz. Das war möglicherweise ein erster Ansatzpunkt, um mehr über ihn und hoffentlich auch über Norbert Neumann zu erfahren. Gleich morgen früh würde sie sich von einer befreundeten Frankfurter Kollegin die Informationen des Einwohnermeldeamts besorgen lassen.

Die verwüstete Wohnung

Ein kühler Wind wehte von Westen her über den Domplatz. Bekker lief durch die Domgasse und dachte an die Don-Juan-Morde zurück – hier war der Durchbruch bei der Lösung des Rätsels gelungen. Er stoppte kurz und sah auf den älteren der beiden Türme des Ostchors zurück. Die Mainzer nannten diesen Turm den Eselsturm, weil von dort aus die Lasttiere das Material für den Bau des Doms in die Höhe transportiert hatten. Die Stufen waren entsprechend langgezogen und flach, damit Esel sie bewältigen konnten. Keines der Tiere hatte den Turm lebend verlassen, sie mussten ihre Arbeit verrichten, bis sie sprichwörtlich tot umfielen. Bekker bog in die Grebengasse ein, durchquerte das Hollagäßchen und erreichte kurz darauf sein Ziel. Auf dem Flur im ersten Stock lief Erna an ihm vorbei.

„Bin gleich wieder da, Schack. Ich glaube, wir haben eine Spur."

Im Dienstzimmer hängte Bekker seine Jacke auf, schenkte sich ein Glas Wasser ein und sah aus dem Fenster.

Wieso war Niesbergs Beziehung in die Brüche gegangen? Schwer nachzuvollziehen, dass auch sie sich trennten. Undenkbar noch für die Generation seiner Eltern. Man heiratete und ging mit seinem Partner durch dick und dünn. Sein Vater hatte sogar den Wunsch geäußert, die Ehe anlässlich der Goldenen Hochzeit zu erneuern, doch war er in diesem Punkt bei seiner Frau an die falsche geraten. „Ich hab einmal Ja gesagt und dabei bleibt es auch." Er hatte sowohl den sentimentalen Standpunkt seines Vaters als auch die Haltung seiner Mutter nachvollziehen können.

Dass Niesbergs Frau diesen Schritt gehen würde, hatte er nicht kommen sehen. Bekker war davon ausgegangen, dass gerade diese Ehe mit ihrem ewigen Auf und Ab Bestand haben würde.

„Ach Scheiße", grummelte er hörbar.

Übermorgen war er mit seinem Freund Leo Anrim verabredet, mit dem er während der Jugend viel erlebt hatte. Nachdem dieser Karriere als Goldschmied in New York und Paris gemacht hatte, lebte er mittlerweile wieder in Mainz. Regelmäßig saßen die beiden auf Leos Dachterrasse in der Uferstraße bei einem guten Glas Rotwein, blickten auf den Rhein und die dahinterliegende Uferlandschaft und tranken sich die Welt ein wenig stiller. Bekker hätte seinen Freund während des Falls mit den Fastnachtsmorden beinahe verloren, weil er ihn wegen der Beurteilung eines Ringes mit den Fakten des Falls vertraut gemacht und ihn dann nicht rechtzeitig aus der Schusslinie gebracht hatte. Glücklicherweise war Leo damals nicht seinen Verletzungen erlegen.

Als Erna das Dienstzimmer betrat, hatte sie dieses Funkeln in den Augen, was nur bedeuten konnte, dass sie etwas herausgefunden hatte. Sie kam dicht zu ihm, fasste zusammen, was sie Bekker bereits am Telefon erzählt hatte und fuhr dann fort: „Ja, und dann ist mir etwas Wichtiges aufgefallen. Ich zeig es dir."

Erna stand auf und holte die F.A.Z., die sie in Neumanns Wohnung gefunden hatten, an Bekkers Platz. Sie deutete auf einen Artikel aus dem Rhein-Main-Teil: *Wohnung in Bockenheim verwüstet.*

„Und jetzt rate mal, in welcher Straße die Wohnung liegt?"

„Keine Ahnung. Du wirst es mir bestimmt gleich sagen."

„In der Sophienstraße."

„Und was kann ich daraus lernen?", fragte Bekker charmant lächelnd. Sie sah ihn nur an und grinste über das ganze Gesicht. Der Kommissar ging die Fakten durch: Frankfurt, Neumann, Knechte... Knechte?

„Du willst mir doch nicht etwa sagen, dass das Knechtes Appartement..."

„Es sieht ganz so aus."

Erna hatte schon beim Lesen des Artikels das Gefühl gehabt, es könnte sich um Knechtes Wohnung handeln. Ein Anruf bei der zuständigen Polizeidienststelle bestätigte ihre Vermutung.

„Ausgezeichnet kombiniert! Ganz große Klasse, Frau Hauptkommissarin. Damit wissen wir auch, dass Knechte und Neumann eine enge Beziehung haben, sonst hätte er das wohl kaum aufbewahrt."

Bekker zog die Zeitung zu sich und las den Artikel:

In der Nacht von Montag auf Dienstag, den 15. Oktober, wurde in der Sophienstraße im Stadtteil Bockenheim eine Maisonette-Wohnung aufgebrochen und völlig zerstört. Der Eigentümer war zu diesem Zeitpunkt nicht in Frankfurt und konnte noch nicht erreicht werden.

Die Hintergründe der Tat sind unklar, der Vorfall ereignete sich in den frühen Morgenstunden. Auch was die Einbrecher gesucht haben, ist nicht bekannt, die Verwüstung lässt allerdings auf etwas Wertvolles schließen. Zeugen wollen zwei Männer beobachtet haben, die sich über längere Zeit in der Nähe des Tatorts aufhielten.

Für sachdienliche Hinweise wenden Sie sich bitte an Ihre örtliche Polizeidienststelle.

„Wir sollten schauen, ob sich etwas über die beiden im Netz findet", schlug Bekker vor, als er den Artikel fertig gelesen hatte.

Erna googelte Norbert Neumann, erst in Verbindung mit Mainz und dann mit Frankfurt. Aber über Bekkers Kneipenfreund war nichts zu finden. Das war auch kaum zu erwarten gewesen, wenn man davon ausging, dass es sich bei seinem Namen um ein Alias handelte.

Dann tippte Erna *Klaus Knechte* und *Frankfurt* ein: wieder kein Eintrag. Das irritierte sie.

„Ich hatte zumindest einen Hinweis über ihn erwartet. Und wenn es nur ein Vermerk bei Xing oder LinkedIn gewesen wäre."

Über den Großteil der Bevölkerung ließen sich wenigstens ein paar Grundinformationen im Netz finden, aber im Fall von Klaus Knechte hatten sie wohl kein Glück.

Schack unterbrach die Überlegungen seiner Kollegin: „Vielleicht sollte ich wegen des Einbruchs in der Sophienstraße mal den Kollegen Kronen von der Frankfurter Kripo anrufen. Da erfahren wir schneller etwas, der kleine Dienstweg…du weißt ja."

„Mach das, Schack. Wenn die Spur vielversprechend sein sollte, müssen wir da hinfahren."

„Das könnten wir ja mit einem Abstecher nach Sachsenhausen verbinden. Kronen ist bestimmt nicht abgeneigt."

„Was hältst du davon, auf dem Heimweg noch bei Ikea vorbeizufahren? Ich bräuchte ein paar Kleinigkeiten für die Wohnung."

Bekker stockte. An Ikea hatte er nicht gerade die besten Erinnerungen: quälend lange Einkäufe mit den Kindern und seiner Exfrau, nicht lieferbare Artikel, Schlangen an der Kasse, ewiges Warten in der Abholabteilung mit den quengelnden Kindern. Wenigstens gab es zur Entschädigung Kötbullar, den Hot Dog am Ausgang und die schwedischen Kekse nicht zu vergessen.

Ihm kam dieser TV-Spot mit den herabstürzenden Tannenbäumen in den Sinn; alle Jahre wieder fragte er sich, ob es diesen St.-Knut-Tag wirklich gab, oder ob er nur eine Erfindung der Werbung war.

„Na gut", lenkte er ein, „dann stärken wir uns vorher mit einem Sauergespritzen. Ebbelwoi ertrage ich nicht. Ich frag' mich immer, wie ein Mensch dazu kommt, Äpfel zu saufen, wenn es auch Trauben gibt."

Erna sah Bekker mit diesem verliebten Blick an, von dem der Kommissar nie wusste, wie er den verdient hatte. Er konnte nicht anders, als sie zu küssen und beugte sich zu ihr runter. Anschließend griff er den Telefonhörer, rief das Polizeipräsidium Frankfurt an und ließ sich mit dem Kollegen Stefan Kronen verbinden.

„Schack? Lange nichts von dir gehört. Alles in Ordnung?"

„Es geht um den Einbruch in die Maisonette-Wohnung in der Sophienstraße vor rund zehn Tagen. Der Besitzer ist ein gewisser Klaus Knechte. Er ist die einzige Verbindung zu einer Person, die hier in Mainz verschwunden ist."

„Wie lange denn schon verschwunden?"

„Erst ein paar Tage, aber die Umstände sind eigenartig. Ich kenne ihn ganz gut, ist einer aus unserer Bundesliga-Tipprunde."

„Und du willst jetzt ein bisschen mehr erfahren als das Übliche, Hintergründe und so weiter", vermutete Kronen und machte eine kurze Pause, die Bekker bestimmt nicht unterbrechen würde.

„Folgender Vorschlag: Ich mache mich bei den Kollegen schlau und morgen früh fahre ich da mal vorbei und sehe mich um. Ich muss eh nach Bockenheim."

„So viel Nächstenliebe bin ich gar nicht gewohnt von dir. Was willst du denn dafür haben?"

Bekker kannte seinen Kollegen. Er war ein erstklassiger Ermittler, mit allen Wassern gewaschen und hatte garantiert schon eine Idee.

„Wir sollten dringend mal wieder einen trinken gehen."

„Wenn ich nach Frankfurt komme, um mir die Wohnung anzusehen, könnten wir eine kleine Tour durch Sachsenhausen machen."

Stefan Kronen lachte lauthals.

„Wie, eine kleine Tour? Entweder wir gehen einen ziehen oder nicht."

„Na klar gehen wir einen ziehen. Auf meine Rechnung. Ich bringe Erna mit. Sieh du aber erst mal zu, dass du was rausbekommst. Meld' dich dann bitte auf meinem Handy!"

„Die gleiche Nummer wie auf dem Display?"

„Ja, aber lass es ein bisschen klingeln. Es dauert immer, bis ich das Wisch-Ding aus der Jacke gefischt habe."

„Dass du ein Smartphone hast, Schack, das grenzt ja fast an ein Wunder."

„Hättest du nicht gedacht, oder? Du siehst, selbst vor mir macht die Zeit nicht Halt.

„Sobald ich was weiß, melde ich mich."

Es war bereits halb sieben und so beschlossen sie, Feierabend zu machen und die Nachforschungen bis zum nächsten Morgen ruhen zu lassen. Erna hatte eine Verabredung und würde sich anschließend bei ihm melden. Bekker trat auf die Straße und lief entgegen seiner Gewohnheit die Weißliliengasse entlang in Richtung Römisches Theater. Er hatte keine Lust, durch die Altstadt zu gehen, denn ihm war nicht nach Geplauder zumute, was sich dort wohl kaum hätte vermeiden lassen. Er wollte aber auch nicht nach Hause, nicht einmal, um sich umzuziehen. Seine beinahe kindliche Vermeidungsstrategie, um Niesberg nicht zu begegnen, kam ihm lächerlich vor.

Zehn Minuten später hatte der Kommissar die Jakobsbergstraße erreicht. Von seinem Vorsatz, ein Schnitzel zu essen, rückte er ab und lief weiter zum Weinhaus Schreiner. Das traditionsreiche Haus war gut gefüllt, die Stimmung lebhaft, aber nicht ausufernd. Er hatte Glück, sein bevorzugter Tisch rechts neben dem Durchgang zum Hauptraum war frei.

Bekker bestellte Sülze mit Linsen und Bratkartoffeln und dazu einen trockenen Silvaner. Bereits das dritte Mal Linsen in dieser Woche, dachte er, das gibt ein super Konzert. Er trank einen ersten Schluck, den er besonders genoss, dann einen großen hinterher – ganz allmählich schien sich die Welt um ihn herum etwas langsamer zu drehen. Zwei Bekannte aus früheren Tagen betraten das Lokal und kamen an seinen Tisch, doch der Kommissar deutete an, ein wenig Ruhe zu brauchen. Das wurde glücklicherweise respektiert und nicht weiter hinterfragt. Schack war eben Schack, lustig und eigenwillig, schräg und unaufgeregt – ein guter Kerl, wenn man ihn nach seiner Fasson glücklich werden ließ. Oder in anderen Worten: ein Mainzer Holzkopp. Die Vorfreude auf das Essen besserte Bekkers Stimmung. Er hob sein Glas gegen das Licht, nickte und trank zufrieden.

Was hatte Neumann mit Knechte zu tun? Und was war das für eine Verbindung nach Frankfurt? Das galt es zu entschlüsseln. Bekker bestellte noch einen Silvaner und dazu ein Fläschchen Wasser. Er musste die Sache grundsätzlicher anpacken. Also, nochmal ganz von vorne, Schack, sagte er sich: Worin besteht der Unterschied zwischen Frankfurt und Mainz? Mainz hatte es nie geschafft, über seine mittelalterliche Bedeutung hinauszuwachsen. Bekker glaubte, dass es einfach nicht in der DNA dieses Menschenschlags lag, nach Höherem zu streben; man feierte sich lieber in einer gewissen Selbstvergessenheit.

Dabei gab es Zeugnisse für die besondere Bedeutung der Stadt: die siebte Stimme des Mainzer Bischofs bei der Kaiserwahl, der Dom mit seiner Besonderheit, eines der wenigen Gotteshäuser außerhalb des Vatikans zu sein, das den Altar im Westchor beherbergte, und natürlich Johannes Gensfleisch, genannt Gutenberg, der Erfinder des Buchdrucks mit beweglichen Lettern. Gutenberg war zum Mann des vergangenen Jahrtausends gewählt worden. Zudem hatte Mainz als erste Stadt auf deutschem Boden ein auf bürgerlich-demokratischen Grundsätzen beruhendes Staatswesen mit der sogenannten Mainzer Republik gegründet. Auch wenn diese nur von März bis Juli 1793 auf dem linksrheinischen Gebiet von Kurmainz existiert hatte.

Lag also in der selbstverliebten Genügsamkeit nicht der wesentliche Unterschied zu einer Stadt wie Frankfurt, die eine ganz andere Entwicklung genommen hatte? Das europäische Finanzzentrum deutete mit seiner Fülle an Hochhäusern schon optisch den Wunsch nach Größe an. Bekker erinnerte es an die Türme in San Gimignano, die den jeweiligen Status einer Familie innerhalb der Stadt demonstrierten. Dann gab es diesen riesigen Flughafen, der natürlich wertvolle Arbeitsplätze bedeutete, aber auf der Kehrseite vielen Menschen im Rhein-Main-Gebiet den Fluglärm als unerträgliche Belastung zumutete.

Keine Errungenschaft war ohne entsprechende Zeche, die dafür gezahlt werden muss, dachte Bekker und war ganz froh, mit der Mainzer Mentalität gesegnet zu sein. Seine Sympathie für Frankfurt hatte sich in der von Stepanovic trainierten Eintracht manifestiert. Am letzten Spieltag der Saison 1991/92 in Rostock wurde der Mannschaft ziemlich offensichtlich die Meisterschaft verwehrt. Schiedsrichter Alfons Berg hatte einen glasklaren Elfmeter an Weber nicht gepfiffen. Natürlich hing nicht alles an einer Szene, aber manchmal braucht man eben das, was einem zusteht. Diese Entscheidung war so haarsträubend gewesen, dass Bekker dem Schiedsrichter sofort Absicht unterstellte. Wie hatte Stepanovic in der Pressekonferenz nach dem Spiel so passend bemerkt: Lebbe geht weiter. In der Folge ging die Meisterschaft an den VfB Stuttgart, einen der Lieblingsclubs des Deutschen Fußball-Bundes, was sicherlich auch an Mayer-Vorfelder lag. Dieser „Affärenprofi", wie ihn das Magazin der Süddeutschen Zeitung einmal bezeichnet hatte, war lange Jahre Präsident des VfB gewesen und 2001 schließlich zum ersten Mann des DFB aufgestiegen.

Bekker genoss gedankenverloren das Brummeln der im Weinhaus Gestrandeten, ohne den Gesprächen zu folgen, schloss die Augen und rekapitulierte noch einmal die letzten Stunden. Er kam einfach nicht darüber hinweg, dass das Leben seines Freundes, wie er es kannte, offensichtlich auf Unwahrheiten basierte. Auf ihn hatte Norbert immer echt und ungekünstelt gewirkt, ein angenehmer Typ, mit dem man gerne bei einem Bierchen oder einem Sauergespritzten zusammensaß. Und nichts davon schien wahr zu sein.

Der Kommissar schüttelte den Kopf und musste aufstoßen; der schlechte Geschmack in seinem Mund passte zu seiner Gemütsverfassung. Warum traf ihn diese Geschichte so? Fühlte er sich hintergangen? Er beschloss, für den Moment nicht weiter darüber nachzudenken, denn diese Geschichte würde ihn ohnehin noch lang genug beschäftigen.

Sein Essen wurde serviert und beim Kauen konnte er endlich ein wenig abschalten. Als eine Freundin aus früheren Tagen zu ihm an den Tisch kam und ihn auf Niesberg ansprechen wollte, winkte er ab und bemerkte nur „heute nicht". Nach dem Essen trank er noch einen Espresso. Als Bekker das Weinhaus verließ, fühlte er sich wie wieder in die Welt geworfen. Er blickte in den wolkenverhangenen Himmel und spürte den leichten Regen. Minutenlang stand er da, ohne sich zu rühren, so als könnte das Wasser die Sorgen wegwaschen.

Erna müsste jeden Moment anrufen. Mal sehen, was sie für einen Vorschlag für heute Abend machte. Er würde einverstanden sein, egal, was sie vorhatte, denn er wollte die Nacht mit ihr verbringen, sich an sie schmiegen und ihren warmen, weichen Körper spüren. Bekker war jedes Mal überrascht, wie scharf ihn der Gedanke an sie machte. Die Nächte mit Erna waren intensiv und lustvoll, seine Wohnung war ihre gemeinsame Spielwiese – Niesberg in der Wohnung zu haben, war allerdings der Sexkiller schlechthin. Was blieb ihnen da jetzt anderes übrig, als zu Erna umzuziehen? Ihr Bett maß allerdings nur 1,20 Meter in der Breite und auch sonst waren sie dort nicht eingespielt. Wie hießen diese Dinger, die in aller Munde waren? Boxenziemer, Springbock oder so ähnlich. Erna hatte ihm ausführlich von den Vorteilen dieser neuen Betten erzählt, aber er hatte nicht richtig zugehört. Wenn sie das mitbekam, wäre sie bestimmt stinkig. Er würde den Namen im Netz suchen, und Niesberg musste einfach raus aus seiner Wohnung, dachte Bekker, wissend, dass dies vorerst nicht passieren würde. Er sah die Straße hinunter, wo es sich sein Kollege mit Freunden in seiner Wohnung gemütlich gemacht hatte.

„Fuck!", stieß er aus und musste grinsen, denn Flüche dieser Art bekam er sonst nur von den Zwillingen zu hören. Es findet sich immer eine Lösung. Nur nicht die Flinte ins Korn werfen, Schack.

Langsam ging er in Richtung Graben, der Dinge harrend, die da auf ihn zukommen würden.

Schack allein zu Haus

Bekker erreichte seine Wohnung und schloss die Tür auf. Das Licht im Flur war aus und es roch anders als sonst, nach einer fremden Person, wie der Kommissar fand.
„Hallo! Jemand da?"

Keine Antwort. Niesberg hatte wohl doch niemanden eingeladen und war weggegangen. Er warf seine Jacke auf den Stuhl neben dem Eingang, zog die Schuhe aus und ging ins Bad. Feuchtwarme Luft schlug ihm entgegen: schon wieder geduscht und nicht gelüftet. Er wollte sich nicht aufregen, doch das tat er bereits. Er ist dein Freund, verdammt. Bekker öffnete das Fenster und wollte noch einen Blick in das ehemalige Kinderzimmer werfen, in dem Niesberg einquartiert war. Er packte den Türgriff und lief fast dagegen ... Werner hatte abgeschlossen, und das in seiner Wohnung!

Der Kommissar schlug mit der Faust gegen die Tür und ging dann lauthals fluchend in die Küche. Dort sah er das ungewaschene Geschirr in der Spüle und mehrere leere Bierflaschen auf dem Tisch. Bekker riss auch hier das Fenster auf, brüllte „Scheiße" und musste im selben Moment darüber lachen, weil er sich künstlich aufregte. Er griff eine Zigarette aus der Schachtel in seiner Hosentasche, zündete sie an und nahm einen tiefen Zug.

Die gegenüberliegende Ignazkirche erstrahlte im abendlichen Licht der Scheinwerfer. Die Zigarette in seinen Fingern zu drehen, während er in die Nacht starrte, beruhigte ihn. Allmählich spürte er diese wohlige Ruhe, die kam, wenn der Tag vorüber war und alles vom einem abfiel.

Das Telefon klingelte. Bekker wollte erst nicht abnehmen, aber dann sah er, dass es seine Tochter war.

„Hallo Paps. Wie geht's dir?"

„So lala", antwortete er wahrheitsgemäß.

„Weil der Werner bei dir eingezogen ist, nehme ich an."

Woher wusste seine Tochter davon?

„Erna hat es mir erzählt", kam sie der Frage ihres Vaters zuvor, „Wir haben telefoniert."

„Das mit dem Werner wird schon, hoffe ich."

„Du machst mal wieder aus einer Mücke einen Elefanten. Da bist du Spezialist, Paps. Aber das ist doch bestimmt nicht alles, was dich bedrückt. Lass dir nicht alle Würmer aus der Nase ziehen."

Klara kannte ihn besser als jeder andere, ihr konnte und wollte er nichts vormachen.

Und so erzählte er seiner Tochter, was ihm auf dem Herzen lag.

„Oftmals ist es gar nicht so einfach, hinter die Maske deines Gegenübers zu schauen, vor allem, wenn derjenige es darauf anlegt, sich zu verstellen."

„Das mag ja alles stimmen, aber wir haben uns so oft unterhalten."

„Vielleicht hat er sich gar nicht so sehr verstellt, wie du annimmst, sondern dir einfach nur eine andere Seite von sich präsentiert," versuchte Klara ihren Vater zu trösten.

„Was bedeutet, dass er eigentlich nichts vortäuscht", folgerte Bekker. Die Überlegung Klaras war brillant, ihre Erklärung plausibel und stimmig. Seine Tochter!

„Kompliment", lobte er sie. Bekker hörte, wie die Eingangstür aufging. Niesberg schien nach Hause gekommen zu sein. Er verabschiedete sich von Klara und ging hinaus in den Flur, wo sein Freund gerade die Schuhe auszog.

„Na, Schack, wie war dein Tag?"

„Nicht besonders. Und deiner? Hast du schon mit Gerda über eure Situation gesprochen?"

„Nein, da gibt es nichts zu bereden. Die Sache ist durch."

„Was soll das denn heißen? Du spinnst wohl, einfach das Handtuch zu werfen. So geht das nicht," fuhr er seinen Freund an.

„Durch heißt durch heißt – hat sich tot gelaufen."

„Red' nicht so einen gequirlten Mist, Werner."

Niesberg wechselte das Thema.

„Sollen wir ein bisschen zusammen fernsehen?"

Bekker glaubte, sich verhört zu haben. Das lief alles in die völlig verkehrte Richtung. Schlug Werner ihm tatsächlich vor, gemeinsam vor der Glotze zu sitzen, Flaschenbier zu trinken und irgendeine Sendung – wenn es ganz dick kam, eine Talkshow mit Markus Lanz – zu schauen? Das konnte und wollte er sich nicht vorstellen! Abgesehen davon war er mit Erna verabredet. Sie würde sicherlich gleich anrufen, dann erledigte sich dieser Unsinn von selbst. Er musste klarstellen, dass es mit ihm keine gemeinsamen Männerabende auf der Couch geben würde. Wozu gab es Kneipen? Das hier war kein Beziehungsersatz!

„Nichts für ungut, Werner, aber sowas wie Kuschelcouch-Abende kannst du direkt vergessen."

Sein Freund sah ihn verblüfft an und versuchte zu begreifen, was Schack für ein Problem hatte.

„Ich wollte doch nur einen stressfreien Junggesellenabend vorschlagen."

„Du bist alles andere als ein Junggeselle", stellte Bekker sofort klar, „Hast du vergessen, dass du verheiratet bist?"

„Sag mal, was ist denn mit dir los?", wunderte sich Niesberg.

„Das war doch nur so dahingesagt. Ich habe nicht vergessen,

dass ich verheiratet bin, aber das kannst du ja mal meiner Frau sagen."

„Vielleicht sollte ich das wirklich. Wie stellst du dir eigentlich…", Bekkers Handy klingelte. Der Kommissar ließ Niesberg einfach stehen und ging in die Küche.

„Ja?", versuchte er erfreut zu klingen.

„Schlecht gelaunt, Herr Kommissar?"

Die Formulierung rang ihm ein Lächeln ab. Erna kannte ihn einfach zu gut.

„Jetzt schon nicht mehr. Gehen wir heute Abend zu dir?"

Erna zögerte, was nur bedeuten konnte, dass sie etwas anderes im Sinn hatte.

„Ich dachte, du würdest den Rest des Abends mit Werner verbringen wollen. Er hat bestimmt deinen Zuspruch nötig."

Er bemühte sich, unbekümmert zu klingen. „Ach, das kann ich mir nicht vorstellen. Was hältst du davon, wenn ich zu dir komme?"

„Oder ich bleibe heute mal allein bei mir und du kümmerst dich um deinen besten Freund. Macht es euch noch ein bisschen gemütlich, trinkt ein Bierchen und guckt einen Film", schlug sie ihm vor.

Das konnte doch einfach nicht wahr sein. Als hätten sich die beiden abgesprochen. War das so? Bekker fühlte sich auf eine nicht recht zu beschreibende Art hintergangen. Sein Plan würde nicht aufgehen, das Bett bei ihr war definitiv zu eng für zwei. Bestenfalls konnte er Erna dazu überreden, bei ihm zu übernachten. Aber dann hatte er Niesberg im Nachbarzimmer liegen. Also lieber auf die gemeinsame Nacht mit ihr verzichten.

„Wir brauchen ein größeres Bett", sagte er plötzlich. Mist, er hatte noch nicht nachgesehen, wie diese Dinger hießen, von denen Erna so schwärmte.

„Du meinst, *ich* brauche ein größeres Bett, um meinen kräftigen Geliebten beherbergen zu können."

„Ich bin nicht dick."

„Nein, Obelix, dick bist du nicht. Ich habe kräftig gesagt."

Er überhörte die spitze Bemerkung.

„Hast du schon eine Idee, wo wir dieses Bett finden könnten?"

„Wir wollten doch sowieso zu Ikea. Da gibt es die zu einem erschwinglichen Preis."

Er würde nicht umhinkommen, mit ihr demnächst zu den Schweden zu fahren. Wenn man es genau betrachtete, war dieser Einkaufsmarathon ja erst der Anfang der Tragödie. Möbel mit skandinavischen Namen, die man oft noch nicht mal richtig aussprechen konnte. Der anschließende Aufbau der Möbel toppte wirklich alles. Dieser ganze Do-it-yourself-Wahn war doch größtenteils eine Illusion, genauso wie der alte Mythos vom Feuer machen. Nicht umsonst hatte irgendein cleverer Mensch den Gasgrill erfunden; eine kurze Umdrehung an der Schraube und das Ding brutzelt ohne stundenlange Vorbereitungen los.

Bekker ging seine Optionen durch. Auch wenn ihn dieses Möbelhaus sicher Nerven kostete, war es trotz aller Hindernisse die beste Lösung, um der aktuellen Situation zu entkommen. Und nicht zu vergessen: Er liebte es, Zeit mit Erna zu verbringen.

„In Ordnung. Dann gehen wir auf dem Heimweg von Frankfurt dort ein Bett kaufen", tönte er, „Nur schade, dass dieser Abend gelaufen ist. Ich hätte wirklich gerne mit dir…"

Erna ließ sich nicht überreden, sondern beharrte darauf, dass er bei seinem Freund blieb. Bekker gab sich geschlagen. Ein deutliches Zeichen, wie viel sie ihm bedeutete.

Der Kommissar holte sich ein Bier aus dem Kühlschrank und trank einen Schluck. Dann ließ er Wasser ins Waschbecken laufen, um abzuspülen, schaltete das Radio ein und wechselte so lange den Sender, bis ihm ein Song gefiel. *She's Leaving Home* von den Beatles passte zu seiner Stimmung: Sich aus dem Staub machen, alles zurücklassen – das war ein verlockender Gedanke. Bei der Sendung handelte es sich um eine Hommage an das Sgt. Pepper-Album der Liverpooler. Sofort kam ihm die so oft gestellte Frage aus seiner Jugendzeit in den Sinn: Stones oder Beatles? Seit die Liverpooler nur noch Studioalben produziert hatten, gehörte ihnen Bekkers Gunst. Und danach war seine Antwort immer Led Zeppelin gewesen.

Zuerst spülte er Tassen und Teller, dann fischte er das eingeweichte Besteck aus dem Becken und legte alles auf das Abtropfgitter. Auch die leeren Bierflaschen sortierte er in den Kasten neben der Küchenzeile. Dann befreite er den Tisch von Krümeln und anderen Essensresten, setzte sich und genoss *A Day in the Life*, ein weiterer genialer Song, wie er fand. Der Sinn des Textes war nicht einfach in Worte zu fassen. Er empfand es wie eine Beschreibung des Unbeschreiblichen des Lebens. Wie viele Löcher es brauche, um die Royal Albert Hall zu füllen? Das hatte ihn schon beim ersten Hören verwundert und begeistert. Zuerst hatte er geglaubt, es nicht richtig verstanden zu haben. Die Absurdität dieser Frage amüsierte ihn. Niesberg steckte den Kopf durch die Tür und sah seinen Freund fragend an.

„Du bist ja noch da, Schack. Ich dachte, du haust ab?"

„Wie viele Löcher braucht es, Werner, wie viele?"

Der erkannte die Melodie und antwortete: „Die muss ich erst alle zählen, du Schiffschaukelbremser." Er kam in die Küche, holte sich ebenfalls ein Bier und setzte sich mit an den Tisch.

„Du hast ja abgespült. Das war eigentlich meine Aufgabe. Prost!"

Sie stießen an und tranken schweigend, während der Musikkritiker die Finessen des Meisterwerks darlegte.

„Du kannst sagen, was du willst. Es geht nichts über dieses Album", tönte Niesberg. „Aber über sowas kann man mit seinen Kindern nicht sprechen, die halten einen für…"

„… alt und uncool", vollendete Bekker. Beide nickten.

„Hätten wir jemals gedacht, dass man uns altbacken und spießig finden würde? Vieles habe ich erwartet, doch es kommt immer ganz anders, als man sich das in seinen kühnsten Träumen vorstellt."

„Das zeigt doch nur, wie sehr einen die Ideen und das Lebensgefühl der Jahre prägen, in denen man aufgewachsen ist. Man sollte halt nicht versuchen, die Bezugspunkte, die die eigene Sozialisation begleiten, den Kindern vermitteln zu wollen."

„Quatsch nicht so geschwollen, Schack. Das Leben ist viel einfacher. Von unseren Erlebnissen wollen die Kinder eben nichts wissen. Erfahrung kann man nicht vermitteln, die muss jeder selbst machen. Das ist schwer zu ertragen, aber nicht zu ändern."

„Wenn man dich so hört, könnte man annehmen, du wärst der perfekte Vater."

„Holzkopp", konterte Werner mit breitem Lächeln. Natürlich wussten sie beide, dass es kein Patentrezept gab.

„Wie läuft es denn mit dir und Erna?", wechselte Niesberg das Thema. Bekker zögerte kurz, auch wenn überhaupt kein Grund dazu bestand.

„Ich bin erstaunt, wie gut es hinhaut. Aber wir haben auch keine übermäßig hohen Erwartungen an diese Beziehung geknüpft. Das lag wohl vor allem an mir, denn ich bin nach meiner ruinierten Ehe ein gebranntes Kind."

„Ich finde, du bist eine ganz passable Partie", bemerkte Niesberg und lachte meckernd.

„Wer im Glashaus sitzt, sollte nicht mit Elefanten werfen oder so ähnlich, du Dummbeutel."

Sie blieben noch eine ganze Weile in der Küche und plauderten. Für Bekker fühlte es sich sehr vertraut und angenehm unkompliziert an, jeden weiteren Gedanken darüber verwarf er aber gleich wieder.

Eine Überraschung
der besonderen Art

Bekker ließ Niesberg den Vortritt beim Gang ins Bad, als sie beschlossen, den Tag zu beenden. Er holte sich ein Glas Wasser in der Küche und setzte sich noch kurz auf den Balkon. Es dauerte nicht lange, dann verabschiedete sich sein Freund für die Nacht. Aus dem geöffneten Fenster von Niesbergs Zimmer tönte leise Musik, die der Kommissar sofort erkannte: *Changes* von Bowie. Vermutlich hatte er diese Musik früher gemeinsam mit Gerda gehört. Am liebsten hätte er sie angerufen und es ihr erzählt. Das sollte er unbedingt tun. Er war wirklich nicht der Schnellste. Ihm wurde bewusst, wie wenig er eigentlich von Niesberg wusste, obwohl der Kommissar von sich behauptet hätte, ihn gut zu kennen. Wie also hätte er bei den Kneipengesprächen mit Neumann herausfinden sollen, dass dieser allem Anschein nach eine falsche Identität benutzte? Ein Ding der Unmöglichkeit, dachte er und merkte, wie das Gefühl der Unzulänglichkeit ein Stück weit von ihm abfiel.

Sofort kamen wieder die Fragen in ihm hoch: Wo war Norbert Neumann? Wie hieß er wirklich? War es ihm tatsächlich gelungen, seine wahre Identität so gut zu verbergen, dass sie nicht dahinterkommen konnten? Nein, das hielt der Kommissar für ausgeschlossen. Morgen, da war er sich sicher, würden sie rausfinden, wer Norbert Neumann wirklich war.

Bekker griff seine Zigaretten vom Küchentisch, stellte sich an die Balkonbrüstung und rauchte. Bislang hatten sie nur den handgeschriebenen Zettel mit den Zahlen und den nicht zuzuordnenden Begriffen sowie den Zeitungsartikel über die verwüstete Wohnung in Bockenheim. Die Wohnung oder eine Person, die mit der Wohnung in direkter Verbindung stand, musste etwas mit Neumann zu tun haben, sonst hätte er den Artikel nicht aufgehoben. Er musste nochmal alles ganz genau mit Erna durchgehen, überhaupt hätte er jetzt gerne mit ihr gesprochen. Sie hatte einen klaren, analytischen Blick und ließ sich nicht von Geringfügigkeiten ablenken.

Bekker drückte die nur halb gerauchte Zigarette aus und ließ die Kippe im Standaschenbecher verschwinden. Dann ging er ins Bad und machte sich fertig. Er war todmüde. Viel war passiert, viel zu viel. An allen Ecken und Enden brennt es, dachte er, schlug die Bettdecke auf und ließ sich ins Bett fallen.

Da spürte er einen warmen Körper, der sich an ihn schmiegte. Eine Hand wanderte über seinen Körper und machte erst Halt, als sie zwischen seinen Beinen angelangt war. Er traute sich kaum zu atmen, kam sich vor wie im Schlaraffenland. Erna! Wann hatte sie sich reingeschlichen und wieso hatten weder er noch Niesberg etwas davon bemerkt? Er konnte nicht lange darüber nachdenken, da drehte sie seinen Kopf zu sich und küsste ihn leidenschaftlich.

„Wir sind verrückt! Rammeln wie die Karnickel und das mit Publikum", flüsterte er.

Dann drehte er sie auf den Rücken und begann ihren Körper zu liebkosen. Sie begann stärker zu atmen, spürte seine Hände auf ihren Brüsten und genoss die zärtlichen Berührungen, die ihre Lust anstachelten. Er legte seinen Finger auf ihren Mund. Sie leckte ihn, doch Schack zog die Hand zurück und legte sie ihr erneut auf die Lippen. Offensichtlich hatte er ein Problem damit, dass Werner im Nachbarzimmer lag. Sie biss ihm in den Finger und stöhnte absichtlich lauter. Er stockte kurz, doch seine Lust war stärker als sein Verstand und schließlich pfiff er auf seinen Mitbewohner. Sollte er doch hören, was ihn nichts anging! Womöglich schlief er ja längst und dachte sich ohnehin nichts, da Erna ja offiziell gar nicht da war. Sie liebten sich bis in die frühen Morgenstunden.

„Werner sollte vielleicht doch einziehen", flüsterte Schack Erna ins Ohr, als sie eng aneinandergeschmiegt dem ersten Vogelzwitschern lauschten. Das ist keine Nachtigall, sondern eine Lerche, dachte er noch beim Wegdösen.

Sie erwachten erst um halb neun. Bekker küsste sie auf die Stirn und stand auf, um Kaffee zu machen. Er hatte schon den Türgriff in der Hand, als ihm auffiel, dass er vielleicht etwas anziehen sollte.

In der Küche roch es nach Kaffee, Niesberg schien wohl schon gefrühstückt zu haben. Bekker füllte seine Moka, um für Erna einen Milchkaffe und für sich einen Espresso zu machen. Dann ging er ins Bad, um sich Wasser ins Gesicht zu spritzen. Zu seiner Zufriedenheit hatte Niesberg dieses Mal das Fenster geöffnet. Er schien es wirklich ernst zu meinen. Duschen kam heute morgen nicht infrage, er liebte ihren Geruch an seinem Körper. Zurück in der Küche machte er Milch warm. Die dampfende und zischende Espressokanne signalisierte ihm, dass der Kaffee fertig war. Bekker goss ihn mit der Milch zusammen und gab noch einen Löffel braunen Zucker dazu. Gekonnt portionierte er seinen Espresso in eine kleine dickwandige Tasse und brachte alles ans Bett. Erna streckte sich, linste aus dem Kissen hervor und hob ihre Hände der Tasse entgegen, während sich Bekker auf die Bettkante setzte.

„Danke, mein süßer Kommissar. Ich glaube, heute kommen wir mal richtig schön zu spät", bemerkte sie und schlürfte an ihrem Milchkaffee.

„Das lässt sich nicht mehr verhindern. Glücklicherweise frisst Meiner dir aus der Hand."

„Aber nur solange er nicht weiß, dass wir die Nächte miteinander verbringen. Wenn er oder Maximilian das rausbekommen, ändert sich die Situation schlagartig."

„Was musstest du auch mit diesem Hänschen klein …"

Ein scharfes „Schack!" genügte, um Bekker daran zu erinnern, dass es ihn nichts anging. Auch wenn Erna Kurs Stellvertreter schon vor Jahren den Laufpass gegeben hatte, würde die Erkenntnis, dass sie nun mit ihm zusammen war, die heikle Situation nur zusätzlich befeuern. Büben war für ihn auch ohne diese frühere Liaison ein rotes Tuch, die beiden waren nie miteinander warm geworden. Der trockene und wenig spontane Rechtsmediziner war verbal gegen das Schlappmaul Bekker chancenlos. Doch hinter den Kulissen agierte er mit außerordentlichem Geschick und einer bemerkenswerten Hinterhältigkeit.

„Du hast ja recht. Aber der Tag wird kommen, da hau ich diesem albernen Worschtathleten die Batterie rund", brummte er.

„Mein ehrenwerter und sorgenvoller Beschützer. Dazu besteht überhaupt kein Anlass."

Sie kam vom Bett hoch und umarmte ihn sanft.

„Ich liebe dich!"

Bekker hob sie aus dem Bett und trug sie in die Küche. Scheiße nochmal, fühlte er sich gut. Das Risiko, sich einen Bandscheibenvorfall zuzuziehen, nahm er in Kauf. Man lebt nur einmal, Schack, sagte er sich und fühlte sich unerhört frei. Er war nicht so naiv, anzunehmen, dass er tatsächlich frei war. Er hatte Kinder und Enkel, für die er da sein wollte. Das galt auch für seine Freunde, aber die brauchten seine Hilfe nur in

Ausnahmefällen. So, wie aktuell Norbert Neumann. Mit jeder Stunde wuchs die Wahrscheinlichkeit, dass ihm etwas zugestoßen war.

„Was geht dir durch den Kopf, Schack?", wollte Erna wissen.

„Ich frage mich, ob Norbert unsere Hilfe braucht."

„Davon gehe ich aus, ja."

Die Hoffnung stirbt zuletzt, dachte Bekker. Der Beruf brachte es allerdings mit sich, immer das Schlimmste anzunehmen. War dies der aufreibendste Aspekt? Wohl schon, dachte er und küsste Erna unvermittelt.

„Komm, lass uns loslegen. Nicht dass wir am Ende zu langsam agiert haben."

Während Erna den Tisch deckte, wollte sie bereits die nächsten Arbeitsschritte planen. Bekker schlug ihr vor, sich um den Zettel zu kümmern. Erna war einverstanden, schnappte sich Bekkers Tablet und lud das Foto des Papiers, das sie aufgenommen hatte. Er war zweifach gefaltet worden und leicht zerknittert. Handelte es sich um Neumanns Handschrift?

„Ich müsste noch diese alte Teilnehmerliste unserer Tipprunde haben, auf der Norbert spaßeshalber eine Satzung notiert hat. Die müsste doch irgendwo sein…"

Bekker verließ die Küche und war wenig später mit dem Blatt zurück. Er legte es auf den Tisch und verglich die Schrift mit der auf dem Zettel.

„Kein Zweifel, seine Handschrift." Besonders auffällig waren die untereinander stehenden Schlagworte auf dem Zettel. „Norbert muss irgendwas gegliedert haben", überlegte der Kommissar laut.

„Erstaunlich, dass er dieses Gekritzel aufgehoben hat, findest du nicht auch? Auf den ersten Blick kann ich damit nichts anfangen."

Bekker griff seine Kanne und schenkte sich den Rest Espresso ein.

„Wenn wir rauskriegen, mit was er sich beschäftigt, wissen wir auch, was das hier zu bedeuten hat."

„Ist das vielleicht absichtlich so chaotisch und ungeordnet, damit man sich nicht damit beschäftigt?", warf Erna ein.

Er hielt es für denkbar, vor allem, wenn man in Betracht zog, wie ordentlich der Zettel mit den Teilnehmern der Tipprunde und den Statuten aussah: mit der Hand geschrieben, gerade Zeilen, ohne Streichungen und Korrekturen.

Bekker küsste sie wieder, dieses Mal stürmischer, womit er sich selbst überraschte. Jahrelang war diese Energie verschüttet gewesen unter den täglichen Problemen und Schwierigkeiten. Erna lachte und verließ die Küche, um sich fertigzumachen.

Er konnte sein Glück kaum fassen. Sie hatte die zahlreichen Dramen mit seiner Familie mitbekommen und ihm immer wieder ein offenes Ohr geliehen. Darüber waren sie so etwas wie beste Freunde geworden. Er räumte das Geschirr in die Spüle, ging anschließend ins Bad, wo sie gerade aus der Dusche stieg, reichte ihr ein Handtuch und wickelte sie darin ein.

„Oh, ein wahrer Gentleman. Dankeschön."

Für seine schnelle Katzenwäsche am Waschbecken drehte Bekker das kalte Wasser auf, bis es eiskalt war. Dann warf er es an seinen Oberkörper und japste, weil er kaum Luft bekam.

„Soooo kalt, stimmt's?", grinste Erna breit und deutete mit Daumen und Zeigerfinger an.

„Quatsch. Mir macht das nichts aus", log er.

„Wenn es dich nicht gäbe, müsste man dich erfinden, Schack. Das Schöne ist, du merkst noch nicht einmal, wie absonderlich du manchmal bist."

„Absonderlich? Das würde ich bestreiten."

„Nichts anderes habe ich von dir erwartet. Komm, wir müssen echt los."

Damit verschwand sie aus dem Bad.

Wo war er bloß? Sie hatten vergeblich versucht, ihn aufzuspüren. Wie vom Erdboden verschluckt! Ihr Auftrag lautete, ihn unter allen Umständen aufzuhalten. Nur wie? Das Telefon klingelte, ein alter Kompagnon meldete sich mit einem Tipp. Der Gesuchte hielt sich gerade im selben Wettbüro wie er auf. Wo genau? Ganz in der Nähe, nur eine halbe Stunde entfernt. Sie sprangen ins Auto und rasten durch die Nacht. Hoffentlich würden sie noch rechtzeitig eintreffen. Als sie parkten, trat der Gesuchte gerade auf die Straße hinaus. Er stellte den Kragen seiner Jacke auf, sah sich kurz um und ging im Schutz der Häuser davon.

Sie stiegen aus und folgten ihm in sicherer Entfernung. Allmählich beschleunigten sie ihr Tempo. Der Mann bog in eine Seitenstraße ab, doch sie waren bereits ganz dicht hinter ihm. Er musste sie bemerkt haben. Hastig zog er den Schlüssel aus der Jacke und stoppte an einem Hauseingang. Zu spät. Eine Waffe wurde gezückt und auf ihn gerichtet. „So sieht man sich wieder".

Der Tote

Im Erdgeschoss fiel Bekkers Blick auf die Briefkästen. Er hatte seit Tagen nicht nach der Post gesehen. Die alte Blechtür quietschte beim Öffnen, fünf Umschläge fielen ihm entgegen. Der Kommissar fluchte und hob sie vom Boden auf. Als er sich wieder mühsam aufgerichtet hatte und sich umdrehen wollte, zuckte er zusammen, denn die Frau des Hausmeisters Bäumler stand unmittelbar vor ihm.

„Verdammt nochmal", raunzte er sie an, um seinen Schrecken zu überspielen, „Haben Sie sie noch alle?"

Die Bäumlerin machte einen Schritt rückwärts.

„Also, Herr Bekker, jetzt regen Sie sich doch nicht so auf. Ich wollte, nein, mein Mann wollte...sie können das nicht machen."

„Ich kann was nicht, Frau Bäumler?"

„Also, das ist nicht rechtens", verteidigte sie sich, ohne dass er ihr widersprochen hätte. Natürlich war ihm klar, worauf sie hinauswollte.

„Sie haben da einen anderen Mann in der Wohnung."

„Nur zu Besuch. Und wenn ich mich nicht täusche, leben wir nicht mehr in der Nachkriegszeit, auch wenn Ihre Kittelschürze das nahelegt."

„Was hat denn meine Schürze damit zu tun?", fragte die Bäumlerin irritiert und runzelte die Stirn.

„Nichts, Frau Bäumler, gar nichts. Also, Sie stört der Kollege Niesberg?"

„Sie können doch nicht einfach Leute ins Haus holen wie Sie wollen. Haben Sie womöglich was mit...also, Sie wissen schon."

„Ich hab' mich wohl verhört", regte sich Bekker auf. „Er ist für ein paar Tage bei mir zu Besuch. Und mal abgesehen davon, was geht Sie das überhaupt an?"

„Sie sind immer noch Mieter in diesem Haus, und mein Mann und ich müssen für Ordnung sorgen."

„Für Recht und Ordnung, Frau Bäumler."

„Machen Sie sich ruhig lustig über mich. Sie haben ja keine Ahnung, wie schnell alles außer Rand und Band geraten kann."

„Revolution, die Langhaarische kommen! Vorsichtig, der Russ' steht vor der Tür!"

Sie ließ nicht locker. „Mein Mann hat gesagt..."

Bekker schnitt ihr das Wort ab: „Schicken Sie ihn zu mir, dann kläre ich das mit ihm."

„Ich habe zufällig mitbekommen, dass dieser Herr Niesberg zu Hause nicht mehr erwünscht ist. Und jetzt ist er hier untergekommen. Muss ich noch mehr sagen?"

Noch einen Ton, dann dreh' ich ihr den Hals um, dachte sich Bekker. Dass sie und ihr Mann anfingen, verrückt zu spielen, fehlte gerade noch. Immer freundlich, beinahe devot waren die beiden, bis man gegen irgendeine ihrer goldenen Regeln verstieß. Dann war ganz schnell der Ofen aus, und man war der Unruhestifter und Buhmann. Verdammt, die Jahre der Proteste und der Auflehnung hatten nichts geändert. Tief drinnen im deutschen Wesen herrschte immer noch die gleiche Haltung. Der Kommissar dachte an seine Kinder. Viele ihrer Freunde hatten Migrationshintergrund, der eine sehr willkommene kulturelle Vielfalt gebracht hatte. Doch Menschen wie die Bäumlers waren Teil der deutschen Mentalität. Trotzdem: Das Leben war heute bunter und variantenreicher als noch vor 20 oder 30 Jahren, sagte sich Bekker.

„Richten Sie dem Hausbesorger aus, er kann mich mal gerne haben, Frau Bäumler." Damit ließ er sie stehen.

„So ein ungehobelter Flegel, und der ist auch noch bei der Polizei. Schlimm, mit was für Leuten man in einem Haus wohnt." Die Bäumlerin schüttelte den Kopf, griff sich den Besen, der an der Wand im Flur stand und begann den sauberen Boden noch einmal zu kehren.

Erna grinste breit, während sie hinaus auf die Straße traten. Obwohl die Sonne schien und ein angenehm frisches Lüftchen ging, waren noch nicht allzu viele Menschen unterwegs. Das Wetter lud zu einem Spaziergang am Rhein oder in den Weinbergen Rheinhessens ein, denn schon bald würde es vorbei sein mit dem goldenen Herbst. Doch daran war im Moment nicht zu denken. Ernas Handy klingelte.

„Hauptkommissarin Dunst … Ja … Wann und wo? … Geschätztes Alter? … Wie groß etwa? … Ok, wir sind gleich da."

Ihre Stimme verriet, dass etwas Gravierendes passiert sein musste und Bekker ahnte, worum es bei diesem Anruf ging, auch wenn er es nicht wahrhaben wollte. Erna legte auf und ging voran in Richtung Augustinerstraße.

„Wir müssen in die Badergasse, Schack. Ein toter Mann wurde gefunden. Die Beschreibung könnte auf Neumann passen."

„Wie sicher sind wir, dass er es ist?"

„Nicht sicher, aber es spricht einiges dafür. Bei dem Toten handelt es sich um einen älteren Mann, schmächtig und nicht sehr groß. Er wurde erschossen in diesem Hinterhof in der Badergasse gefunden."

„Wo sich der Spielplatz mit den in den Boden eingelassenen, hölzernen Badezubern befindet? Den können doch etliche Bewohner einsehen. Sehr merkwürdig."

„Da magst du recht haben. Aber es wird einen Grund dafür geben, warum man dieses Risiko eingegangen ist. Und wir werden das rausbekommen."

Schweigend und ihren Gedanken nachhängend gingen die beiden nebeneinander her und bogen am *Frankfurter Hof* in die Badergasse ab, wo sie die Kollegen am Tatort vorfanden. Polizisten hatten den Eingang zum Innenhof abgesperrt. Der Blick in das Rund der Wohnhäuser zeigte ein paar neugierige Bewohner auf Balkonen, die den Vorgang verfolgten. Walter Kur und auch Niesberg, der schon fotografierte, waren bereits vor Ort.

Bekker passierte ohne ein Wort zu verlieren die Absperrung und ging zu dem nur etwa 15 Meter rechts vom Eingang entfernten, halb aus dem Boden ragenden Badezuber. Man hatte bereits ein Zelt aufgestellt, um den Toten vor den Blicken Neugieriger zu schützen. Der Kommissar betrat das Zelt, grüßte Niesberg kurz und betrachtete die Szene. Bis zuletzt hatte er gehofft, dass sich seine Befürchtungen nicht bestätigten, doch vergebens. Es war Norbert Neumann.

Der Tote saß mit dem Rücken an die Seitenwand des Zubers gelehnt, seine Augen waren aufgerissen, als habe man ihm die Stille des letzten Augenblicks nicht gewähren wollen. Man hatte ihn mit einem einzelnen Kopfschuss getötet. Zweifellos eine Hinrichtung, die vermutlich nicht weit von hier stattgefunden hat.

Der Plastikgeruch des Zeltes machte die Szene noch trister und unwirklicher, als sie es ohnehin schon war. Immer wieder hörte Bekker das Klicken von Niesbergs Kamera. Er versuchte sich zusammenzureißen, um dieses Bild, das Scham und Wut in ihm auslöste, so gut wie möglich von sich fernzuhalten, was ihm aber nur bedingt gelang.

Erna betrat das Zelt und sprach leise mit Niesberg, der gerade mit den Aufnahmen fertig war und seine Kamera verstaute. Ihr

Kollege hatte eine gewisse Sonderstellung beim Erkennungsdienst, dem er schließlich zugewiesen worden war. Seine anfängliche Teilzeittätigkeit als Fotograf für die Polizei hatte er im Laufe der Jahre um Tatortfotografie erweitert, ohne dabei konkret erkennungsdienstlich zu arbeiten. Dafür musste man gemacht sein, denn sowohl der Anblick als auch die Arbeit waren nichts für schwache Gemüter. Deshalb war Niesberg immer einer der ersten am Tatort und fotografierte mit geübtem Blick Szenerie und Details. Bekker nannte seinen Freund gerne das Fotomännsche, was diesen jedoch nicht störte: Er fasste es einfach als Kompliment auf. Niesberg war in seiner speziellen Funktion ein Relikt aus vergangenen Tagen, das es nach seiner Pensionierung so wohl nicht mehr geben würde.

„Wann bist du hier angekommen, Werner?"

„Gleich nachdem die Meldung reinkam. Ich saß gerade hier vorne im Café Dell Arte, als mich der Anruf erreicht hat."

„Wer hat die Polizei verständigt?"

„Eine alte Frau hat Neumann beim Müll raustragen entdeckt. Er muss hierher gebracht worden sein. Kaum Blutspuren am Zuber, aber die Finger sind …"

„Ich sehe es mir gleich an", unterbrach ihn Erna mit einem Blick auf ihren Partner und Werner schlüpfte aus dem Zelt.

Bekker sah mitgenommen aus. Sie legte ihm eine Hand auf die Schulter und redete ihm zu, als er leise fluchte und eine Drohung ausstieß. Dann überließ er ihr den Tatort, ging nach draußen und zündete sich eine Zigarette an. Das würde ihn hoffentlich ein wenig beruhigen. Er sah sich um. Die Anlage war groß und verwinkelt, bestimmt 30 Parteien konnten den Hinterhof einsehen. Noch hatte er keine Idee, was das Motiv dafür gewesen war, Neumann ausgerechnet an diesem Platz abzulegen. Hier hatte sich rund 400 Jahre lang der Zunftsitz der Bader befunden. Als er die Kollegen der Spurensicherung auf den Hof kommen sah, bat er einen von ihnen, das Schloss des Tores zu untersuchen.

Der Hof wurde während der Nacht abgesperrt. Ab 20 Uhr brauchte man dafür einen Schlüssel. Natürlich waren einige Bewohner im Besitz des Schlüssels, aber er wollte nichts unversucht lassen. Die Tür nachts aufzuschließen, den Toten hineinzutragen und auf dem Hof zu platzieren, verursachte unnötig Lärm. Das ergab alles keinen Sinn.

„Was kannst du mir bis jetzt sagen, Walter?", fragte er den Rechtsmediziner, als er wieder am Zuber war.

„Der Kopfschuss wurde von einem Profi gesetzt. Neumann ist wohl entführt und festgehalten worden. Ich würde von Folter ausgehen, das kann ich euch aber erst nach der Autopsie genau sagen."

Bekker hatte ein Blick auf Neumanns gebrochene Finger genügt, um die Folter zu sehen. Außerdem hatte man in seiner linken Hand eine Zigarette ausgedrückt. In was war Norbert da nur hineingerutscht? Der Eindruck, dass hinter diesem Mord mehr steckte, lag wie ein drohender Schatten über ihnen. Die Kollegen waren erfahren genug, um zu wissen, dass sich ein Sturm zusammenbraute. Die Ermittlungen würden wie Stiche in ein Wespennest wirken und es war nicht unrealistisch, anzunehmen, dass es weitere Opfer geben würde.

Mittlerweile waren auch Dr. Büben und ein zusätzlicher Mitarbeiter des rechtsmedizinischen Instituts eingetroffen. Kur erteilte ihnen gerade die Anweisung, den Toten nach Abschluss aller Arbeiten zum Abtransport fertig zu machen, als Erna dazukam.

„Walter, wann beginnst du mit der Autopsie?"

„Am frühen Nachmittag. Wollt ihr vorbeikommen?"

„Unbedingt", warf Bekker ein. Das hier war ein Angriff auf seine Welt. Er würde mit ähnlicher Münze zurückzahlen. Ganz egal, was Norbert getan haben mochte. Er entfernte sich von den anderen und steckte sich noch eine Zigarette an. Niesberg gesellte sich zu ihm.

„Das ist ein ganz schöner Hammer", sagte der nur.

„Hast du die Verletzungen gesehen?"

„Zum Teil. Norbert muss in irgendwelche dunklen Geschäfte verwickelt gewesen sein."

Bekker blies den Qualm in die sonnendurchflutete Luft. Das freundliche Hellblau des Himmels wollte nicht recht zu der trüben Stimmung an diesem Morgen passen.

„Werner, ich habe Fragen über Fragen und nicht eine zufriedenstellende Antwort. So etwas ist mir selten untergekommen. Das ist die totale Scheiße, vor allem, weil ein Freund hingerichtet wurde. Denn um nichts anderes handelt es sich hier."

„Wenn seine Identität geklärt ist, kommt die Sache ins Rollen, Schack. Ganz sicher", versuchte Niesberg seinen Freund zu beruhigen.

„Ins Rollen schon. Nur weiß ich ehrlich gesagt nicht, ob uns die Geschichte dann davonrollt oder überrollt. Ich habe ein mieses Gefühl."

Der Polizeifotograf war besorgt, weil Schack den Mord persönlich nahm – keine gute Voraussetzung für die weiteren Ermittlungen.

Die Spurensicherung war bereits in vollem Gange. Bekker hoffte insgeheim, dass die Aktion, den Toten in den Zuber zu setzen, Spuren hinterlassen hatte: vielleicht ein Fußabdruck im teilweise sandigen Untergrund, ein Fussel oder etwas Ähnliches.

Als sich Bekker und Erna vom Tatort verabschiedeten, war die Stimmung angespannt. Der Kommissar wartete ungeduldig auf einen Anruf von Kronen, der ihn über seinen Besuch in der Sophienstraße informieren würde, doch das Handy blieb stumm. Erna musste ihn davon abhalten, anzurufen und nachzufragen. Vermutlich war der Frankfurter Kollege noch gar nicht dort gewesen.

Sie beschlossen, dem einzigen konkreten Hinweis mit direkter Verbindung zu Neumann nachzugehen und sich um die Personalie Klaus Knechte zu kümmern. Sie brauchten endlich etwas Konkretes. Erna rief ihre Frankfurter Kollegin an und erläuterte kurz die Situation. Sie versprach, ihr zu helfen und beim Einwohnermeldeamt nachzufragen. Es dauerte nicht lange und sie bekam die entsprechenden Informationen zugeschickt. Als sie die Datei öffnete, blieb ihnen beiden der Mund offen stehen: Vom Bildschirm blickte ihnen Norbert Neumann entgegen.

„Das darf doch bitte nicht wahr sein!", stieß Bekker aus. „Norbert Neumann und Klaus Knechte. Wie blind muss einer sein, die Dopplung der Initialen nicht in Zusammenhang zu bringen?"

„Hör auf zu jammern und hol' uns die Ausdrucke. Manchmal sieht man eben den Wald vor lauter Bäumen nicht, Schack. Immerhin kann jetzt die konkrete Arbeit beginnen. Dann kommen wir auch dahinter, in welchen Kreisen Norbert beziehungsweise Klaus sich bewegt hat."

Bekker stand auf, griff aufgebracht die Blätter vom Drucker und überflog die Informationen. Dann legte er sie auf Ernas Schreibtisch und langte zu seinem Telefonhörer. Erst rief er Walter Kur und dann Niesberg an.

„Werner, die Identität von Neumann ist geklärt. Er heißt eigentlich Klaus Knechte. Die Wohnung am Brand gehörte ihm also selbst."

„Dann ist doch alles weniger mysteriös als angenommen."

„Wenn man so will. Das erklärt aber auch, warum er den Zeitungsartikel über den Wohnungseinbruch aufgehoben hat. Für uns stellt sich jetzt die Frage, ob er seitdem nochmal dort gewesen ist."

„Das müsst ihr euch vor Ort ansehen. Du kennst doch Stefan Kronen von der Kripo dort."

„Habe ihn schon um Hilfe gebeten."

„Dann dürfte die Angelegenheit nicht so kompliziert werden. Sehen wir uns später? Ich muss nach der Arbeit erst noch bei Gerda vorbei."

„Na klar sehen wir uns. Viel Glück, Werner."

Eigentlich hätte er seinen Frankfurter Kollegen gleich anrufen und einen Termin mit ihm ausmachen können, doch er wollte erst noch die Autopsie abwarten. Natürlich mussten sie unbedingt einen Blick in die verwüstete Wohnung werfen. Daran ging kein Weg vorbei.

Bekker kramte in seinen Unterlagen und fand den Zettel mit Neumanns Aufzeichnungen. Er sah sich die Begriffe wieder und wieder an. Warum hatte Knechte dieses Stück Papier nur aufgehoben? Er kam so einfach nicht weiter. Sie brauchten eine inhaltliche Verknüpfung. So war jedenfalls nichts aus den Notizen zu deuten, es sei denn, sie bedeuteten etwas ganz anderes: eine Art Gliederung für eine Dokumentation oder einen Bericht. Bekker besah den Zettel ein letztes Mal, schüttelte frustriert den Kopf und stand auf. „Hast du was finden können?"

Erna blickte auf.

„Außer, dass Neumann, oder besser gesagt Knechte, eine Schwester hatte, die jedoch ebenfalls bereits verstorben ist, nichts von Interesse. Ich werde mich mit dem Schwager in Verbindung setzen. Mal sehen, was der zu erzählen hat."

Bekker wechselte das Thema: „Vielleicht sollten wir noch 'ne Kleinigkeit essen, bevor wir zu Walter in die Rechtsmedizin fahren."

„O.k. Mit knurrendem Magen denkt es sich nicht sonderlich gut. Es sei denn, man ist Sherlock Holmes und schießt sich mit einer siebenprozentigen Kokainlösung ab."

„Das hat er doch nur gemacht, wenn er keinen Fall hatte. Aus Langeweile", konterte Bekker.

„Da könnte ich mir was Besseres vorstellen, nicht wahr, Herr Kommissar?"

Die Autopsie

Sie nahmen den Wagen und fuhren in die Klarastraße, um Falafel zu essen. Bekker hatte heute seinen fleischfreien Tag. So merkwürdig sich das für Erna anfangs angefühlt hatte, so selbstverständlich war es mittlerweile geworden. Aber bei den Mengen an Fleisch, die er über die Jahrzehnte konsumiert hatte, schadete es wahrlich nicht, ein bisschen abwechslungsreicher zu essen. Und seiner Figur tat es sicherlich auch gut.

Nach dem abschließenden schwarzen Tee setzten sie sich noch einen Moment auf die Mauer vor dem Kopierladen und bereiteten sich mental auf das vor, was sie gleich sehen würden. Dann nämlich stiegen sie in die Katakomben der Rechtsmedizin hinab, um ihrem Freund und Kollegen Kur bei der Autopsie von Klaus Knechte über die Schulter zu schauen. Ein wenig mulmig war dem Kommissar dann doch zumute. Normalerweise machte es den beiden nicht allzu viel aus, bei solchen Untersuchungen anwesend zu sein, aber dieses Mal betraf es jemanden, mit dem man vor ein paar Tagen noch zusammengesessen hatte.

Erna fuhr hinaus auf die Schöfferstraße und nahm die Abkürzung über den Schillerplatz zur Gaustraße – einer der Vorteile, wenn man dienstlich unterwegs war. Nur zehn Minuten später betraten sie das Gebäude am Pulverturm und wurden kurz darauf vom Professor abgeholt. Er führte sie die Treppen hinunter, durch eine gläserne Sicherheitstür, für die man autorisiert sein musste, und weiter in die heiligen Hallen der Rechtsmedizin. Im Sektionssaal lag auf einem der Tische der bereits geöffnete Körper von Norbert Neumann – oder eigentlich Klaus Knechte – vor ihnen.

„Ich habe schon mal angefangen", bemerkte der Professor, dessen Schürze blutig war.

Was für ein Anblick. Der Gesichtsausdruck des Toten sah angespannt und überrascht aus. Der Kommissar erinnerte sich an die weit aufgerissenen Augen seines Kneipenfreundes, während Walter Kur seine bisherigen Erkenntnisse erklärte: „Die auffälligsten Merkmale sind die gebrochenen Finger, Blutergüsse im Nierenbereich, die bereits mehrere Tage alt sind, und der aus nächster Nähe abgefeuerte Kopfschuss."

„Knechte wurde also tatsächlich misshandelt?", fragte Erna.

Der Rechtsmediziner nickte und führte weiter aus: „Knechte wurde aller Wahrscheinlichkeit nach von seinen Mördern entführt und festgehalten."

Bekker schaltete sich ein.

„Also spricht vieles dafür, dass sie Informationen wollten und diese wohl auch bekommen haben."

„Davon würde ich ausgehen. So etwas hält man nicht lange aus", stimmte Kur zu.

„Nehmen wir aber doch mal an, dass der oder die Täter ihn weiter bearbeitet haben, nachdem man ihm die Finger gebrochen hatte. Dann heißt das doch eher, dass er nicht klein beigegeben hat", hielt Erna dagegen.

Das Schweigen ihrer Kollegen verstand die Kommissarin als stille Zustimmung und fuhr fort: „Was ist, wenn der Mörder die Nerven verloren und ihn im Affekt erschossen hat? Der Blick und die aufgerissenen Augen könnten ein Indiz dafür sein."

Allen war klar, dass diese Frage nicht am Obduktionstisch geklärt werden konnte.

„Walter, gibt es nur diese eine verbrannte Hautstelle an der Handinnenfläche?", wollte Bekker wissen, um weitere Erkenntnisse zu gewinnen.

„Ja, nur diese eine. Durch Zigarettenglut. Und auch nur einen gezogen Nagel am Ringfinger der rechten Hand."

„Warum beginnt man mit einer Art Folter und hört gleich wieder damit auf? Mir scheint das ein ziemlich ungewöhnliches Vorgehen zu sein."

„Komm, Schack. Mach es nicht so spannend. Worauf willst du hinaus?", wollte der Professor wissen, der wie Erna dem Kommissar nicht ganz folgen konnte.

„Ich kann es nicht richtig in Worte fassen, aber für mich passt das nicht zu der Entführung. Wenn man berücksichtigt, dass Knechtes Wohnung durchsucht und verwüstet wurde, dann deutet doch alles darauf hin, dass es um die Beschaffung von Informationen ging. Aber bei diesem Vorgehen steckt etwas anderes dahinter, etwas, wodurch sich diese Schweine irgendwie angreifbar machen."

„Angreifbar machen?", echote Kur ungläubig und schüttelte den Kopf. „Unser geheimniskrämender Kommissar hat gesprochen. Er weiß zwar nicht, was seine Beobachtung zu bedeuten hat, versichert uns aber, dass sie uns der Wahrheit näherbringt, wenn wir sie denn richtig einordnen. Der Nebel lichtet sich – oder auch nicht. Verweilen wir jetzt noch ein wenig bei dieser diffusen Bemerkung oder wenden wir uns wieder konkreten Dingen zu?", stichelte er. Sein Sarkasmus hatte Bekker noch nie gestört, ganz im Gegenteil, er gefiel ihm sogar. Auch wenn es ihn, wie in diesem Fall, selbst traf.

Natürlich hatte Walter recht damit, dass die Feststellung ziemlich vage und haltlos war. Aber auf seine Intuition konnte sich der Kommissar verlassen, sie war seine große Stärke. Wenn er sich tatsächlich einmal verrannte, war Erna zur Stelle und half bei der Kurskorrektur. Sie waren nicht zuletzt wegen ihrer unterschiedlichen Herangehensweisen ein hervorragend eingespieltes Ermittlerteam. Erna war systematisch und akribisch, Bekker hingegen intuitiv und immer bereit, dem Zufall eine Chance einzuräumen.

Kur griff ein Skalpell und begann, Schnitte im Bereich des Bauchraums zu setzen, während er ihnen erläuterte, dass sich die Blutergüsse vor allem im Nierenbereich befanden und wenigstens drei Tage alt waren, die gebrochenen Finger und anderen Misshandlungen jedoch nicht länger als einen Tag zurücklagen.

„Der Todesschuss erfolgte etwa um zwei Uhr heute Morgen. Die Leiche dürfte in den frühen Morgenstunden in den Zuber gesetzt worden sein."

„Ich habe Hoffnung, dass am Tatort Spuren zurückgeblieben sind. Dazu müssen wir die Ergebnisse der Kollegen vom Erkennungsdienst abwarten. Die dringlichste Frage scheint mir aber, wie die Leiche mitten in der Nacht in den Hof gebracht wurde. Hat man das Schloss des Hoftors aufgebrochen? Oder ist man durch eines der Häuser in den Hof gelangt? Vielleicht hat einer der Anwohner etwas mitbekommen. Uns bleibt nichts anderes übrig, als alle Personen mit Blick in den Innenhof zu befragen."

„Da habt ihr ja einiges vor, Schack."

„Wir werden diesem oder diesen Mistkerlen schon auf die Spur kommen."

Man spürte förmlich Bekkers ungeheure Wut, die ihn antrieb, aber auch sein Urteilsvermögen beeinflusste. Niesberg hatte Erna geraten, ein Auge auf ihn zu haben. Schack wollte Vergeltung, besser noch Rache. Sie musste zusehen, dass er nicht den Überblick verlor.

Als sie die Rechtsmedizin verließen, war es bereits vier Uhr. Bekker hatte einen Anruf von Kronen auf dem Handy, der sich vor einer Stunde gemeldet hatte.

„Stefan? Ich konnte vorhin nicht dran, wir waren bei Walter Kur in der Rechtsmedizin."

„Soll das heißen, es gibt schlechte Neuigkeiten bei euch?"

Bekker klärte den Frankfurter Kollegen über die neuesten Entwicklungen auf.

„Das ist ja mal ein Ding. Hatte er Verbindungen zur Halbwelt?"

„Nicht dass wir wüssten. Aber das liegt natürlich nahe."

„Diese Art der Exekution könnte bedeuten, dass ein Exempel statuiert werden sollte."

„Davon muss man wohl ausgehen. Klaus Knechte ist noch nie erkennungsdienstlich erfasst worden, ein vollkommen unbescholtener Bürger, wie es aussieht. Erstaunlich ist außerdem, dass wir keinerlei Hinweis haben, mit welchen Leuten er so zu tun hatte."

„Ihr wollt sicherlich so schnell wie möglich in die Wohnung", bemerkte Kronen, „Ich spreche das mit den Kollegen ab und bringe euch hin."

„Sobald du es einrichten kannst, kommen wir vorbei."

„Morgen früh sollte ich hinbekommen. Ich höre mich hier vor Ort mal um, ob nicht doch irgendjemand Einschlägiges diesen Klaus Knechte kennt. Sagen wir um zehn Uhr in der Sophienstraße?"

„Wenn irgendwas dazwischenkommen sollte, schick mir einfach eine SMS", bestätigte Bekker den Termin, nachdem er sich kurz mit Erna abgesprochen hatte.

„Wenn du von SMS und Smartphones sprichst, Schack, kommt es mir vor, als wäre die letzte Bastion der Zukunftsverweigerer gefallen."

„Na, so schlimm war ich doch nicht? Ich hab' mich halt geändert. Meine Kinder."

„Sei froh, sonst hättest du heute noch ein Schnurtelefon mit Wählscheibe."

„Nein, das war immer total lästig, wenn man in der Badewanne telefonieren wollte."

Kronen musste lachen.

„Gut, dann sehen wir uns morgen früh vor dem Hauseingang."

Sie fuhren zurück zur Polizeidienststelle und besprachen noch, was am morgigen Tag anstand: das Gespräch mit dem Erkennungsdienst über mögliche Indizien, die erneute Beschäftigung mit Knechtes Zettel, und natürlich die Fahrt nach Frankfurt.

Erna war an diesem Abend mit ihrer Mutter in Mombach verabredet, und Werner wollte zu Gerda in die Baentschstraße fahren. Hoffentlich finden die beiden wieder zusammen, dachte der Kommissar. Bekker entschied, nach Hause zu gehen.

Als er die Heringsbrunnengasse und das Weinhaus Bluhm passiert hatte, konnte er allerdings nicht anders, als am Tatort vorbeizugehen.

Der ungläubige Blick des Hingerichteten – dieses Bild würde ihn nicht loslassen. Am Morgen noch war Knechte lediglich für ein paar Tage abgetaucht gewesen. Wahrlich kein Grund zur Besorgnis, auch wenn der falsche Name und der fehlende Wohnort auf Komplikationen hindeuteten.

Aber jetzt war eine völlig neue Situation entstanden, mit unbekannten Figuren und schlecht einschätzbaren Risiken. Sie hatten keine Ahnung, was diesen Strudel ausgelöst hatte. Dass kriminelle Machenschaften eine Rolle spielten, stand fest, dachte Bekker und betrat die Bäckerei Werner, wo er sich ein dunkel gebackenes Baguette kaufte. Den guten Camembert vom Käsemann am Markt hatte er noch im Kühlschrank. Später am Abend, kurz vorm ins Bett gehen, würde er beides mit Erna verdrücken und einen leichten Roten dazu trinken, einen Spätburgunder, sagte er sich und verließ das Backhaus.

Bekker stieg in seinen Elfenbeinturm empor. Endlich konnte er die Tür hinter sich schließen. Er entledigte sich seiner Jacke und ging in die Küche. Beim Vorbeigehen fiel sein Blick auf die Wanne im Bad und ihm wurde klar, dass er bald ein Entspannungsbad nehmen wollte. Doch vorher würde er das Abendessen zubereiten. Dabei konnte er am besten nachdenken und entspannen. Essen tat immer gut.

In der Küche trank er ein Glas Leitungswasser, schaltete das Küchenradio ein und warf einen Blick in den Kühlschrank um zu überlegen, was er kochen konnte. Plötzlich hatte er das Gefühl, dazustehen wie bestellt und nicht abgeholt. Er fühlte sich kraftlos und unendlich müde. Eigentlich konnte das Leben wunderschön sein, doch plötzlich glotzte einen die hässliche Fratze menschlicher Niedertracht an. Um seine Stimmung zu bessern, beschloss Bekker, eine Reispfanne zu machen. Eine große Portion sollte es werden, damit Erna und Werner auch davon essen konnten. Man muss sich manchmal nur ein bisschen zwingen, nicht so ein Arsch zu sein, dachte er. Und das Schöne daran ist, dass es einem fast immer gut tut.

Nach dem Reis bereitete er das Gemüse zu. Zuerst schälte er Zwiebeln und Karotten, schnitt diese in große Stücke, gab sie in den Kochtopf und schaltete den Herd ein. Dann schnitt er Paprika, Zucchini und Champignons. Im Radio lief Billie Holidays *Lady Sings the Blues*. Bekker sang mit, auch wenn besser niemand seine pathetische Stimme hörte, die so gar nicht zu dem unsentimental verraucht klingenden Sound der Jazz-Sängerin passte. Er liebte es, wenn das Radio einem frei Haus den passenden Song lieferte. Diese unvorhersehbare Perfektion eines Augenblicks war einfach durch nichts zu toppen.

Bekker warf geviertelte Champignons in die Pfanne und löschte das Ganze schließlich mit Wein ab. Herrlich, wie das roch! Zufrieden besah er sein Werk, setzte den Deckel auf den Topf und drehte den Herd runter. Er schenkte sich einen Schluck Roten ein und trank zufrieden. Wenn die Welt außerhalb der vier Wände zu sehr tobte, trat der Kommissar den Rückzug an. Auch wenn es nur für kurze Zeit war.

Im Bad drehte er das Wasser in der Wanne auf. Dann zog er sich aus, streifte den Bademantel über, der eigentlich schon längst hätte entsorgt werden müssen; aber das brachte er nicht übers Herz. Den Mantel hatten ihm seine Kinder zum 40. Geburtstag geschenkt.

Bekker ging kurz wieder zurück in die Küche, um die Allgemeine vom Tisch zu holen, das Telefon aus der Wand zu ziehen und das Handy auf Flugmodus zu stellen. Er öffnete das Fenster, glitt in das warme Nass, genoss die Stille um sich herum und war kurz darauf eingenickt.

Als er wieder aufwachte, war es völlig dunkel draußen. Die Zeitung lag halb im Wasser. Durch die Wohnung waberte Essensgeruch, der ihm Appetit machte. Bekker zog sich hoch und griff sein Handtuch. Er fühlte sich gut, die Pause hatte ihm gutgetan. Mit seinem Rotwein und einem Teller Reispfanne setzte er sich in der Küche an den Tisch und begann zu essen. Es schmeckte ihm und er war zufrieden. Er konnte die in letzter Zeit immer häufiger anzutreffenden männlichen Kochkönige nur schlecht ertragen, die aus der Zubereitung einer Portion Pasta ein Manifest europäischer Lebensart ableiteten. Was früher normal gewesen war, wurde heutzutage zu einem Event stilisiert. Der Kommissar hatte den Eindruck, dass er mehr und mehr zu einem verkrätzten, alten Sack werden würde, der alles Neue erst einmal kritisch sah und meist ablehnte. Eigentlich fehlte nur noch, dass er die guten alten Zeiten zu glorifizieren begann. Bekker war froh, Kinder und Enkel zu haben, die ihm in regelmäßigen Abständen zu verstehen gaben, wann er sich wieder einmal als alternder Miesepeter aufführte. Wenigstens war er damit nicht alleine, denn es handelte sich unbestreitbar um das klassischste aller Generationenprobleme. Er nickte, hob sein Glas und trank. Dann spießte er einen halben Pilz vom Teller auf und verspeiste ihn genüsslich.

Da Erna wohl doch erst spät zu kommen schien, würde er auf das Baguette mit Käse verzichten und direkt ins Bett gehen. Er schlief wie ein Baby, wie immer, wenn er zuvor nur lange genug in der Wanne gelegen hatte. Als er in den Morgenstunden kurz wach wurde, spürte er den wunderbaren Körper Ernas neben sich. Er sah zufrieden hinaus in den sich ankündigenden Morgen, der aber noch eine Weile auf sich warten lassen würde. Bekker wollte eigentlich nicht aus dem Bett, aber sein Brand zwang ihn dazu. Leise stand er auf, um sich in der Küche Wasser zu holen. Erna und Werner hatten wohl noch zusammengesessen und von der Reispfanne gegessen, das gebrauchte Geschirr stand im Spülbecken.

Beim Aufdrehen des Wasserhahns kamen sofort die Gedanken an seinen toten Freund wieder hoch. Klaus' Wohnung in der Sophienstraße musste sowohl den Schlüssel zu seinem früheren Leben als auch zu den Aktivitäten verbergen, die ihn das Leben gekostet hatten. Bekker würde diesen Sumpf trocken legen. Koste es, was es wolle.

Sophienstraße, Bockenheim

Am nächsten Morgen weckte ihn Erna mit einem langen Kuss, der nach mehr schmeckte und reichte ihm eine Tasse Kaffee.

„Schönen Gruß von Werner. Es ist Zeit."

Bekker war noch schlaftrunken, brummte ein Dankeschön und trank erst einmal. Der Kaffee wirkte Wunder. Er setzte sich auf und stellte fest, dass Erna bereits fertig angezogen auf der Bettkante hockte. Sein alter Braun-Wecker verriet ihm, dass es bereits halb neun war. Er gähnte. „Ich war am frühen Morgen schon mal wach. Bin wohl nochmal eingenickt."

„Laut schnarchend. Das machst du nur dann, zumindest bisher."

„Irgendwie ein Scheiß-Gefühl, wenn man jemanden weckt und das weder weiß noch will."

„Zum Glück schläfst du so tief, dass du mich nicht im Schlaf reden hörst."

„Von wem weißt du das denn?"

„Willst du nicht wissen", schmunzelte Erna.

„Büben", erriet Bekker. „Dieser Warmduscher wird vermutlich von jedem Furz wach."

„Sprichwörtlich", antworte Erna und lachte. Damit stand sie auf und warf ihm den Bademantel zu.

Um neun waren sie bereits auf dem Weg zum Polizeigebäude. Dort angekommen rief Bekker einen Kollegen des Erkennungsdienstes an. Seine Hoffnung hatte sich zumindest teilweise erfüllt, tatsächlich war am Holz des Zubers ein Kleiderfussel gefunden worden, nur einen halben Meter neben der Leiche. Natürlich stellte das noch keine direkte Verbindung dar, doch bestand durchaus die Möglichkeit, das die Indizien zu einem Täter gehörten. Die Kollegen Dingmann und Denne hatten noch am gestrigen Nachmittag die Anwohner mit Wurfsendungen über die am kommenden Montag anstehende Befragung informiert; sie waren es auch, die sich um die weitere Organisation kümmerten. Nach dem Telefonat machten sich die beiden Kommissare auf den Weg nach Frankfurt. Knechtes Aufzeichnung würden sie sich später noch einmal in Ruhe ansehen. Notfalls hatten sie die ja digital verfügbar.

Sie entschieden sich für die kürzere Strecke über die A66, nahmen die Theodor-Heuss-Brücke, durchfuhren Kastel und kamen wenig später auf die Autobahn. Erstaunlich, dass ich so gut wie nie hierherkomme, wo das doch nun wirklich keine Entfernung ist, dachte Bekker. Sie nahmen die Zufahrt Miquelallee und waren gleich darauf in der Sophienstraße, eine der Durchgangsstraßen Bockenheims, angelangt.

Kronen wartete bereits auf sie. Er hatte sich seit ihrem letzten Treffen, das mindestens fünf Jahre her war, kaum verändert: ein Hüne, knapp zwei Meter groß, dunkelbraunes, vermutlich gefärbtes Haar, Jeans und eine leichte Jacke, beides in Blau. Dazu seine Föhnfrisur, über die Bekker grinsen musste. Immerhin war der Oberlippenbart verschwunden. Sie begrüßten sich herzlich und Bekker stellte ihm Erna vor. Dann zeigte Kronen auf das Haus hinter sich. Ein teuer renovierter Altbau; ohne jeden Zweifel waren die Wohnungen dem besser verdienenden Teil der Bevölkerung vorbehalten.

Der Frankfurter Kommissar ging voran und öffnete die Eingangstür. Der aus fünf Stufen bestehende Aufgang war großzügig angelegt, der Aufzug lag rechter Hand und war für sieben Personen zugelassen.

„Vierter Stock?", riet Bekker und Kronen nickte.

„Der fünfte ist Teil der Maisonette-Wohnung. Elegant eingerichtet."

„In Weißtönen gehalten", vermutete Erna.

„Exakt. Wie wahrscheinlich seine Wohnung in Mainz?" Kronen wurde in seinen Vermutungen bestätigt.

„Ich habe Bilder gesehen und von den Kollegen gehört, dass ziemliches Chaos in der Wohnung herrscht. Die Eindringlinge haben beinahe alles, was nicht niet- und nagelfest ist, auf dem Boden verteilt."

„Habt ihr eine Ahnung, was sie gesucht haben könnten?", wollte Erna wissen.

„Bisher nicht. Knechte ist schwer einzuschätzen, er wurde tatsächlich nie erkennungsdienstlich erfasst und ist auch nie in Verbindung mit der Halbwelt in Erscheinung getreten. Schack, ich bin mir mittlerweile gar nicht mehr so sicher, ob es diese Verbindung überhaupt gibt."

„Die gibt es, Stefan."

Die Tür des Aufzugs öffnete sich, zwei Wohnungen lagen auf der Ebene. Erna war als erstes an der linken Tür. „Hier wohnt Gimmich, es muss also die rechte sein."

„Und hier steht Neumann an der Tür", stellte Kronen fest.

„Er wollte wohl nicht, dass man ihn findet. Aber wenn man will, kommt man natürlich dahinter, wer hier wohnt, ganz egal, was für ein Name an der Tür steht", erklärte Bekker.

„Vielleicht ging er davon aus, dass man nicht so akribisch nach ihm suchen würde", entgegnete Erna. Kronen öffnete die Tür, nachdem sich alle Handschuhe übergezogen hatten, und sie betraten den Vorraum. Links waren eine Garderobe und ein Einbauschrank zu finden. Zahlreiche Kleider sowie Schuhe und Accessoires lagen auf dem Parkettboden. Sie gingen weiter in den Wohnraum. Kronen hatte nicht übertrieben: Überall herrschte unbeschreibliches Chaos. Allem Anschein nach hatte man sich keine Mühe gegeben, systematisch zu suchen.

„Wie will man denn so irgendetwas finden?", wunderte sich Erna.

„Es ist immer noch fraglich, ob etwas gesucht wurde. Vielleicht war der Auftrag lediglich, alles kurz und klein zu schlagen", erwiderte Kronen.

Bekker hatte einen Einwand: „Es könnte doch sein, dass zuerst gesucht wurde und weil man nicht erfolgreich war, hat man alles verwüstet. Oder...", er hob einen Briefbeschwerer vom Boden auf, „sie fanden, wonach sie gesucht haben und haben danach dieses Durcheinander produziert, um ihre Spuren zu verwischen."

„Wenn ich die Herren mal kurz darauf aufmerksam machen darf, dass es sich bei dem Bodenbelag um teures Parkett aus Merbau handelt. Dieses Holz kommt aus Malaysia oder Indonesien. Ziemlich exklusiv." Erna überraschte Bekker immer wieder mit Detailwissen und Fakten, von denen er nicht die Spur einer Ahnung hatte. Schon in der Wohnung am Brand hatte sie diverse Schlüsse anhand der Einrichtung ziehen können. Er war froh, dass sie zusammenarbeiteten.

„Also hat Knechte einiges mehr an Geld investiert, als für einen guten und robusten Parkettboden nötig gewesen wäre."

Sie beschlossen, sich erst einmal einen Überblick über die Wohnung zu verschaffen. Im vierten Stock befanden sich Bad, Gästetoilette, Schafzimmer, Küche und Wohnzimmer, von dem eine Treppe ins Dachgeschoss führte, das man allerdings auch mit dem Aufzug erreichen konnte. Der fünfte Stock war das Prunkstück der Wohnung: sichtbare Holzbalken, eine Bar, ein kleiner Küchenblock, der wohl für die Zubereitung von Snacks diente, eine zusätzliche Toilette und eine einladende

Loggia, auf der ein großer Olivenbaum und ein winterfester Rosenstock standen. Wie zu erwarten, gab es keine Blumen, denn die hätte man mehrmals die Woche gießen müssen. Wie schon am Brand, war auch diese Wohnung stilvoll eingerichtet. Erna erläuterte, dass die Einrichtung hier jüngeren Datums war als in Mainz. Gut möglich, dass man die Wohnung nach Jahren noch einmal renoviert hatte und dies bereits die zweite Ausstattung war. Sollte das wichtig werden, ließe es sich leicht klären.

Eine Le Corbusier-Liege, die sonst vermutlich vor einem der Dachfenster stand, lag umgeworfen im Raum. Die Polster einer – das fiel selbst Bekker auf – äußerst eleganten Sitzgruppe waren auf dem Boden verteilt, aber es war eben nicht mehr geschehen.

„Sie hätten den Alkohol noch auf den Boden schütten und die Flaschen zerschlagen können, oder die Möbel", stellte Kronen fest. „Vermutlich hast du Recht, Schack, hier brauchte man keine Spuren zu verwischen."

Bekker ging zur Bar, besah die Flaschen und stieß einen Pfiff aus. „Das Feinste vom Feinsten."

Sein Kollege bekam plötzlich einen Anruf und musste dringend los, ohne zu wissen, wie lange es dauern würde. „Wenn wir uns nicht mehr sehen sollten, zieht einfach die Tür zu. Ich schließe später ab. Und unsere Tour durch Sachsenhausen, die machen wir, wenn's wieder ruhiger ist – sofern es das je wird."

„Wir telefonieren", bemerkte Bekker, dann war der hünenhafte Kommissar auch schon aus der Tür.

Erna verschwand auf die Loggia. Staub und Schmutz legten nahe, dass hier seit einiger Zeit nicht mehr geputzt worden war. Der Olivenbaum brauchte nicht viel Pflege, konnte also nicht als Indiz dafür dienen, wie lange niemand mehr hier gewesen war. Der winterfeste Rosenstock schien zwar sehr robust, doch es fehlte Wasser. Erna fiel lediglich ein Zigarettenstummel auf, der zwischen einen aufgerollten Wasserschlauch gerutscht war.

„Schack, hat dein Kumpel Norbert eigentlich geraucht?"

„Wenn ich mich recht erinnere, hat er vor einiger Zeit aufgehört. Ist mehr als ein Jahr her. Warum?"

„Könnte sein, dass ich etwas Interessantes entdeckt habe. Was hat Norbert denn geraucht?"

„Gauloises, wie ich."

Erna hob die Kippe auf und begutachtete sie, bevor sie das mögliche Indiz in einem dafür vorgesehenen Plastikbeutel verstaute.

„Ich habe einen Zigarettenstummel der Marke Marlboro gefunden."

Dann sah sie sich auf dem Vordach der Loggia um. Lag da nicht noch ein Stummel oberhalb des Dachkännels? Erna griff einen kleinen Holzschemel und stieg auf das recht flache Dach.

„Warte", rief Schack, eilte zu ihr und fasste ihre Beine, „Wie kannst du nur so unvorsichtig sein."

Sie bewegte sich behutsam nach vorne, stützte sich mit der linken Hand ab und bekam mit der rechten die Kippe zu fassen. Bekker half ihr zurück auf die Loggia. „Mach sowas bitte nicht nochmal. Das macht mein altes Herz nicht mit."

Sie küsste ihn, ging aber nicht weiter darauf ein, sondern betrachtete den Stummel. „Camel ohne Filter. Ist heute eher eine Seltenheit."

„Dieser Raucher lässt sich definitiv leichter finden als der Marlboro-Mann. Ich würde vorschlagen, wir gehen nochmal nach unten und versuchen rauszubekommen, was hier gesucht wurde."

Sie teilten sich auf: Schack kümmerte sich um Bad, Gästetoilette und Schlafzimmer, Erna durchforstete das Wohnzimmer und die Küche. Nach einer halben Stunde hatten sie einen Ordner mit Knechtes Unterlagen gefunden sowie ein Fotoalbum und ein Notizbuch, die gut verborgen im doppelten Boden eines modernen Sideboards gelegen hatten. Außerdem entdeckte Bekker hinter dem Spiegelschrank in der Toilette einen Zettel, der dem aus der Wohnung am Mainzer Brandzentrum ähnelte.

Jetzt stand fraglos fest, dass die Zettel bedeutsam sein mussten. Endlich waren Indizien aufgetaucht und bald würden sich erste Verbindungen abzeichnen. Der achtlose Umgang mit den Zigarettenstummeln ließ darauf hoffen, dass, wer auch immer in die Maisonette-Wohnung eingedrungen war, nicht viel Sorgfalt hatte walten lassen. Leider hatte man die wenigen Fingerabdrücke, die nicht von Knechte stammten, niemandem zuordnen können. Das hatte Kronen berichtet. Die DNA-Analyse und Untersuchung der Kippen würde hoffentlich neue Erkenntnisse bringen, auch wenn sie Wind und Wetter ausgesetzt gewesen waren. Schlimmer noch war der Schmutz, durch den sie womöglich kontaminiert waren. Vielleicht half ja das Wissen um die gerauchten Marken im Verlauf der Ermittlungen weiter.

Möbelhäuser sind auch nur Menschen

Erna und Bekker verließen die Wohnung gegen zwölf mit dem Gefühl, Klaus Knechte ein Stück nähergekommen zu sein. Auch wenn sie nach wie vor keinen konkreten Ermittlungserfolg vorzuweisen hatten, so waren die beiden zuversichtlich, mit den neuen Indizien auf der richtigen Spur zu sein. Bekker würde Kronen darüber in Kenntnis setzen.

Der Himmel hatte sich verdunkelt und vermittelte den Eindruck, es sei schon früher Abend. Plötzlich begann es sintflutartig zu regnen. Sie flüchteten sich zum Auto. Einem Schwall Regenwasser, der von der Frontscheibe einer vorbeidonnernden Straßenbahn spritzte, konnte Bekker gerade noch ausweichen. Endlich im Wagen, waren sie und die Unterlagen einigermaßen nass. Die beiden sahen sich an und grinsten. Da Bekker hungrig war, schlug er vor, an einem Imbiss auf eine Currywurst und Pommes anzuhalten.

„Lass uns doch lieber direkt nach Wallau fahren und Köttbullar essen", schlug Erna vor. Ikea! Das hatte er glatt vergessen, aber Erna natürlich nicht.

„Und ein Bett aussuchen und die Kleinigkeiten kaufen, von denen du gesprochen hast", beeilte er sich zu sagen und hoffte, dass man seinen latenten Unwillen nicht heraushörte.

„Du hast es doch versprochen und sogar selbst vorgeschlagen, Schack."

„Ja, und das wird auch eingehalten."

„Es wäre nur schön, wenn man nicht jetzt schon deine Unlust spüren würde."

„Aber so ist das nicht, ehrlich! Ich klinge halt manchmal ein bisschen angestrengt. Mein Fehler", versuchte Bekker sich rauszureden. Ganz glaubte er sich das selbst nicht, wollte aber alles Menschenmögliche tun, um Erna ein gutes Gefühl beim Shoppen zu geben.

„Bin schon gespannt, was die Schweden für neue, unglaubliche Namen aus dem Zylinder gezaubert haben."

Er hätte darauf verzichten können, aber kneifen galt jetzt nicht. Für einen Ausflug in solch ein Möbelhaus gab es nie den perfekten Zeitpunkt.

Eine gute Viertelstunde später bogen sie von der Autobahn ab. Die Scheibenwischer mussten nach wie vor Schwerstarbeit verrichten, um die Wassermassen aus dem Sichtfeld zu schaffen und natürlich war kein Parkplatz in der Nähe des Eingangs frei. Sie würden auch jetzt durch den Regen rennen müssen, um in das schwedische Paradies zu gelangen.

Schon beim Eintreten durch die Drehtür hallten ihnen Durchsagen entgegen, die Bekker bewusst ignorierte. Wahrscheinlich wurde daran erinnert, dass das Restaurant geöffnet war und es ein köstliches Tagesgericht gab: Lachs, Jungschwein oder irgendeinen Hirtenkäse. Natürlich günstig und mittlerweile auch bio-zertifiziert. Wie das zusammenging, wollte Bekker besser nicht so genau wissen. Er würde Köttbullar essen und ein Softeis hinterher. So gestärkt überstand er den Einkauf schon irgendwie.

Erna nahm die Treppe und Bekker, wie immer, die Rolltreppe. Anscheinend fand sie das nicht gut, wenn er ihren Blick richtig deutete. Er versuchte zu verstehen, kam aber erst nicht dahinter. Sie wartete oben auf ihn und lief dann voran zum Restaurant. Bekker trottete hinterher. Dann ging ihm ein Licht auf: das gemeinsame Einkaufserlebnis! Und er hatte sich gleich von ihr abgesetzt. Frauen tickten einfach völlig anders.

Es dauerte eine ganze Weile, bis sie mit ihren vollen Tabletts an einem Tisch saßen. Bekker kam es vor, als würden Männer und Kinder abgefüttert, damit sie die Tortur der kommenden Stunden besser ertrugen und so lange wie möglich die Klappe hielten. Das Essen tat gut. Da war es ihm auch egal, dass der Geräuschpegel kaum zu ertragen war und vereinzelt Kinder wie am Spieß schrien, weil sie nicht essen wollten oder viel lieber ein Eis gehabt hätten. Je lauter es um sie herum wurde, desto schweigsamer wurde Bekker, was Erna wiederum nicht nachvollziehen konnte.

Der Kauf des Boxspringbetts ging letzlich schneller als befürchtet, denn es gab nur zwei Matratzentypen, entweder mit Federholzkern oder Federkern. Ein kurzes Probeliegen, sie entschieden sich für Federkern, und auch das Bett war schnell gewählt. Erna wusste, was sie wollte. Das ließ den Kommissar aus seiner Lethargie erwachen; die Hoffnung, es bald geschafft zu haben, spornte ihn an. Doch hatte er unterschätzt, was für ein ausgeprägtes Interesse für Accessoires jeder Art auch Erna hatte. Es zog sich. Der Einkaufswagen füllte sich mit Bettbezügen, Handtüchern, Kerzen, Tischsets und vielem mehr. Bekker hatte längst aufgehört, die neu erbeuteten Gegenstände noch zu registrieren. Als sie die Abteilung mit Leuchtmitteln erreichten, blockierte plötzlich eines der Räder des Einkaufswagens. Er stand da, raufte sich kurz die Haare und fluchte erst, als Erna eine Stehlampe begutachten ging. Der Wagen ließ sich nur noch äußerst schlecht bewegen, er musste ihn sogar anheben, um voranzukommen, was bei der Masse an Artikeln nicht gerade einfach war. Bekker ruckelte den Wagen hin und her und trat schließlich gegen das Rad. Endlich bewegte es sich, doch nach wenigen Metern blockierte es erneut. Wieder trat er gegen das Rad, dieses Mal mit deutlich mehr Schwung und siehe da, es schien wieder zu funktionieren.

Er sah schon die große Lagerhalle kurz vor den Kassen. Noch eine Rechtskurve und das Licht am Ende des Tunnels war zu sehen. Als das Rad wieder blockte, schob er kräftig an, in der Hoffnung, es so zum Laufen zu bringen. Doch das Rad riss aus der Halterung und der Einkaufswagen kippte langsam und unaufhaltsam zur Seite. Bekker versuchte den Sturz aufzuhalten, stemmte sich mit aller Kraft dagegen, aber es war zu spät: Der Wagen knallte mit lautem Schlag, der nur von Bekkers Wutgeschrei übertönt wurde, auf den Betonboden und der gesamte Einkauf verteilte sich im Gang. All das war schon peinlich genug, doch als der Kommissar Erna laut lachend und mit Tränen in den Augen vor sich stehen sah, musste er sich sehr beherrschen, um nicht wutentbrannt das Weite zu suchen.

Als sie schließlich alles aufgesammelt hatten und mit neuem Wagen zielstrebig zur Kasse marschierten, wusste der Kommissar, dass ihn ein Hotdog für die Qualen entschädigen würde. Da fing Bekker plötzlich lauthals an zu lachen. „Tja, wenn's dich in den Arsch beißen soll, dann hältst du besser still."

Um halb vier waren sie wieder in Mainz. Das Ausladen wollte Erna Schack ersparen und fuhr ihn direkt zum Stadion. Das Spiel lief bereits, als sie ihn in der Nähe des Eingangs aus dem Wagen ließ. Das Raunen der Zuschauer war zu hören, die 05er schienen gerade eine Großchance vergeben zu haben. Dann hörte man sofort wieder rhythmisches Klatschen und Fangesang. Bekker fühlte sich großartig. Die Sonne scheint und es ist angenehm warm, dachte er und eilte davon. Das perfekte Wetter für ein Bundesliga-Spiel am Samstagnachmittag.

Erna sah ihm nach, seine beinahe kindliche Freude, jetzt ins Stadion gehen zu können, zauberte ihr ein Lächeln ins Gesicht. Das Bett würden sie morgen aufbauen. Ikea warb damit, dass es mit wenigen Handgriffen zu erledigen sei und sie hoffte, dass es stimmte, denn ihre Erfahrung mit Betten des Möbelhauses war eine andere. Nie die Hoffnung aufgeben, sagte sie sich und startete den Wagen.

Die Befragung

Entgegen aller Befürchtungen verlief der Bettenaufbau reibungslos. Natürlich waren sie neugierig, wie es sich darin schlafen würde und blieben die Nacht über bei Erna. Der Komfort war so hoch, dass Bekker beschloss, ein solches Bett auch für seine Wohnung anzuschaffen. Das erforderte jedoch eine erneute Fahrt zu Ikea, weshalb er erst einmal nichts darüber sagte.

Als sie Ernas Appartement am Kästrich morgens verließen, war es zwar mild, aber windig und der Himmel grau. Ein leichter Regenschauer ging nieder. Sie nahmen den Wagen, um zur Dienststelle zu gelangen. Nur wenige Menschen waren unterwegs, auch der Straßenverkehr hielt sich in Grenzen. Beim Betreten des Gebäudes kam ihnen Gerd Denne entgegen und berichtete gleich von der für den frühen Nachmittag anberaumten Anwohnerbefragung am Tatort. Er und Kollege Dingmann würden Erna und Schack unterstützen. Sie verabredeten sich um halb zehn im Besprechungszimmer, um die Fragen festzulegen.

Im Büro legte Bekker die Indizien aus der Sophienstraße auf seinem Schreibtisch aus: Vor allem Klaus' Unterlagen und das Fotoalbum schienen ihm von Interesse zu sein. Für den Ordner würde man einiges an Zeit benötigen. Außerdem war das ohnehin Ernas Hoheitsgebiet, denn bei großen Informationsmengen war auch ein guter Ordnungssinn vonnöten. Nicht gerade seine Stärke.

Bekker griff sich das Fotoalbum und begann zu blättern, während Erna mit Walter Kur telefonierte und um eine schnelle Untersuchung der Zigarettenstummel bat. Auf den ersten Seiten waren Kinderbilder, vermutlich von Klaus und seiner verstorbenen Frau Evelyn Stucke. Dann die beiden als junges Paar. Ausflüge mit Freunden am Rheinufer, die beiden vor einem roten Karman-Ghia in den Alpen, glücklich lächelnd. Es sah fast wie eine Werbeaufnahme aus, so sehr strahlten ihre Augen. Bei anderen Fotos tippte Bekker auf Familienfeiern. Eine Frau fiel ihm besonders auf, ihre Ähnlichkeit mit Klaus war frappierend. Das musste seine verstorbene Schwester sein. Auf einem weiteren Foto umarmte sie einen sportlich aussehenden Mann: Knechtes Schwager? Bekker kam der Mann irgendwie bekannt vor, er glaubte sein Gesicht schon einmal gesehen zu haben. Nur wo? Ein paar Minuten lang zermarterte er sich das Hirn und musste sich dann eingestehen, dass es im Moment zwecklos war. Auf den nächsten Seiten fand er immer wieder diese Frau. Sie trug ein Baby im Arm, dem hellblauen Strampler nach ein Junge. Mehr Fotos von dem Jungen und der Frau, nur etwas älter. Im Schwimmbad, einige beim Fußballspielen. Klaus Knechte schien einen Neffen zu haben.

Erna unterbrach Schack, als es an der Zeit war, sich mit den Kollegen wegen der Anwohnerbefragung abzusprechen.

Bei den grundlegenden Inhalten waren sie sich schnell einig: Haben Sie an dem besagten Abend einen Blick in den Hinterhof geworfen? Haben Sie etwas Ungewöhnliches gehört oder gesehen? Sind Ihnen Personen aufgefallen, die sich im oder in der Nähe des Hinterhofs aufgehalten haben? Um wie viel Uhr wird die Tür zum Hof abgeschlossen? Und wann die Haustür? Wenn nötig, sollten weitere Fragen gestellt werden.

Erna würde zudem die Rentnerin aufsuchen, die den Toten morgens um halb sieben gefunden hatte. Die 81-jährige Käthe Mahles hatte gerade den Müll heruntergebracht, als sie ihn beim Beinevertreten entdeckte. Ihr sei um ein Haar die Kaffeetasse aus der Hand gefallen, die sie mit in den Hof genommen hatte, um sie auf einer der Holzbänke zu trinken.

Um zwei Uhr trafen sich die vier Kollegen wieder vor dem Weinhaus Bluhm, das kaum mehr als 80 Meter vom Hinterhof entfernt lag, teilten die Häuser auf und begannen mit der Arbeit. Sie kamen wie erwartet nur schleppend voran, denn die Hausbewohner hatten die Benachrichtigung teilweise nicht erhalten oder dem im Hausflur hängenden Zettel keine Beachtung geschenkt, weshalb sie sich häufig erklären mussten. Dennoch fehlten ihnen am Ende des Tages nur rund ein Fünftel der Bewohner. Die meisten waren gegen halb fünf nach Hause gekommen. Viele hatten während des Abends oder der Nacht einen Blick in den Hinterhof geworfen, aber ungewöhnliche Aktivitäten waren niemandem aufgefallen.

Ganz allmählich war es Bekker leid, weiter Fragen zu stellen. Mit der letzten Person, die für diesen Tag auf seiner Liste stand, der 44-jährigen Lotte Nuss, legte er sich an. Die Lehrerin aus Schwerin wollte ihm partout keine Auskunft geben. Der Kommissar hatte erst geglaubt, sie mache einen Scherz, doch die hagere, große Frau mit stechenden Augen und schmalem Mund wurde immer ungehaltener, je mehr er sich bemühte, etwas zu erfahren. Sein Gefühl sagte ihm, dass er sie nicht vom Haken lassen sollte. Aufgebracht warf er ihr entgegen, sie solle ihrer Pflicht nachkommen. „Was glauben Sie eigentlich, für wen wir das machen? Ich wohne hier nicht. Das ist auch Ihr Hinterhof, in dem der Erschossene lag."

„Sie können versuchen, mir Angst zu machen, wie Sie wollen. Ich kenne meine Rechte."

„Ihnen Angst machen? Und was wollen Sie mit Ihren Rechten? Niemand tut Ihnen was. Bei Ihnen piepsts wohl! Die Polizei versucht, Ihre Sicherheit zu gewährleisten."

Sie stand vom Tisch auf. „Ich möchte, dass Sie gehen."

„Sie haben noch keine der Fragen beantwortet", entgegnete Bekker und blieb einfach sitzen. Aus dem Augenwinkel konnte er beobachten, dass sie kurz davor war, die Nerven zu verlieren. Ihm kam das ziemlich lächerlich vor. Aber was war, wenn sie später behauptete, er habe sich in irgendeiner Weise anzüglich verhalten?

„Sie gehen mir gehörig auf den Keks." Er stand auf und verließ die Wohnung. Der Lehrerin musste etwas aufgefallen sein, nur das erklärte ihr Verhalten. Im Hausflur rief er Erna an, die ihm versprach, gleich da zu sein und nach ein paar Minuten hörte er, wie unten die Tür ging und jemand die Treppen nach oben kam. Er ging Erna ein halbes Stockwerk entgegen, damit sie unbehelligt reden konnten, und erläuterte ihr den Sachverhalt.

Erna klingelte mehrfach, doch erst nachdem sie laut ihren Namen und Dienstgrad genannt hatte, wurde diese einen Spalt breit geöffnet und sie wurden ins Wohnzimmer gebeten. Die Kommissarin führte das Gespräch mit bestimmtem Ton. Ohne Zweifel ging sie davon aus, dass Lotte Nuss etwas wusste.

„Ich würde Sie bitten, mir genau zu schildern, was Sie beobachtet haben. Jede Einzelheit ist dabei wichtig."

Erst wollte sich die Lehrerin anscheinend wieder auf den Standpunkt zurückziehen, dass ihr nichts aufgefallen sei. Doch dieses Mal fehlte ihr die Entschlossenheit, vielleicht, weil mittlerweile zwei Polizeibeamte in ihrem Zimmer saßen. Sie holte Luft und setzte zum Sprechen an, doch erst nach drei Anläufen gelang es ihr endlich, das Gesehene zu berichten.

„Ich werde unter der Woche meist gegen Viertel vor vier wach. Dann stehe ich auf, gehe einmal durch die ganze Wohnung und trinke ein Glas kalten Tee in der Küche, den ich mir schon am Abend zuvor gemacht habe. Licht brauche ich dafür nicht, weil alle Handgriffe eingespielt sind. Anschließend stelle ich mich für ein paar Minuten ans Fenster und sehe in den Hof hinunter."

„Bis dahin war also alles wie immer", ermunterte Erna die Zeugin, weiterzusprechen.

„Genau. Der Hof ist ziemlich dunkel und schummrig. Trotzdem habe ich einen schwarzgekleideten Mann gesehen, untersetzt, dicklich, mit einer Schirmmütze, die er sich ins Gesicht gezogen hatte. Er lehnte an einem Betonpfeiler in der Nähe des Zubers, in dem der Tote gefunden wurde. Sein Gesicht konnte ich nicht erkennen. Der Mann schien den Zuber im Auge zu haben, mehr konnte ich von hier oben nicht sehen. Dann tauchte ein zweiter Mann auf, ebenfalls schwarz gekleidet und mit Schirmmütze. Ich kann Ihnen nicht genau sagen, woher. Vielleicht vom Zuber. Er war größer und machte ausladende Armbewegungen beim Gehen. Die zwei standen zusammen, rauchten und sprachen miteinander. Ich bin ein neugieriger Mensch, schon immer gewesen, und öffnete deswegen vorsichtig das Fenster. Aber es war nichts zu hören, die beiden schienen zu flüstern. Schließlich ging der große Mann zum Hoftor und schloss es auf und der dickliche zog sich tiefer in den Schatten zurück, wo ich ihn nur noch erahnen konnte."

Lotte Nuss knetete ihre Finger, sie war blass, sprach aber leise weiter: „Ich konnte es zwar nicht erkennen, aber ich hatte dieses schreckliche Gefühl, dass dieser Kerl zu mir hinaufstarrte. Ich war wie gelähmt, unfähig, mich zu bewegen, es war ein Albtraum. Dann, endlich, ist er zu seinem Bekannten gegangen, und sie sind aus dem Hof verschwunden."

„Er kann Sie nicht gesehen haben", beruhigte Erna die Frau, „Er hat sicher nur noch einmal die Umgebung kontrolliert."

„Glauben Sie wirklich?"

„Ganz sicher. Wie alt würden Sie die beiden Männer schätzen?"

„Schwer zu sagen. 30, höchstens 40."

„Und sie sind aus dem Hoftor gegangen, als ob nichts gewesen wäre?"

„Als ob nichts gewesen wäre. Womöglich waren es gar nicht die Täter."

„Das kann ich mir kaum vorstellen. Können Sie abschätzen, wie groß die Männer waren?"

„Der eine war etwa 1,75 Meter und der andere vielleicht 1,90 Meter."

Bekker hatte sich Notizen gemacht. Erna tauschte einen schnellen Blick mit ihm aus, dann standen sie vom Sofa auf. Sie baten Frau Nuss, in den nächsten Tagen aufs Polizeirevier zu kommen und ihre Aussage nochmal zu Protokoll zu geben, bevor sie sich von ihr verabschiedeten und das Haus verließen. Bekker rief Denne an und verabredete für den kommenden Morgen ein Treffen, um die Resultate der Befragung durchzugehen.

Gegen Abend klarte es endlich auf und die Sonne kam sogar noch heraus, nachdem es während des Tages immer wieder geschauert hatte. Da Erna und Schack bereits in der Altstadt waren, fiel die Entscheidung leicht, in der Wohnung am Graben zu bleiben, obwohl Bekker gerne wieder in Ernas Boxspringbett geschlafen hätte. Niesberg bot an, Penne mit Thunfisch, Tomaten und Kapern zu kochen, was auf einhellige Begeisterung stieß. Dazu eine Flasche rheinhessischer Grauburgunder und ein Espresso hinterher. Er könne also doch nicht nur fotografieren, spottete Bekker. Die Stimmung war ausgelassen und unbeschwert. Wenn sich ernste Themen anbahnten, wurden die gefährlichen Klippen mit der scheinbar sorglosesten Leichtigkeit umschifft. Nach dem Essen legte sich Erna hin, sie war erschöpft und brauchte Ruhe.

Niesberg schlug Bekker vor, noch einen Spaziergang zum Winterhafen zu unternehmen. Der Kommissar spürte, dass sein Freund mit ihm reden wollte und stimmte zu. Sie gingen durch die Kapuzinerstraße bis zur Dagobertstraße, wo man bereits das Wasser erahnen konnte. Spaziergänge waren ein eingespieltes Ritual der beiden, sie trafen sich wenigstens einmal im Monat, um am Rheinufer entlangzugehen. Heute schlug Bekker jedoch vor, sich im Bootshaus zwei Sauergespritzte zu holen und es sich an der Uferböschung bequem zu machen. Es war mild, 15 Grad, wie sein Handy verriet.

„Da bin ich dabei", sagte Niesberg, als sie die Drehbrücke am Winterhafen überquerten und die Promenade erreichten.

„Erinnerst du dich noch an diesen Sozialarbeiter Kümmert, der hier halbnackt mit Herzstich gesessen hat?", fragte Bekker, obwohl ihm beim Gedanken an diese Geschichte noch immer Schauer über den Rücken liefen. Der Fall hatte damals bizarre Züge angenommen und endete in einer Wahnsinnstat, die nicht nur der Kommissar beinahe mit dem Leben bezahlt hätte. Er hatte einige Zeit gebraucht, sich davon zu erholen.

Niesberg kannte ihn gut genug, um nicht auf diese Bemerkung einzugehen und begann von Gerda zu erzählen. „Ich kann einfach nicht verstehen, warum sie ausgerechnet jetzt, nach mehr als 35 Jahren Ehe, einen solchen Schritt macht. Denkst du, sie hat einen Anderen?"

Bekker sah ihn an und stoppte kurz.

„Eigentlich würde ich vermuten, sie hat jemand Neuen am Start. Nur passt das nicht zur Gerda, kein bisschen. Könnte es vielleicht sein, dass sie einfach die Schnauze voll hat? Von allem, meine ich? Das hört sich bestimmt idiotisch für dich an, aber vielleicht geht es gar nicht so sehr um dich, sondern viel mehr um sie."

„Wie meinst du das? Nimm mich bloß nicht auf den Arm, ich bin echt nicht in der Stimmung dafür."

„Vergiss es, war nur eine fixe Idee", versuchte Bekker seine Äußerung zu entschärfen. Niesberg ließ der Gedanke jedoch keine Ruhe.

„Worauf willst du hinaus?"

„Könnte es nicht sein, dass sie den Eindruck hat, den Laden bei euch seit Jahren allein am Laufen zu halten? Aus ihrer Sicht bist du keine besondere Hilfe gewesen. Zumindest denkt sie das", versuchte er erneut abzuschwächen.

Niesberg schnaufte aufgebracht. Bekker wusste, dass er seine vielversprechende Karriere als Fotograf der Kinder wegen nicht konsequent weiterverfolgt und nach einer intensiven Ausbildung den Quereinstieg als Fotograf bei der Polizei geschafft hatte. Ihm war auch klar, dass das nicht Werners Berufswunsch gewesen war.

„Ich weiß, was du alles aufgegeben hast. Aber eben nicht nur du!"

Gerda hatte ihr Soziologiestudium nach der Geburt des zweiten Kindes abgebrochen, aber immer betont, dass sie diese Entscheidung nie bereut habe. Vielleicht sah sie das mittlerweile anders. Schließlich hatte auch sie sich nie verwirklichen können. Womöglich hatten Niesbergs Exzesse und sein ständiges Gemaule über die Einschnitte, die er hatte machen müssen, irgendwann endgültig das Fass zum Überlaufen gebracht.

Am Bootshaus setzten sie sich an die Uferböschung. Niesberg bestand darauf, die Sauergespritzten zu holen. Das Wasser glänzte silbrig im Abendlicht, dazu der vertraute Geruch des Rheins und die beiden Brücken rechts und links, die diese Idylle umrahmten. Der leichte Wind fühlte sich angenehm an auf der Haut.

„Was habt ihr denn mittlerweile über Norbert Neumann, also Klaus Knechte, rausbekommen?", wollte Niesberg wissen, als er mit zwei vollen Gläsern zurückkam.

„Er hat mehr als zwei Jahre unter falschem Namen in Mainz gelebt und besaß eine weitere Wohnung in Frankfurt-Bockenheim. Außerdem ist er misshandelt und dann hingerichtet worden. In einem Fotoalbum, das in seiner Frankfurter Wohnung lag, haben wir Aufnahmen gefunden, die vermutlich seine Schwester, den Schwager und seinen Neffen zeigen. Das müssen wir aber noch überprüfen. Irgendwie kommt mir das Gesicht des Schwagers bekannt vor. Ich hab' aber keinen blassen Schimmer woher. Warte mal ..."

Bekker griff sein Handy. Nach kurzer Suche hatte er das passende Bild gefunden und hielt Niesberg das Display hin. Der griff sich das Telefon, zoomte ins Bild und nickte schließlich.

„Sag mir nicht, du weißt, wer das ist?", fragte Bekker erstaunt.

„Doch."

„Na los, sag schon."

„Harald ‚Dirty Harry' Fersting. Ein Fußballer, hat jahrelang in der 2. Liga gespielt. Beinharter Verteidiger. Für die 1. Liga hat es aber nie gelangt."

„Nee, oder?" Bekker nahm ihm das Handy wieder aus der Hand. „Ich bin schwer beeindruckt, Werner. Ohne Trikot wäre ich da im Leben nicht draufgekommen. Endlich haben wir etwas Konkretes."

Er schlug vor, noch eine Runde zu holen, bevor das Bootshaus zumachen würde und stand auf.

Niesbergs Blick wanderte über die Leuchtkugeln, die in den Bäumen hingen und für wohlige Stimmung sorgten. Die Geschichte mit Knechte war für ihn nicht nachzuvollziehen, selbst wenn dieser einen triftigen Grund für die Lügen gehabt haben mochte. Seinen Freunden und Bekannten über Jahre hinweg eine falsche Identität vorspielen? Er hätte so etwas nicht gekonnt. War Neumanns Fußballbegeisterung wenigstens echt gewesen oder auch ein Bluff? In jedem Fall hatte er sich ungemein gut ausgekannt im Fußball, das stand fest. Es hatte ihm geholfen, authentisch rüberzukommen: Knechte war ein Fußballkenner.

Bekker kam zurück und gab Niesberg sein Glas. Der berichtete von seiner Überlegung.

„Wir hätten dich in unsere Abteilung holen sollen, statt dich die ganze Zeit Fotos machen zu lassen", bemerkte der Kommissar anerkennend.

„Das ist das Einzige, was ich wirklich kann. Und in unserer damaligen Situation, als Gerda mit Thomas schwanger war, hat sich diese Ausbildungsstelle bei der Polizei eben angeboten. Immerhin kann ich weiter fotografieren. Natürlich hätte ich im Erkennungsdienst noch einiges mehr machen können, aber das war einfach nicht mein Ding. Es ist schon faszinierend, wenn du an einen Tatort kommst und alles Erdenkliche tust, um die Spuren richtig zu lesen und fotografisch festzuhalten; vor allem aber, kein wesentliches Detail zu übersehen. Das erfordert Feingefühl und ein präzises Auge."

„Dafür bist du wie gemacht, Werner", stellte Bekker fest und stieß mit ihm an. Sie genossen ihren Sauergespritzten und damit die Ruhe vor dem Sturm, der sich mit dem neuen Arbeitstag einstellen würde.

Harald „Dirty Harry" Fersting

Die Besprechung mit Denne und Dingmann am nächsten Tag hatte nichts Neues ergeben: Keinem der Anwohner war etwas aufgefallen, das sie hätte weiterbringen können. Die beiden Kollegen würden die restlichen, noch nicht angetroffenen Personen aufsuchen und mit der Befragung fortfahren.

Erna und Schack konzentrierten sich auf Harald Fersting, den Niesberg sofort auf dem Handybild erkannt hatte. Der aktuelle Wohnort des ehemaligen Zweitligaprofis befand sich im Rheinhessischen, in Gau-Bischofsheim. Ihr Anruf, um sich anzukündigen, blieb unbeantwortet, was sie jedoch nicht davon abhielt, sich unverzüglich auf den Weg zu machen. Draußen war es nicht sonderlich warm, aber immerhin hatte es aufgehört zu nieseln. Der graue Himmel schlug dem Kommissar aufs Gemüt, obwohl er wegen des Hinweises auf Fersting Tatendrang verspürte. Wenn es jemanden gab, der ihnen mehr über Klaus Knechte erzählen konnte, so war das Harald Fersting.

Sie nahmen die Rheinhessenstraße stadtauswärts und ließen die Zufahrtsstraße nach Ebersheim rechts liegen. Wenige Kilometer weiter bogen sie in das Weindorf ab, das im Volksmund nur „Bischem" genannt wurde. Für die Fahrt benötigten sie weniger als 20 Minuten. Den Wagen parkten sie vor Ferstings Haus, das am Ortsrand lag und an die Weinberge grenzte. Der Blick über die Hügel hinunter zum Rhein war eine Freude.

Sie klingelten mehrfach, doch niemand machte auf, weshalb Erna vorschlug, durch den Garten zu gehen. Vielleicht war

Fersting ja draußen und hörte sie nicht. Sie gingen gerade die Treppen hinunter, als sich die Eingangstür öffnete und „Dirty Harry" Fersting vor ihnen stand. Er sah schrecklich aus: Der ehemalige Profisportler trug Jogginganzug und Badeschlappen, hatte dunkle Ringe unter den Augen, war unrasiert und schien schon getrunken zu haben. Offensichtlich hatte er das Haus an diesem Morgen noch nicht verlassen.

„Harald Fersting?", versicherte sich Bekker.

„Ja, der bin ich." Seine Stimmer klang rau und verlebt. Er wirkte übermüdet und am Ende seiner Kräfte.

„Kriminalpolizei Mainz, Hauptkommissare Dunst und Bekker. Können wir uns einen Augenblick unterhalten?"

„Worum geht es denn?"

Bekker entschied spontan, die Hiobsbotschaft über Knechtes Ermordung erst einmal nicht zu übermitteln und antwortete ausweichend: „Wir würden uns gerne mit Ihnen über Klaus Knechte unterhalten."

Ferstings Augen zuckten kurz, für den Bruchteil einer Sekunde schien er wie erstarrt, fing sich aber gleich wieder und bat die beiden herein.

Im Flur hingen gerahmte Fotos, die ihn mit seiner Frau, seinem Sohn und beim Sport zeigten. Im Wohnzimmer standen mehrere Pokale in einem Regal, daneben lagen Medaillen, die Bekker auf die Entfernung nicht zuordnen konnte. Dazu hätte er sich die Sammlung aus der Nähe ansehen müssen. Fersting bat die Kommissare auf die Terrasse.

„Kaffee oder etwas anderes? Alkohol werden sie ja keinen trinken dürfen im Dienst."

„Kaffee wäre prima. Einmal mit Milch und einmal schwarz", griff Erna der Nachfrage ihres Gastgebers vor. Während er in die Küche verschwand, machten es sich die beiden auf dem überdachten Teil der Terrasse bequem. Sie blickten auf einen recht weitläufigen Rasen, der seit einiger Zeit nicht mehr gemäht worden war. Am anderen Ende stand ein Kleinfeldtor. Bekker tippte auf Ferstings Sohn, den er im Album beim Fußballspielen gesehen hatte. Der Anblick des ungepflegten Rasens, dessen Halme die Bodenholme des Tores deutlich überwuchert hatten, war trist. Endlich kam Fersting zu ihnen auf die Terrasse, reichte den Kommissaren ihre Tassen und nahm seine vom Tablett. Bekker fragte nach, ob Klaus Knechte Ferstings Schwager sei.

„Ja, der Bruder meiner verstorbenen Frau Christine. Wir haben früher viel gemeinsam unternommen, das ist aber schon einige Zeit her."

„Wann haben Sie ihn zum letzten Mal gesehen?"

„Kann ich nicht genau sagen. Ist schon eine Zeit lang her."

„Leben Sie alleine?"

„Leider ja." Seine Antwort klang, als wolle er nicht weiter darüber nachdenken, aber Bekker hakte nach. „Aber noch nicht allzu lange?"

Fersting, der eben noch auf die Kaffeetasse in seiner Hand gestarrt hatte, sah auf.

„Schon eine Weile. Mein Sohn Leon hat mit mir zusammengewohnt."

Bekker spürte, dass etwas Gravierendes vorgefallen sein musste. Er würde diese Frage zurückstellen. Das, was es zu wissen gab, würde ohnehin zur Sprache kommen.

„Wie lange haben Sie eigentlich professionell Fußball gespielt?", versuchte Bekker sein Gegenüber auf andere Gedanken zu bringen.

„14 Jahre. Ich habe es zwar nie in die 1. Bundesliga geschafft, aber in der 2. war ich ein gefürchteter Verteidiger."

„Das kann mal wohl sagen. Ich hab' Sie ein paar Mal am Bruchweg spielen sehen."

„Das waren schöne Zeiten." Fersting klang wehmütig.

„Und Ihr Sohn Leon? Hat er Ihr Talent?"

„Mein Talent? Dass ich nicht lache. Er war eines der größten Torwarttalente, das der deutsche Fußball je gesehen hat." Ihm stand die Verzweiflung ins Gesicht geschrieben.

„Was ist denn passiert?"

„Sportinvalide, kaputtes Knie."

Bekker wollte etwas einwerfen, hielt aber den Mund.

„Ihm standen alle Türen offen. Es gab nichts, was er nicht konnte. Leon hatte gehörig Ehrgeiz, die nötige Ruhe, einen perfekten Körper und unglaubliche Reflexe. Und dann, mit einem Mal, war alles vorbei."

„Was macht er denn jetzt?"

Dem ehemals eisenharten „Dirty Harry" stiegen Tränen in die Augen. Er schüttelte den Kopf, als würde er auch jetzt noch nicht wahrhaben wollen, was geschehen war.

„Er verlor völlig die Orientierung, hatte an nichts mehr Interesse."

Der Umstand, dass Fersting von seinem Sohn in der Vergangenheit sprach, ließ keinen Spielraum für Interpretationen. Die entstandene Pause war schwer zu ertragen, bis er endlich weitersprach: „Dann kamen der Umzug nach Köln, die Drogen und schließlich begann er, mir Vorwürfe zu machen: Ich hätte mich durch ihn verwirklicht, sein Leben zu meinem Leben gemacht. Durch ihn hätte ich mein Leben wieder in Ordnung bringen wollen."

„Wie hat er das gemeint?", wollte Erna wissen.

Er seufzte. „Keine Ahnung. Ich wüsste nicht, wofür ich mich schämen sollte."

Die Formulierung gefiel Bekker nicht, sie klang, als würde Fersting etwas vom sich weisen wollen, und das, obwohl sie ihn nicht beschuldigt hatten.

Der Ex-Profi sprach weiter: „Dann kam der Anruf. Das ist jetzt gut zweieinhalb Jahre her – Leon war an einer Überdosis gestorben." Ihm liefen Tränen über die Wangen. Dieser Mann wurde offensichtlich von Schuldgefühlen geplagt.

„Wie ist Leon zum Sportinvaliden geworden?"

„Er hatte an einem Wochenende vor ein paar Jahren zusätzliches, privates Training. Anschließend trainierte er noch alleine weiter, wobei er sich bei einem Sturz das Knie ruinierte. Ich hatte die Hoffnung, dass es wieder gut werden würde, doch nach der Operation entzündete sich das Knie regelmäßig bei höherer Belastung. Es war schrecklich mit anzusehen, wie Leon das Zutrauen in seinen Körper verlor, seine Verunsicherung sich immer weiter ausbreitete. Irgendwann hat er endgültig die Hoffnung verloren, dass alles zu einem guten Ende kommen würde. Von dem Moment an, da man darauf wartet, dass etwas schiefgeht, ist es eigentlich vorbei."

Ferstings Gesicht wirkte grau und eingefallen, dieser Knockout hatte den Ex-Profi gebrochen. Dass er sich davon erholen würde, war kaum anzunehmen. Und jetzt würde er noch erfahren müssen, was mit Klaus Knechte geschehen war. Erna fasste sich ein Herz: „Leider haben wir schlechte Nachrichten Ihren Schwager betreffend."

Er sah sie mit leerem Blick an und schwieg.

„Er wurde in Mainz ermordet aufgefunden."

„Wo?", fragte er tonlos.

„Im Hinterhof in der Badergasse, dort, wo man ..."

„Ich kenne den Hof und diese Zuber. Befand sich da nicht jahrhundertelang der Zunftsitz der Bader?"

„Genau. Woher kennen Sie als Messfremder den historischen Bezug?", frage Bekker ein wenig verwundert.

„Ich habe mal bei einer Stadtführung davon gehört."

Auch wenn diese Erklärung plausibel schien, wirkte sie doch nicht wirklich überzeugend. War dem Ex-Profi der Hinterhof wirklich bekannt? Oder wusste er womöglich schon über die Ermordung seines Schwagers Bescheid? Aber wenn ja: woher? Offiziell hatte man noch nichts verlauten lassen. Man konnte sich des Eindrucks nicht erwehren, Fersting würde nicht offen mit ihnen reden. Also entschied Bekker, ihn mit den wenig angenehmen Fakten des Mordes zu konfrontieren.

„Man hat Knechte gefoltert und dann per Kopfschuss hingerichtet. Das ist für einen Mann, der bei der Polizei nie aktenkundig geworden ist, ein ziemlich unerwartetes Ende, denn es riecht nach Illegalität. Haben Sie vielleicht eine Ahnung, mit was er sich die letzten Jahre beschäftigt hat?"

„Ich kann Ihnen da nicht weiterhelfen", war Ferstings etwas übereilte Antwort. Erna und Schack schauten sich kurz an, beide dachten das Gleiche: Harald Fersting wusste sehr wohl etwas über seinen Schwager. Bekker ließ nicht locker.

„Überlegen Sie nochmal: Wann haben Sie sich das letzte Mal gesehen?"

Es dauerte, bis er endlich antwortete. „Das muss bei Leons Beerdigung gewesen sein."

„Wie sehr hat Klaus Knechte der Tod seines Neffen berührt?"

„Er war untröstlich, konnte sich nicht darüber beruhigen. Er hat mich sogar überredet, eine Autopsie machen zu lassen."

„Und was ist dabei rausgekommen?"

„Nichts."

„Nicht einmal, warum sich das Knie immer wieder entzündet hat? Ich hätte das wissen wollen", warf Bekker ein.

„Nein, natürlich nicht! Sonst hätte ich es in Ordnung bringen lassen, als es noch möglich war", rief Fersting verärgert aus. Auch wenn Bekkers Frage etwas zu persönlich gewesen war, gab es doch keinen Grund, sich derart darüber aufzuregen.

„Noch eine letzte Frage, Herr Fersting: Wo wurde die Untersuchung durchgeführt?"

„In Mainz, von einem Doktor Büben, wenn ich mich richtig erinnere."

Die Stimmung war gekippt und es war klar, dass ihr Gastgeber freiwillig nichts mehr sagen würde. Erna und Schack machten sich auf den Weg zurück nach Mainz. Sollte es eindeutige Hinweise geben, dass Fersting mehr wusste und womöglich sogar tiefer in die Sache verwickelt war, würden sie wiederkommen.

Hätten sie damit gerechnet, wäre ihnen der dunkelblaue BMW, der ihrem Wagen in sicherer Entfernung folgte, fraglos aufgefallen.

Der Kerl schwieg eisern, es war nichts aus ihm rauszukriegen. Das musste man ihm lassen, er hielt sich wacker. Jetzt packte sein Partner den Mann und drückte eine Zigarette in dessen Handinnenfläche aus. Der schrie aus Leibeskräften in den Knebel, den sie ihm in den Mund gestopft hatten. Als er sich beruhigt hatte, entfernten sie Klebeband und Tuch und befragten ihn erneut. Wieder nur hasserfülltes Schweigen.
Er gab seinem Kumpel zu verstehen, dass er rausgehen würde, nur eine kurze Pause machen wolle – der nickte nur kurz. Sein eiskalter Blick verriet, dass er etwas im Sinn hatte. Ihm war jedes Mittel recht, um an die notwendigen Informationen zu gelangen.

Drüben im Schlafzimmer öffnete er das Fenster und blickte hinaus in die Nacht. Instinktiv zog er eine Zigarette heraus und klopfte, so wie er das immer tat, mit dem Zeigefinger den Tabak ein wenig fester. Dann zündete er sie an und atmete den Rauch tief ein. Von drüben drangen jetzt Stimmen zu ihm, erst leise, dann etwas lauter. Vielleicht hatte sein Partner den richtigen Kniff gefunden, um den Typen zu knacken. Plötzlich Drohungen, gefolgt von Schreien – dann totale Stille. Was war da los? Er drückte schnell die Zigarette aus, schloss das Fenster und lief zurück.

Das Knie des Anstoßes

Sie mussten an mehreren Fronten gleichzeitig ermitteln, doch die Kommissare beschlossen auf dem Rückweg, sich erst einmal das Ergebnis der Autopsie von Leon Fersting anzusehen. Etwas an „Dirty Harrys" Reaktion hatte sie irritiert. Schack fiel die Aufgabe zu, Kur in der Rechtsmedizin aufzusuchen, Erna würde sich derweil um Knechtes persönliche Unterlagen kümmern.

Vor dem Eingang der Polizei ließ Bekker seine Kollegin aus dem Wagen steigen, bevor er auf gut Glück zum rechtsmedizinischen Institut fuhr. Kur würde sich auf jeden Fall ein paar Minuten Zeit für ihn nehmen.

Der Rechtsmediziner saß in seinem Zimmer über einen Schnellhefter gebeugt und winkte seinen Freund zu sich.

„Hallo Schack. Dich drückt der Schuh, wenn du unangemeldet in der Totenwelt auftauchst."

„Stimmt. Es geht um Leon Fersting. Auf Wunsch seines Vaters wurde eine Autopsie bei ihm durchgeführt. Er ist an einer Überdosis gestorben. Soweit mir bekannt ist, hat Bübchen diese Autopsie gemacht."

„Der Maximilian? Wo war ich denn da?"

„Im Urlaub vielleicht?", stichelte Bekker.

„Mag sein. Wenn es nichts Besonderes zu berichten gibt, erfahre ich über diese Untersuchungen nichts. Hat der Chef höchstselbst so festgelegt. Was genau möchtest du denn wissen?"

„Der Junge soll ein großes Torwarttalent gewesen sein, bis er sich das Knie ruiniert hat. Sportinvalide. Ich müsste wissen, ob er sonst gesund war und wie du den Zustand seines Knies einschätzt."

Walter Kur rief seine Sekretärin an und bat um die Unterlagen. Keine zehn Minuten später lagen sie vor ihm auf dem Schreibtisch.

„Hast du das nicht in deiner Datenbank?"

„Gut möglich, aber ich behalte mir das Recht des schrulligen Institutsleiters vor, so etwas lieber auf Papier vor mir liegen zu haben."

Kur begann zu lesen. „Leon Fersting war bis zum Zeitpunkt seines Todes kerngesund. Keine Auffälligkeiten, bis auf das Knie." Er blätterte und las an anderer Stelle weiter. „Hm, also das ist..."

Bekker wurde hellhörig. „Das ist was, Walter?"

„Na ja, die hier beschriebenen Schäden lassen in ihrer Kombination eher auf ein schweres Trauma als auf eine Trainingsverletzung beim Fußball schließen. Er hatte Knorpelschäden, Knochenabsplitterungen, eine geschädigte Knochenhaut und Läsionen verschiedener Art."

„Das passt also nicht. Wie könnte er sich diese Verletzung noch zugezogen haben?"

„Gewalteinwirkung wäre eine Möglichkeit. Jemand könnte mit einem stumpfen Gegenstand auf das Knie eingeschlagen haben."

„So etwas wie eine brutale Schlägerei unter Jugendlichen? Das hätte er seinem Vater wahrscheinlich nicht erzählt. Und Bübchen ist zu demselben Ergebnis gelangt?"

„Wenn nicht, hätte ich ihm kaum eine Stelle angeboten."

„Ja, ja, der gute Assistent, der ohne Charme und Ausstrahlung nebenherläuft. Der klassische Wissbadener eben."

Sie lachten über den alten Witz des Kommissars.

„Ich frage trotzdem nochmal nach und gebe dir Bescheid."

„Danke, Walter. Kannst du mir die Unterlagen kopieren?"

„Na klar. Du hattest schon vermutet, dass es kein Trainingsunfall war, richtig?"

„Leider ja. Und so wie es aussieht, wussten Vater und Onkel darüber Bescheid. Ich werde nochmal ein ernstes Wörtchen mit „Dirty Harry" Fersting sprechen müssen."

„Dieser Treter aus Zweitligazeiten? Den habe ich noch gut in Erinnerung. Beinhart und kompromisslos."

„Tja, den Spitznamen hat er sich redlich verdient."

Kur sah ihn stirnrunzelnd an. „Der kommt aber nicht nur von seiner Spielweise."

„Wie meinst du das?"

„Fersting soll in Spielmanipulationen verwickelt gewesen sein."

„Das ist nicht dein Ernst, Walter!" Plötzlich machte es bei Bekker Klick im Kopf: Der extrem ehrgeizige Harald Fersting hatte es nie zu den höchsten Weihen im Fußball gebracht und vermutlich irgendwann begonnen, sich an Spielmanipulationen zu beteiligen, um etwas auf die Seite zu legen.

„Von wem weißt du das?"

„Von einem deiner Kollegen, dem ich bei einem medizinischen Problem geholfen habe. Heinz Molok, der stille Heinz. Ist leider vor einem halben Jahr gestorben. Da er wusste, dass ich gerne auf Fußballspiele wette, hat er mir den Tipp gegeben, ich solle Partien meiden, bei denen „Dirty Harry" seine Füße im Spiel hat, sozusagen."

„Dann muss ich mal beim Kommissariat für Organisierte Kriminalität nachfragen."

„Heinz hat mir damals erklärt, dass das mit den Wettmanipulationen eine heiße Kiste ist. Da geht es um riesige Summen und man kann den Betrug nur ganz schlecht nachweisen. Außerdem gibt es wenig Unterstützung von offizieller Seite, weil es dem Ansehen des Fußballs schadet."

„Also nichts von *Wäbret den Anfängen* und so."

„Laut Heinz kommst du nur an diese Leute ran, wenn du in den Kreisen verkehrst, also Insider bist."

„Ein Insider! Verdammt, Walter. Hat Klaus Knechte etwa deshalb seinen Namen geändert und ist untergetaucht? Wollte er gegen die Wettbetrüger vorgehen? Aber was könnte sein Motiv gewesen sein? Hat er bei einem Betrug Geld verloren? Nein, das passt nicht zu ihm…"

„Kann dir nicht ganz folgen, Schack."

„Das erkläre ich dir bei Gelegenheit. Ich muss los."

Bekker griff seine Jacke, dankte Kur noch schnell und war im nächsten Moment aus der Tür. Draußen wollte er gleich ins Auto springen, doch dann hielt er inne. Du bist viel zu aufgedreht, Schack, dachte er sich. Rauch ein Kippchen und komm erst mal runter. Dann rufst du Erna an, um mit ihr die Situation zu besprechen.

Er kramte eine Zigarette hervor und zündete sie an. Jede Menge Gedanken schossen ihm durch den Kopf: Als man Knechtes Appartement auf den Kopf gestellt hat, könnte nach Beweisen gesucht worden sein, die er gesammelt hatte. Nur, gegen wen? Die Frage würde Fersting ihm vielleicht beantworten können. Hatte der für seinen Schwager Kontakt zu den Wettbetrügern hergestellt? Nach Aussage des stillen Heinz hatte er gute Verbindungen zur Halbwelt. Was konnte Knechte dazu bewogen haben, solch einen drastischen Weg einzuschlagen? Das musste etwas sehr Persönliches gewesen sein. Ging es um Leon? Fersting senior hatte erwähnt, dass Knechte nach Leons Tod untröstlich gewesen war. Er selbst hatte keine Kinder gehabt und seine Frau Evelyn war tot. Welche Rolle spielte Leon in der ganzen Sache? Der Junge hatte zu diesem Zeitpunkt bei den A-Junioren gespielt.

Bekker traf eine Entscheidung, drückte die Zigarette aus und ging zum Wagen. Er wollte noch mit Erna reden, erreichte aber nur die Mailbox: „Schack hier. Du, ich fahr nochmal raus zu Fersting. Walter weiß aus sicherer Quelle, dass der während seiner aktiven Zeit in Spielmanipulationen verwickelt war. Irgendwie hängen Fersting und Knechte da drin. Ich melde mich später."

Er fuhr zügig, hatte das Gefühl, dass die Zeit drängte. Etwas Wesentliches schien er zu übersehen, doch er konnte nicht sagen, was. Als er auf die Rheinhessenstraße einbog, raste ein Wagen an ihm vorbei. Der Kommissar pöbelte ihm hinterher. Er war gespannt, was Fersting ihm für Ausreden präsentieren würde, wenn er ihn mit seiner Vergangenheit konfrontierte. Er brauchte einen Plan, um den Ex-Profi in die Enge zu treiben. Bekker stellte sich einen Boxkampf vor, den es zu gewinnen galt. Er würde Fersting zuerst mit Körpertreffern bearbeiten, ihn schwächen, und dann zum finalen Schlag ausholen. Er würde ihn so lange bearbeiten, bis er auspackte.

Bei Ebersheim setzte plötzlich ein infernalisches Gewitter ein, es blitzte und donnerte ohne Unterlass und Regen prasselte auf die Erde herab. Bekker kam nur noch im Schritttempo voran, weil das Wasser in kürzester Zeit zentimeterhoch auf der Straße stand. Als er nach Gau-Bischofsheim einfuhr, hatte der sintflutartige Schauer bereits etwas nachgelassen. Er parkte den Wagen direkt vor Ferstings Haus, um nicht durch den Schlamm waten zu müssen, der die Straße bedeckte.

Irgendwie beruhigend, dass der Mensch sich die Erde letztendlich doch nicht so ganz Untertan machen konnte, sagte sich Bekker und klingelte. Dieses Mal war der ehemalige Fußballprofi sofort an der Tür, schien jedoch ein wenig erstaunt, den Kommissar zu sehen.

„Hallo, Herr Fersting. Ich hätte da noch ein paar Fragen, die Sie mir bitte beantworten müssten."

„Ich wüsste nicht, was es noch zu besprechen gibt." Er verschränkte die Arme vor dem Oberkörper und sah Bekker herausfordernd an.

„Wenn ich ungelegen komme, kann ich Sie gerne zum Gespräch nach Mainz vorladen. Kein Problem."

„Das grenzt ja fast an Nötigung."

„Herr Fersting, wir ermitteln im Mordfall Ihres Schwagers und Sie sind der einzige noch lebende Verwandte. Ich weiß nicht, warum Sie unseren Versuch der Aufklärung als Nötigung sehen. Beantworten Sie jetzt meine Fragen oder nicht?"

„Kommen Sie halt rein."

Bekker ging nah genug an den Pokalen und Medaillen vorbei, um erkennen zu können, dass sie Leon Fersting gehört hatten. Sie nahmen im Wohnzimmer Platz, sein Gastgeber bot ihm nichts an.

„Ich müsste mit Ihnen über Ihre Vergangenheit sprechen."

„Auf dann."

„Dirty Harry", war das einzige, was Bekker sagte.

„Mein Spitzname, ja und? Ich war eben nicht zimperlich, wenn der Ball rollte."

„Wer hat Ihnen den Namen gegeben?"

„Ein früherer Mannschaftskamerad. Wie ich schon sagte, hart und nicht immer ganz fair."

„Für den Erfolg haben Sie immer alles getan, was nötig war?"

„Was soll die Frage? Natürlich."

„Kennen Sie Heinz Molok?" Er würde dessen Tod verschweigen.

Fersting sah ihn irritiert an. „Sollte ich?"

„Es wäre möglich, er kannte immerhin Sie."

„Aha, und in welchem Zusammenhang?"

„Molok ist ein Kollege von mir. Von ihm stammt der Hinweis, was Ihr Spitzname noch bedeutet."

„Ich habe keine Ahnung, worauf Sie hinauswollen." Sein Gegenüber versuchte gelangweilt zu wirken, was aber nicht besonders gut glückte.

„Sie haben als Spieler Partien für die Wettmafia manipuliert."

„Wer hat Ihnen denn diesen Bären aufgebunden?"

„Es gibt Unterlagen und Aussagen", pokerte Bekker und sah Fersting herausfordernd an. Der schwieg, was man als stummes Eingeständnis seiner Schuld werten konnte.

„Was mich aber viel mehr interessiert, ist die Knieverletzung Ihres Sohnes und die Ermordung Ihres Schwagers."

„Warum verschwinden Sie nicht einfach!" Fersting war kurz davor, die Fassung zu verlieren. „Ich werde nichts mehr sagen."

Der Kommissar führte ruhig und sachlich weiter aus:

„Wie schon erwähnt, wurde Klaus Knechte – ich nenne es mal beim Namen – hingerichtet. Außerdem hat man ihn gefoltert. Warum bloß? Haben Sie vielleicht doch eine Idee? Sie haben mindestens bis zum Ende Ihrer Spielerkarriere mit der Halbwelt gemeinsame Sache gemacht. Wollen Sie mir etwa weismachen, dass ich alles falsch interpretiere und es hier keinen Zusammenhang gibt?" Allmählich kam Bekker in Rage.

„Und die Knieverletzung Ihres Sohnes? Ich habe dem leitenden Rechtsmediziner des Instituts in Mainz nach unserem Gespräch heute Morgen einen Besuch abgestattet. Er hat sich den Bericht angesehen und es besteht dringender Grund zur Annahme, dass sich Leon diese Knieverletzung nicht beim Fußballtraining zugezogen hat. Sie wurde durch brachiale Gewalt hervorgerufen. Ich frage Sie, was Klaus Knechte wohl tun wollte, nachdem er all das begriffen hat. Hören Sie endlich auf, mich anzulügen. Das sind Sie Ihrem Sohn und Ihrem Schwager schuldig. Die Sache ist viel ernster, als Sie denken", warnte er laut.

Stille, bleierne Stille.

Harry Fersting saß da, als habe man ihm das Herz herausgerissen und auf einem silbernen Tablett präsentiert. Er war in sich zusammengesunken und atmete schwer, das Gesicht war eingefallen, die Augen wirkten schrecklich leer. „Ich war großer Dirty-Harry-Fan und der Spitzname passte einfach zu meiner Spielweise. Aber leider stimmt auch, was Ihr Kollege über mich sagt. Ich habe Spiele manipuliert und das Ganze in der Mannschaft organisiert", antwortete er langsam und leise.

„Wie viele Spieler waren bei so einem Betrug eingeweiht?"

„Mindestens drei, besser vier. Man braucht einen oder zwei Abwehrspieler, einer davon im Zentrum, sowie den Torwart und nach Möglichkeit den torgefährlichsten Stürmer. Am sichersten ist es, Spiele zu verlieren, die man auch so verlieren würde. Man sorgt dann nur dafür, dass das auch wirklich passiert. Das gibt zwar keine allzu hohen Wettquoten, aber es ist, wie gesagt, sicher. Und es fällt nicht auf. Oder man fängt sich eine gelbe Karte ein, verursacht einen Elfmeter... mittlerweile kann man auf fast alles wetten. Daran sind die Schlitzaugen schuld, die sind wie besessen. Sollten lieber trinken statt wetten. Schwieriger wird es, wenn ein bestimmtes Ergebnis erzielt werden soll, wenn man also beispielsweise zwei Tore in einer Halbzeit kassieren oder in den letzten fünf Minuten verlieren muss. Das klappt nicht immer, aber dessen sind sich auch die Wettpaten bewusst. Trotzdem kommt damit weit mehr Geld herein, als durch unglückliche Spielverläufe verlorengeht."

„Und wie kommt eine solche Absprache zustande?"

„Die sogenannten Läufer, oftmals sind das Ex-Profis, haben Kontakt zu den Spielern, deren Vertrauen sie genießen. Daran schließt sich eine Kette von Verbindungsmännern, die mitunter bis Osteuropa und Asien reichen kann. Dort wird, wie ich schon sagte, mit Abstand am meisten gewettet, und zwar in allen nur erdenklichen Varianten."

„Werden denn mehr Spiele manipuliert, als man vermuten würde?"

„Ich glaube, das wollen Sie nicht wissen."

„Wie ist das mit ihrem Schwager abgelaufen?", kam Bekker auf sein eigentliches Anliegen zurück.

„Durch die Autopsie hat sich unser Verdacht bestätigt, dass Leon sich nicht beim Training verletzt hatte. Ich habe daraufhin meine alten Kanäle aktiviert und herausgefunden, dass ihm zwei Schläger aufgelauert haben, weil er sich geweigert hatte, ein Spiel zu manipulieren."

„Ich verstehe nicht ganz. Ihr Sohn spielte doch bei den A-Junioren. Wie geht das zusammen?"

„A-Junioren-Bundesliga. Vor allem in Asien wird gerne auf diese Spiele gewettet, weil zu dieser Uhrzeit kaum andere Partien anstehen und Deutschland unter den Wettenden im Vergleich zu anderen Ländern als weniger korrupt gilt."

„Warum sollte sich Leon auf so etwas eingelassen haben? Er hatte doch anscheinend eine große Karriere in Aussicht."

Dass man ihn vielleicht angesprochen hatte, weil schon sein Vater an Manipulationen beteiligt gewesen war, erwähnte der Kommissar nicht.

„Das haben wir uns auch gefragt. Es ergibt einfach keinen Sinn. Wissen Sie, man wird hier nicht mit vorgehaltener Waffe gezwungen, Spiele zu verschieben. Das läuft meist über die persönliche Schiene: Da ist doch nichts dabei, ein paar leicht verdiente Euro und so weiter und so fort. Das passte einfach nicht zu meinem Jungen, und Geldprobleme hatte er definitiv auch keine. Dann hat mich Klaus eines Tages gefragt, ob ich ihn in diese Zockerwelt einführen könne. Ich habe ihn davor gewarnt, ihm erklärt, dass das gefährliche Jungs sind, die nicht lange fackeln, vor allem, wenn man sie hinters Licht zu führen versucht. Klaus hat mir versichert, dass er weiß, was zu tun ist. Also habe ich getan, worum er mich gebeten hat."

„Wie ist die Sache denn abgelaufen?"

„Er hat zuerst jedes verfügbare Fachbuch über Wettbetrug und die Strukturen dahinter gelesen. Dann hat er sich mit Computern und entsprechenden Programmen eingedeckt, mit denen er Wettquoten gegeneinander abgleichen konnte und so weiter. Man braucht Verbindungsleute, um an die illegalen Wettanbieter in Asien zu kommen. Wetten ist kein Risiko, denn dahinter stehen die chinesischen Triaden, die eine reibungslose und korrekte Abwicklung garantieren. Es hat meines Wissens noch keinen Fall gegeben, bei dem der Gewinn nicht ausgezahlt wurde. Außerdem kann man dort mehr setzen als in Europa. Ich habe also ein paar Leute angerufen, mit denen ich früher zu tun hatte, für ihn gebürgt und ihn eingeführt. Klaus war ziemlich erfolgreich. Damit hat er Aufmerksamkeit auf sich gezogen. Als hochgeachteter Broker an der Börse und Experte in Risikoberechnungen war er ein mathematisches Ass. Das ist ein enormer Vorteil, wenn man wettet. Ante Šapina beispielsweise hat mithilfe seiner mathematischen Begabung gutes Geld mit regulären Wetten verdient, noch bevor er angefangen hat, zu manipulieren. Irgendwann kommt jedoch die Gier ins Spiel und man versucht, seine Chancen mit illegalen Mitteln zu verbessern. Ich konnte Klaus zwei, drei Informationen über meine alten Verbindungen verschaffen, durch die er dann endgültig zum Insider wurde."

„Können Sie sich vorstellen, warum man Ihren Schwager mit einem Kopfschuss hingerichtet hat?"

„Er wollte ein Dossier über die Aktivitäten dieser Leute anlegen und Beweise über die Betrügereien sammeln. Er hatte vor, sich an denen zu rächen, die Leon das angetan haben. Ich denke, er ist aufgeflogen."

„Zwei Fragen habe ich noch, Herr Fersting: Haben Sie eine Ahnung, wo sich dieser Bericht befinden könnte? Und wissen Sie, wer diese Leute sind, die offensichtlich alles tun, um in dessen Besitz zu kommen?"

„Ich weiß nicht, wo Klaus die Unterlagen hat. Vermutlich wurden sie schon gefunden. Der Boss heißt Emil…"

Mehrere Kugeln durchschlugen plötzlich das Glas der Verandatür, Schussgeräusche waren jedoch nicht zu hören: Der Schütze verwendete einen Schalldämpfer. Bekker sprang vom Sofa und verschanzte sich. Natürlich hatte er keine Waffe dabei. Eine Kugel traf den Fernseher, der mit einem dumpfen Knall implodierte. Bekker brüllte Fersting an, er solle aus der Schusslinie verschwinden, doch der rührte sich nicht. Der Kommissar lugte um die Ecke des Sofas nach draußen. Alles schien wieder still. Er kam hoch und sah, dass Ferstings Brust von mehreren Kugeln getroffen worden war. Für ihn würde es keine Hilfe mehr geben.

Als er hörte, wie draußen ein Wagen gestartet wurde, rannte er los. Ein dunkelblauer BMW bog auf die Hauptstraße. Vielleicht würde er ihn noch einholen und das Kennzeichen erkennen können, dachte er, als er seinen Wagen erreichte. Bekker raste zur Hauptstraße und nahm die Verfolgung auf. Wütend schlug er auf das Lenkrad.

„Du Vollidiot, das hättest du kommen sehen müssen", schrie er, um die Todesangst, die er jetzt erst spürte, loszuwerden. In halsbrecherischer Fahrt überholte er einen Kleinlaster und erreichte die Rheinhessenstraße. Er fuhr so schnell, wie er es gerade noch verantworten konnte, flog an zwei weiteren Wagen vorbei und erkannte etwa 100 Meter vor ihm den BMW. Ein weiteres Auto konnte er überholen, bevor der Fahrer ihn entdeckte und Tempo aufnahm.

Ich brauche das verdammte Nummernschild, sagte er sich. Bekker versuchte es zu lesen, kniff die Augen zusammen. Er meinte, das Mainzer Nummernschild AC-159 zu erkennen, aber der Abstand wurde immer wieder größer. Bekker rief die Zentrale an und gab seine Position, Wagentyp, Farbe sowie Nummernschild des BMW an. Außerdem teilte er mit, dass der oder die Insassen bewaffnet und hochgefährlich waren und berichtete vom Mord an Harald Fersting, den er den zuständigen Kollegen melden würde. An der Kreuzung nach Hechtsheim konnte er wegen des Gegenverkehrs nicht überholen und musste anhalten.

Der BMW war verschwunden. Bekker bog rechts ab, hielt am Straßenrand und saß für einen Moment einfach nur da. Diese Schweine hatten Fersting direkt vor seiner Nase umgelegt. Für ihn bestand nicht der geringste Zweifel, dass es sich um die Mörder von Klaus Knechte handelte. Er musste sofort zum Tatort zurück, vielleicht fand sich dort etwas, das ihn weiterbringen würde. Dieses Pack musste ihnen schon am Vormittag gefolgt sein, aber ihm war nichts aufgefallen. Bekker drehte den Wagen und fuhr zurück nach Gau-Bischofsheim. Auf dem Weg rief er Erna an, die immer noch Knechtes Unterlagen sichtete, und versuchte das Erlebte möglichst nüchtern zu schildern.

„Ich bin jetzt da und werfe noch einmal einen Blick ins Haus. Dann verständige ich die Kollegen und komme zurück

nach Mainz. Die Lage beginnt zu eskalieren und solange Knechtes Dossier nicht gefunden ist, werden die keine Ruhe geben."
„Ich bin so froh, dass dir nichts passiert ist, Schack."
„Bis später, Liebling."

Schack klang hart und ernst, dachte Erna, als sie auflegte und sich wieder in Knechtes Unterlagen vergrub, aus denen bisher nichts hervorging. Ein unbescholtener, wohlhabender Bürger, der unterhalb seiner finanziellen Möglichkeiten lebte. Das passte. Aber noch hatte sie mehr als die Hälfte der Papiere vor sich. Es taucht immer irgendwann etwas auf, das man nicht vermutet, sagte sie sich und stand auf, um sich einen Tee zu kochen. Solange sie nicht wussten, was Knechte herausgefunden und dokumentiert hatte, war nicht einzuschätzen, was noch alles passieren würde. Ihr fiel ein, dass sie unbedingt Knechtes Wohnung am Brand beobachten sollten, wenn es nicht schon zu spät war. Sie nahm den Hörer und rief Dingmann an.

Die beiden unterhielten sich schon eine ganze Weile. Weil die Verandatür gekippt war, konnten sie das Gespräch recht gut mitverfolgen. Dieser Kommissar wusste mittlerweile über die schwere Knieverletzung Leo Ferstings Bescheid, die sein Partner dem Jungen zugefügt hatte. Ein selten dummer Fehler, der viel Staub aufgewirbelt hatte.
   Die Situation spitzte sich zu. Dirty Harry begann jetzt über die Praktiken bei den Wettmanipulationen auszupacken. An diesem Punkt war es nur noch ein kleiner Schritt und er würde Namen nennen. Das mussten sie unbedingt verhindern! Und zwar auf der Stelle. Nur wie? Er würde ihn anrufen und warnen. Während er das Handy rausholte, war sein Partner bereits aufgesprungen und hatte sich mit wenigen Schritten hinter einer

Hecke in der Nähe der Tür in Stellung gebracht. Er würde doch nicht…? Schon feuerte er mehrere Kugeln ab, die durch die Glastür schossen.

Im nächsten Moment rannten sie durch den Garten zurück zum Wagen, stiegen hastig ein und fuhren in Richtung Rheinhessenstraße.

„Du hast hoffentlich nicht auch noch den Bullen abgeknallt?"

„Für wie blöd hältst du mich eigentlich?"

Er hielt ihn für gemeingefährlich und unkontrollierbar. Der Boss musste informiert werden, er sollte entscheiden, wie weiter vorzugehen war.

Im Rückspiegel sah er plötzlich den Wagen des Kommissars auftauchen, der langsam, aber stetig näherkam. Er gab noch einmal Gas, überholte in kurzer Folge zwei Autos und schaffte es gerade noch, mit einem halsbrecherischen Manöver, die Ampel an der Abzweigung nach Hechtsheim bei Orange zu passieren. Sie hatten den Polizisten abgehängt.

Der Vorhang hebt sich

Bekker hatte den Wagen wieder vor dem Haus geparkt und war durch die offene Verandatür zurück ins Haus gelangt. Noch schien keiner der Anwohner etwas von dem Mordanschlag mitbekommen zu haben.

War sein Auftauchen Grund für Ferstings Ermordung gewesen? Hatte sich der bis dahin unsichtbare Gegner gezwungen gesehen, den Mann zum Schweigen zu bringen? Dies würde bedeuten, dass er unter Beobachtung stand. Sie hatten nicht auf ihn, sondern nur auf Fersting geschossen, was nur bedeuten konnte, dass sie die direkte Auseinandersetzung mit der Polizei vermeiden wollten.

Aus dem Wagen hatte Bekker Handschuhe mitgenommen, die er sich jetzt überstreifte. Er würde sich fünf Minuten Zeit geben, bevor er die hiesige Polizei verständigte. Aber was suchte er eigentlich? Er sah sich die Pokale an, sie gehörten ausnahmslos Leon. Bester Torwart des Turniers hier, Spieler der Saison dort. Sein Vater hatte recht gehabt, dem Jungen hatten zu diesem Zeitpunkt alle Türen offen gestanden. Und wegen der Idiotie eines Schwachmaten, der ihm eine Lehre erteilen sollte und dabei vermutlich die Kontrolle verloren hatte, war es zum vorzeitigen Karriereende des Jungen und zu dieser Gewalteskalation gekommen, deren Ende nicht abzusehen war. Der Kommissar ging die Treppen hinauf in den ersten Stock und betrat Leons ehemaliges Zimmer. Hier hingen Poster von Torwartgrößen wie Neuer, Schumacher, Stein oder Meier neben Fotos der Teams, in denen er selbst gespielt hatte. Er fing an, die Schubladen zu durchsuchen, kramte in einer alten Sporttasche, die im Schrank lag und fand schließlich – in einem Panini-Sammelheft der WM 2010 versteckt – eine handschriftliche Notiz:

Leon, ich habe Scheiße gebaut. Kannst du mir nicht dieses eine Mal helfen, nur dieses eine einzige Mal, BITTE! Die machen mich sonst fertig. J.

Bekker nahm sein Smartphone zur Hand. Auf kicker.de fand er nur einen Spieler aus Leons ehemaligen Team, dessen Vorname mit J begann: Justin Schmidtke-Rosen. Er war heute mit der Älteste in der Mannschaft, vom Jahrgang her würde es also passen. Warum hatte er Leon keine Mail oder SMS geschickt? Der Junge war offensichtlich vorsichtig gewesen. Der Kommissar steckte die Notiz ein, suchte noch einen Augenblick weiter und gab sich schließlich mit dem Fund zufrieden. Zurück im Wohnzimmer rief er die Polizei an und meldete den Mord an Harald Fersting. Die Kollegen waren 20 Minuten später vor Ort. Bis er ihnen alle Einzelheiten berichtet und ihre Fragen beantwortet hatte, vergingen glatte zwei Stunden.

Gerädert und frustriert fuhr er zurück nach Mainz, rief Erna an und bat sie, so viel wie möglich über Leons ehemaligen Mannschaftskameraden Justin Schmidtke-Rosen herauszubekommen.

„Leon hat eine Notiz von ihm aufgehoben. Sie ist nicht ganz eindeutig, aber es klingt sehr nach der Bitte, ein Spiel zu manipulieren."

„Das ist doch was. Hat Fersting dir verraten, wer seine Ansprechpartner sind?"

„Ich habe leider nur einen Vornamen: Emil. Als er auspacken wollte, hat man ihn vor meinen Augen erschossen."

„Oh je. Immerhin hast du den Namen des Jungen, das sollte uns weiterhelfen. In Knechtes Unterlagen steht übrigens so ziemlich alles über sein Leben, aber kein Wort zum Thema Wettmanipulation."

„Wir werden schon noch etwas rausfinden. Soll ich dich abholen?"

„Ja, gerne, in 20 Minuten wäre ich soweit."

Erna begann über Leons ehemaligen Mannschaftskameraden zu recherchieren. Viel gab es nicht. Er wohnte in Groß-Gerau, vermutlich noch bei seinen Eltern. Sie schrieb die Adresse raus und entschied, Justin Schmidtke-Rosen über ihren Besuch nicht zu informieren. Am besten würden sie noch heute Abend vor seiner Tür stehen. Der Junge hatte sehr wahrscheinlich Dreck am Stecken, doch es gab keinen handfesten Beweis, lediglich Indizien. Wenn er die Nerven behielt, konnten sie ihm nicht so einfach beikommen. Sie mussten also auf den Überraschungseffekt setzen und darauf, dass Justin unsicher werden würde, denn er konnte ja nicht wissen, was sie über ihn herausgefunden hatten. Spätestens um sieben würden sie dort sein.

Als Bekker das Dienstzimmer betrat, sprang sie auf und umarmte ihn.

„So schlimm war's nicht. Ich lebe noch! Die Todesangst spürt man erst danach", versuchte er sie zu beruhigen.

„Ein Glück ist dir nichts passiert! Leider konnte der Halter des Wagens nicht ermittelt werden. Irgendetwas stimmt an deinen Angaben nicht. Ich würde übrigens gerne jetzt sofort bei diesem Justin vorbeifahren. Er wohnt in Groß-Gerau."

„Dann nichts wie hin. Mit ein bisschen Geduld und Spucke wissen wir heute Abend, gegen wen wir uns wappnen müssen."

„Auf ins Gefecht, Herr Bekker."

Dieses Mal steckte er seine Dienstwaffe ein und Erna tat es ihm gleich. Sie verließen Mainz und fuhren auf der A60 Richtung Groß-Gerau. Eine gute Viertelstunde später erreichten sie die ruhig gelegene Emil-von-Behring-Straße im Süden der Kreisstadt. Hier also wohnte Leons ehemaliger Mitspieler. Vor dem Eingang stand ein alter, dreckig-weißer Plastiktisch mit vier Stühlen und ein Basketballkorb hing über dem Garagentor. Das Haus strahlte eine funktionale Spießigkeit aus. Nicht gerade einladend, fand Bekker. Erna klingelte.

Ein junger Mann öffnete. Er war bestimmt 1,85 Meter groß und gut trainiert, blond, hatte Sommersprossen und eine auffallend schiefe Nase.

„Guten Abend, Hauptkommissare Bekker und Dunst aus Mainz. Sind Sie Justin Schmidtke-Rosen?"

„Ja, der bin ich", antwortete er erstaunt.

„Wir würden uns gerne einen Augenblick mit Ihnen über Leon Fersting unterhalten. Ich denke, Sie können uns weiterhelfen", leitete die Kommissarin über.

Der Junge war offenbar etwas unschlüssig, wie er reagieren sollte. Ihm schien bewusst zu sein, dass ein Gespräch mit der Polizei über seinen toten Kumpel ein Risiko für ihn darstellte. Andererseits würde es Misstrauen wecken, wenn er abweisend war. Schließlich trat er vors Haus und bot ihnen einen Platz am Gartentisch an. „Was wollen Sie denn wissen?"

„Sie haben zusammen bei den A-Junioren gespielt?"

„Ja, auch schon vorher bei den B-Junioren. Leon war ein super Torhüter, hatte unglaubliches Talent. Aber dann kam diese schwere Knieverletzung."

„Was für eine Position haben Sie gespielt?", fragte Erna mit völliger Unschuldsmine.

„Ich bin Verteidiger, spiele zentral links. Linksfüße sind gesucht, wissen Sie?"

„Wie lange hatte Sie noch Kontakt mit Leon?"

„Wir haben uns leider ziemlich schnell aus den Augen verloren, als er nicht mehr zur Mannschaft gehörte. Kurz danach ist er ja dann nach Köln gezogen."

„Aber früher waren Sie befreundet."

„Wir haben uns richtig gut verstanden."

„Kannten Sie auch seinen Vater?"

„Na klar, der war ja bei jedem Spiel dabei. Ist ein cooler Typ."

„Wir haben traurige Nachrichten: Harald Fersting wurde heute Morgen in seinem Haus ermordet."

„Was? Wieso das denn? Du meine Güte, sind Sie sicher?" Justin stand das Entsetzen ins Gesicht geschrieben.

„So sicher, dass ich für die Kugeln in der Brust keine andere Erklärung habe", warf Bekker trocken ein.

„Aber, das ist ja grauenvoll. Haben Sie schon eine Ahnung, wer die Übeltäter waren?"

Bekker fiel sofort auf, dass Justin im Plural gesprochen hatte. Er schien zu ahnen, um wen es sich handeln könnte.

„Die Sache dürfte in Zusammenhang mit Wettkriminalität stehen. Herr Schmidtke-Rosen, es sieht so aus, als habe Leon Spiele bei den A-Junioren manipuliert", fuhr Erna fort.

„Ach, echt? Das darf nicht wahr sein. Und mir ist nie etwas aufgefallen!"

Bekkers Ärger wuchs, denn Justin tat tatsächlich so, als sei er hintergangen worden, trotzdem wirkte er mit einem Mal nicht mehr so überzeugt und selbstsicher wie noch Augenblicke zuvor. Er würde unter keinen Umständen etwas einwerfen, was dem Burschen einen Hinweis darauf gab, dass sie von seinen Lügen wussten.

Er beobachtete Justin. Angst lag in seinem Blick. Scheinbar beiläufig schaute der Junge zu den Autos am Straßenrand, als würde er wissen, welches dort besser nicht stand. Bekker ergriff die Gelegenheit. „Haben Sie eine Ahnung, warum uns ein dunkelblauer BMW von Mainz hierher gefolgt ist?"

„Ich kenne niemanden, der so ein Auto fährt." Der junge Mann schien kurz davor, in Panik zu geraten, doch er schaffte es, diese zu unterdrücken. Der Kommissar hatte schon „Sie lügen wie gedruckt" auf den Lippen, doch er besann sich und schwieg. Sie hatten ihn weichgekocht, jetzt mussten sie nur noch die Daumenschrauben enger ziehen.

„Gehen wir mal davon aus, Sie wissen, welche Spiele bei den A-Junioren verschoben wurden. Und gehen wir weiterhin davon aus, dass Sie nicht so unschuldig sind, wie Sie gerade tun…"

„Sie verstehen gar nichts", versuchte sich der Junge zur Wehr zu setzen.

„Könnte es nicht sein, dass wir viel mehr wissen, als Sie denken?"

Justin schwieg und starrte zu Boden. Er schien abzuwägen, ob es besser war, die Wahrheit zu sagen, oder ob er gegen jede Vernunft alles leugnen sollte, was sie vorbrachten.

Plötzlich einsetzender Regen zwang sie, ins Haus zu gehen.

„Lassen Sie uns also nochmal über die manipulierten Spiele reden."

Erna würde sich nicht davon abbringen lassen.

„Ich habe damit nichts zu tun", wehrte Justin erneut ab.

„Aber Sie wussten Bescheid. Dann hatten Sie zumindest indirekt damit zu tun."

„Nein, das ist blanker Unsinn."

„Jetzt passen Sie mal auf", schaltete sich Bekker ein. Er zog ein Blatt hervor, auf dem er die Nachricht von Justin notiert hatte. Laut und deutlich las er vor: „Leon, ich habe Scheiße gebaut. Kannst du mir nicht dieses eine Mal helfen, nur dieses

eine einzige Mal? BITTE! Die machen mich sonst fertig. J.'
Und wenn Sie uns jetzt erzählen wollen, dabei geht es um Hallenhalma oder Warmduschen, dann nehmen wir Sie auf der Stelle mit nach Mainz zur Vernehmung."

Jede Regung war aus dem Gesicht des jungen Mannes verschwunden. Mit der Wucht eines Vorschlaghammers hatte seine Vergangenheit ihn eingeholt. Vor den eigenen Taten gab es kein Entrinnen, das musste Justin trotz seiner jungen Jahre in vollem Maße erkennen. Was vielleicht als Mutprobe oder Dummheit angefangen und sich zu einem schnellen Verdienst gewandelt hatte, war für den Jungen zum apokalyptischen Strudel geworden, der ihn immer weiter in den Abgrund zog. Bekker hatte schon zweimal angesetzt, um weiterzusprechen, jetzt schlug er mit der Faust auf den Tisch, um den Fußballer aus seinen Gedanken zu reißen.

„Herr Schmidtke-Rosen, hier geht es um Mord. Wenn Sie nicht kooperieren, wird die Tatsache, dass Sie die Ermittlungen in einem Mordfall behindern, Ihr geringstes Problem sein."

Justin nickte und fragte leise: „Was wollen Sie wissen?"

Erna holte ein Diktafon heraus, stellte es auf den Tisch und schaltete es ein.

„Die Sache mit Leon. Was genau ist passiert?"

„Ich bin spielsüchtig, quasi seit ich denken kann. Irgendwann habe ich angefangen zu zocken; Karten, Würfel und schließlich auch Wetten."

„Und wie die überwiegende Mehrheit der Menschen haben Sie verloren", fiel Bekker ein.

„Genau. Dann bekam ich eines Tages am Trainingsplatz Kontakt zu Leuten, die von meinen Geldsorgen Wind bekommen hatten und anboten, mir Geld zu leihen. Eins zu eins, keine Zinsen oder so etwas. Zuerst waren es nur kleine Summen, mal ein Fünfziger oder ein Zwanziger.«

„Man hat Sie angefüttert?"

„So heißt das wohl, ja. Als klar wurde, dass ich das Geld nicht zurückzahlen konnte, hat man gedroht, mich fertigzumachen. Ich hatte furchtbare Angst, aber das Geld konnte ich nicht auftreiben. Dann haben sie mir gesagt, ich solle zwei Partien verschieben. Ich wusste erst nicht, wie man das am geschicktesten anstellt."

„Das hat man Ihnen dann erklärt."

„Sie haben mir genau gesagt, was wie zu geschehen hat. Das Schwierigste war, zwei oder drei in der Mannschaft zum Mitmachen zu bringen. Sehr wichtig ist der Torwart, am besten mit zwei Abwehrspielern und einem Stürmer."

„Wie oft lief das ab?"

„Mit Leon nur zwei Mal. Er war ein sehr guter Freund, jemand, mit dem man durch dick und dünn geht. Er hat das nur gemacht, weil ich ihm gesagt habe, dass die Jungs mich sonst fertigmachen." Justin begann zu weinen, heulte minutenlang und konnte nicht mehr aufhören. Sie warteten geduldig, bis er sich wieder gefasst hatte.

„Und dann gab es eine dritte Partie. Leon hatte mir schon im Vorfeld gesagt, dass er nicht mehr mitmacht. Er war nicht umzustimmen, also habe ich einfach so getan, als wäre alles mit ihm abgesprochen. Wir waren favorisiert und sollten verlieren. Das bringt eine gute Wettquote. Unser Spiel war Teil einer lukrativen Kombiwette, bei der wohl auch mehrere Wettgrößen in Asien mitgemacht haben. Ausgerechnet unser Ergebnis ging als einziges in die Hose. Wir hatten einen schlechten Tag und hätten das Spiel auch ohne zu manipuieren verloren, wenn nur Leon nicht gewesen wäre. Der hielt einfach alles, es war unglaublich. Kurz vor Abpfiff stand es 1-1. Da habe ich bei einer Flanke meinem Gegenspieler den Ellbogen ins Gesicht gerammt und es gab Elfmeter. Ich habe Leon in die Augen gesehen, ihn still angefleht", er stockte, schien den Strafstoß wieder vor seinem inneren Auge zu sehen. „Der Elfmeter wurde…"

„… verschossen", vollendete Bekker.

„Der Ball ging an den linken Pfosten und Leon war wie ein Tiger in die Ecke gesprungen. Vermutlich hätte er den Ball sogar gehalten."

„Und das hat dann den hiesigen Wettpaten auf den Plan gerufen?"

„Ja. Seinem Ruf muss das Spiel wohl ziemlich geschadet haben, vor allem bei den Verbindungsleuten in Asien. Leon sollte eine Lektion erteilt werden."

„Sie dämlicher Vollidiot!", fluchte Bekker und stand auf. „Geben Sie uns alle Namen, die Ihnen bekannt sind. Und morgen Mittag um eins kommen Sie nach Mainz und stehen uns nochmal Rede und Antwort. Ich bin bedient für heute."

Wie schwach und armselig der Mensch doch war.

Er ging nach draußen, lehnte sich an den Tisch, rauchte und verdrängte für den Moment jeden Gedanken. Der Wind trieb die Wolken vor sich her. Was mussten das für Qualen für „Dirty Harry" gewesen sein, der selbst in diese finstere Welt gerutscht war, dann aber mit seinem aufrechten und talentierten Sohn mitfiebern durfte. Dieser Junge, der alles mitbrachte, um es bis ganz nach oben zu schaffen. Und nur, weil er ein zu großes Herz gehabt hatte, war sein Leben in Schutt und Asche zerfallen. Bekker sammelte all das Widerwärtige in seinem Speichel und spuckte es aus. Er war überzeugt davon, dass Knechte Informationen über die Machenschaften dieser Leute besessen hatte. Und es war jetzt seine Aufgabe, sie zu finden. Niemand würde ihn aufhalten.

Der dunkelblaue BMW stand nur eine Straßenecke weiter und die Insassen beobachteten die Szene. Dieser alte Sack und seine deutlich jüngere Kollegin hatten Justin Schmidtke-Rosen aufgespürt. Sie sahen zu, wie er auf den Boden spuckte und anschließend die Kippe in die Hecke warf, bevor er zurück ins Haus ging.

„Man soll die Toten doch ruhen lassen", sagte der Dickliche zu seinem Kumpel, der am Steuer saß und grinste.

Der Feind tritt aus dem Schatten

Niesberg war mit seinem Sohn ausgegangen, sie wollten ins Kino und danach noch ein gepflegtes Bierchen trinken. Erna und Schack hatten nach zwei Sauergespritzten im Weinhaus Michel, das nur einen Katzensprung vom Graben entfernt lag, den Heimweg angetreten. Sie fühlten sich gerädert, allerdings eher emotional als körperlich. Bekker war wortkarg, dachte an Klaus Knechte und daran, wie gut er dessen Kampfansage gegen die illegalen Strippenzieher nachvollziehen konnte. In der Wohnung hatte sich Erna direkt ins Bett verzogen, um noch ein bisschen zu lesen und abzuschalten.

Leons fatale Entscheidung, seinem Freund bei den Spielmanipulationen zu helfen, ging Bekker nicht aus dem Kopf. Was man dem Jungen fraglos vorwerfen musste, war seine Naivität, die Tragweite und Folgen seines Handelns nicht erkannt zu haben. Aber letztlich hatte er nur seinem Kumpel helfen, einem in Not Geratenen die Hand reichen wollen. Wenn jemand, der einem nahe steht, in den Rhein fällt und zu ertrinken droht, springt man eben selbst im kältesten Winter und trotz drohender Stromschnellen hinterher. Bekker zog eine Jacke über und setzte sich auf den Balkon. Für Knechte war Leon wahrscheinlich der Sohn, den er nie gehabt hatte. Der Kommissar verstand nicht, warum er Tränen in den Augen hatte. Er wischte sie weg und schwor sich, das Vorhaben seines Kneipenfreundes zu Ende zu bringen. Manchmal muss man ungerecht sein, um die Waage der Gerechtigkeit wieder ins Gleichgewicht zu bringen. „Auge um Auge", hörte er sich sagen.

Er ging zurück in die Wohnung, machte sich fertig und legte sich zu Erna ins Bett, die mit dem Buch in der Hand eingeschlafen war. Er legte es zur Seite, knipste das Licht aus und drückte ihr einen Kuss auf die Lippen. Dann schaute er in den Himmel. Einzelne Sterne blitzten auf. Bekker fühlte sich alt und jung zugleich. Zu alt, um noch einmal auszubrechen oder von vorne anzufangen; zu jung, um einfach nur stur dem sich abzeichnenden Weg bis zum letzten Tag zu folgen. Er schloss die Augen und war im nächsten Moment eingeschlafen.

Kurz nach halb drei war ein schabendes Geräusch von der Eingangstür her zu vernehmen, dann ein leichter Schlag gegen das Holz und kurz darauf ein weiterer, deutlich festerer Schlag. Die Tür sprang ein Stück weit auf, doch die Vorhängekette versperrte den Zugang. Sie stammte noch aus den Tagen vor Bekkers Zeit und für gewöhnlich legte Erna sie ein.

Der Hagere brauchte ein paar Versuche, um die Kette aus der Halterung herauszuheben. Er drückte die Tür auf, das abgedämpfte Licht ihrer Taschenlampe wies den Weg durch den Flur bis zum Wohnzimmer. Außer dem Summen des Kühlschranks drang kein Laut zu ihnen, nichts rührte sich. Nach einem kurzen Moment der Orientierung begannen sie mit der Suche. Die Anweisung des Chefs war eindeutig gewesen: Ohne dieses Dokument brauchten sie nicht wieder aufzutauchen. Der Kommissar musste bei Fersting Knechtes Dossier gefunden haben. Anders war nicht zu erklären, warum er und seine Kollegin noch am selben Abend bei Schmidtke-Rosen aufgetaucht waren. Dieser Bericht war reines Dynamit. Sie mussten ihn unbedingt finden.

Wie war es diesem Knechte nur gelungen, seinen Partner so zu provozieren, dass der plötzlich abgedrückt hatte? Er selbst war kurz draußen gewesen, um zu rauchen. Das war schon das zweite Mal, dass Manfred die Fassung verloren hatte. Gut, er war leicht reizbar, aber das hätte nie und nimmer geschehen dürfen. Der Boss hatte ihn anschließend zur Seite genommen und ihm den Auftrag gegeben, Manfred loszuwerden und im Wald zu entsorgen. Damit kannte er sich aus. Er hielt das zwar nicht für die beste Marschroute, aber den Befehl nicht auszuführen, grenzte an Selbstmord. Manfred war brutal und skrupellos. Außerdem zweifelte er nie an sich und suchte immer nach Lösungen, eine wertvolle Eigenschaft bei einem Partner. Dennoch.

Sie hatten mittlerweile alle Bücherregale und Schubladen durch, selbst im Geschirrschrank hatten sie nachgesehen – vergeblich. Es blieb nur eine Möglichkeit. Roman ging zu Manfred und besprach mit ihm, wie es weitergehen musste.

Bekker wälzte sich im Bett hin und her. Er hatte den Eindruck, sich mehrere Meter tief unter der Wasseroberfläche zu befinden. Die Luft wurde knapp, er wollte auftauchen, raus aus dem Wasser, aber jemand oder etwas schien ihn festzuhalten. Er wollte sich frei machen, den Griff lösen, doch es gelang ihm nicht. Er wand sich, schlug um sich, ohne Erfolg. Dann fuhr er plötzlich japsend aus dem Schlaf hoch – und starrte in das maskierte Gesicht eines schwarz gekleideten Mannes, der seine Arme blockierte. Ein zweiter hatte eine Pistole auf ihn gerichtet. Bekker riss den Kopf herum und sah Erna neben sich auf dem Bett sitzen. Er brauchte einen Moment, bis er begriff, dass das kein Traum war.

„Aufsetzen und Schnauze halten", herrschte der deutlich kleinere und dickliche Typ ihn an. „Hör gut zu: Wenn du nicht willst, dass deiner Kleinen da was passiert, gibst du uns, was wir wollen und wir verschwinden."

Der Kommissar spürte, dass das nicht stimmte. Unter keinen Umständen durfte er ihnen das Gefühl geben, dass sie das Steuer in der Hand hielten.

„Ich hab' keine Ahnung, was ihr beiden Halbstarken wollt, aber zwei Hauptkommissare mit vorgehaltener Waffe zu bedrohen, ist nicht besonders clever." Ihm war klar, dass die beiden noch nicht gefunden hatten, was sie suchten.

„Du sagst uns jetzt, wo die Unterlagen von Knechte sind, und was Dirty Harry gespuckt hat."

Wie sollte er die Sache ausspielen? Er musste Zeit gewinnen.

„Fersting hat mir erzählt, wie das mit den Spielmanipulationen abläuft. Und was ihr beiden Worschtathleten mit seinem Sohn angestellt habt", pokerte Bekker und schien ins Schwarze getroffen zu haben.

„Daran war der arrogante Pisser selbst schuld", sagte der Dickliche.

„Dann warst du es also, der ihm das Knie ruiniert hat."

„Und? Er hätte halt mal besser nach den Regeln spielen sollen."

„Wenn eure kleine Schauspieleinlage hier vorbei ist und wir euch am Arsch haben, wirst du schon sehen, nach welchen Regeln gespielt wird", zischte Bekker.

Eine satte Rechte landete ansatzlos in seinem Gesicht. „Halt jetzt endlich die Schnauze!"

Der Kommissar brauchte einen Moment, bis er sich wieder gefangen hatte. Blut rann über sein Kinn. Er sah nach dem Langen, der nach wie vor keinen Ton sagte und weiter seine Waffe auf Erna und ihn gerichtet hielt. Sie hatten bislang weit weniger in Erfahrung gebracht, als die Schläger anzunehmen schienen. Die beiden würden ihnen nicht glauben, dass sie das Dossier überhaupt nicht hatten, ganz egal, was sie sagten. Aber das konnte auch ein Vorteil sein. Wenn sie es schafften, aus dem

Schlafzimmer zu kommen, gab es vielleicht eine kleine Chance, die Männer zu überlisten. Ansonsten würde es ihnen wie Knechte ergehen. Bekker überlegte, ob er die zwei ins Wohnzimmer lotsen konnte, als ihm plötzlich ein Licht aufging. Wie um alles in der Welt hatte er nur so begriffsstutzig sein können?

„Das Dossier habe ich im Zimmer nebenan versteckt."

Erna warf Schack einen schnellen Blick zu, sie schien verstanden zu haben.

„Bist du völlig übergeschnappt, Schack? Das ist unsere Lebensversicherung", schrie sie scheinbar aufgelöst. Manfreds Schlag traf sie mit voller Wucht in die Magengegend. „Schnauze, du dämliche Ziege", keifte er. Sie sackte zusammen und stöhnte vor Schmerz laut auf, kam aber schnell wieder hoch. Bekker musste sich mit aller Kraft beherrschen, nicht zuzuschlagen. Dann ergriff der Lange das Wort und ermahnte seinen Partner, ruhig zu bleiben. Bekker ging seinen Plan schnell in Gedanken durch. Alles hing davon ab, dass er die Situation richtig einschätzte.

„Ihr kommt sowieso nicht weit", stachelte der Kommissar, um Zeit zu gewinnen.

„Lass das mal unsere Sorge sein. Wenn du und dein Püppchen hier sich ruhig verhalten, kommen wir alle ungeschoren aus der Sache raus."

Der untersetzte Schläger verließ als Erster den Raum, dann folgten Erna, Schack und schließlich der hagere Mann.

„Welches Zimmer?", wollte der Dickliche wissen.

Bekker deutete auf die angelehnte Tür gegenüber vom Badezimmer und sein Gegenüber herrschte sie an: „Ich gehe zuerst rein, dann die und danach du." Der lange Typ mit der Waffe würde den Abschluss bilden.

Nichts war abgesprochen und doch wusste jeder, was es zu tun galt. Der kleine Gangster stieß Tür auf und schaltete das

Licht ein. Dann ging er in den Raum hinein und sah sich um. Als Bekker das Zimmer betrat, bekam er das Türblatt zu fassen und schwang es wuchtig in Richtung Türrahmen. Bevor der Lange reagieren konnte, stürmte Niesberg aus dem Bad, schlug ihm eine große Flasche Badeschaum auf den Kopf und fiel über ihn her. Sein Widersacher ging zu Boden, die Waffe flog durch den Flur. Der Kleinere stürzte sich mit Wutgebrüll auf Bekker, der ihn mit einem gezielten Schlag auf den Solar Plexus zu Boden strecken konnte. Erna rannte indess geistesgegenwärtig nach draußen und holte die Waffe, die bis ins Wohnzimmer geschlittert war. Der Lange befreite sich von Niesberg und war wieder auf den Beinen. Er blickte sich kurz um und war dann mit wenigen, raumgreifenden Schritten an der Wohnungstür. Erna schrie, er solle stehenbleiben, doch der Mann war schon im Treppenhaus und stürmte davon. Mit Mühe kam Niesberg auf die Beine und sah, dass Schack besinnungslos auf den zweiten Mann am Boden einschlug. Im nächsten Moment war er über seinem Freund und zog ihn weg.

Sie alarmierten die Kollegen, die kurze Zeit später eintrafen und den untersetzten Schläger in Polizeigewahrsam nahmen. Dass Niesberg wach gelegen hatte, war ihr großes Glück gewesen, denn damit hatten die beiden Eindringlinge nicht gerechnet.

Gegen vier Uhr kehrte endlich Ruhe im Haus ein, das wegen des Tumults in heller Aufregung war. Erna kochte noch einen Tee, den sie schweigsam in der Küche tranken. Knechtes Dossier musste ungeheure Sprengkraft besitzen. Darüber bestand kein Zweifel mehr. Natürlich hätten sie nach diesem Schock dringend etwas Ruhe gebraucht, doch das Eisen musste geschmiedet werden, solange es heiß war. Wer würde den Bericht zuerst in die Hände bekommen? Das war die entscheidende Frage.

Luise Scharninger

Als Erna und Schack am nächsten Morgen zum Dienst antraten, hatte sich bereits ein renommierter Strafverteidiger gemeldet, der bei Manfreds Vernehmung anwesend sein würde. Hausfriedensbruch und schwerer tätlicher Angriff gegen zwei Beamte lautete der Tatbestand.

Es herrschte gedrückte Stimmung. Die Waffe half ihnen erst einmal nicht weiter, die Seriennummer war weggefeilt worden. Gerd Denne rief bei Erna an und erkundigte sich, wie es ihnen ging.

„Wir waren alle erst ziemlich geschockt, aber allmählich geht es wieder. Immerhin lässt Schack jetzt endlich etwas an der Tür machen."

Er teilte Erna mit, dass die Befragung der Anwohner so gut wie abgeschlossen sei und bislang nichts von Bedeutung herausgekommen war. Es fehle nur noch ein Appartement.

„Welches?"

„Das einer gewissen Luise Scharninger. Vor zwei Wochen fand man sie tot in ihrer Wohnung. Sie war über 90 und hatte keine Angehörigen mehr."

„Wir sollten uns die Wohnung auf jeden Fall heute noch ansehen", erwiderte Erna, „Ich möchte ausschließen, dass man Knechte dort festgehalten hat."

„Ich regle das und gebe euch Bescheid."

Bekker dachte an Justin Schmidtke-Rosen, der um 13 Uhr zu einem weiteren Gespräch vorbeikommen würde. Der junge Mann kannte Manfred womöglich persönlich, zumindest tauchte sein Name auf der Liste aus Vor- und Spitznamen auf, die er ihnen gegeben hatte. Eine der Personen hieß Graue Eminenz. Mit ein wenig Glück war ihm auch der Name des Komplizen bekannt und er konnte ihn beschreiben.

Wieso hatten sie Justin nicht unter Polizeischutz gestellt?, fiel ihm schlagartig ein. Bekker bat Niesberg, sich zügig auf den Weg nach Groß-Gerau zu machen. Der Schutz des Jungen war neben der Begehung der Wohnung von Frau Scharninger äußerst wichtig. Wieder klingelte das Telefon und Denne teilte mit, dass er den Schlüssel für die Wohnung hatte besorgen können. Sie verabredeten sich an der Ecke Badergasse/Schönbornstraße zur Übergabe.

Das Haus war bereits zu großen Teilen renoviert, nur in der Wohnung im Hochparterre, in der die alte Dame gelebt hatte, standen die Arbeiten noch aus. Erna gab Schack Handschuhe. Die schwere Holztür öffnete sich knarrend und muffiger Geruch, gemischt mit kaltem Zigarettenrauch, strömte ihnen entgegen. In dem kleinen Flur war es düster, sodass sie das Licht einschalten mussten. An der Garderobe hingen ein abgetragener Wintermantel und zwei Strickjacken. Rechter Hand ging es in die Küche, neben dem Eingang links lag das Bad, daneben befand sich ein kleines Schlafzimmer. Alles sah völlig normal aus. Die Tür zum Wohnzimmer am Ende des Flurs war nur angelehnt. Schack stieß sie auf und blieb stehen. Ein abgegriffener Holzstuhl lehnte an der Wand und Seile, die man wohl zum Fesseln verwendet hatte, lagen auf dem Boden. Der große Blutfleck oberhalb der Lehne war nicht zu übersehen. Knechte war hier exekutiert worden. Bekker wusste nicht, was stärker war: seine Trauer oder die Wut, die in ihm hochkochte. Erna fasste ihn am Arm, weil sie seine wachsende Unruhe spürte. Sie würden die Spurensicherung benötigen.

Der Kommissar überlegte: Die beiden Männer hatten laut Aussage von Lotte Nuss im Hinterhof geraucht, aber es waren keine Zigarettenstummel gefunden worden. In Knechtes Frankfurter Wohnung hatten sie allerdings Stummel der Marken Marlboro und Camel ohne Filter gesichert. Vielleicht hatten sie ja hier in der Wohnung mehr Glück. Es roch schließlich intensiv nach kaltem Rauch. Er war überzeugt davon, dass sie irgendwo Zigarettenkippen finden würden.

Sie begannen, die Wohnung zu durchsuchen, bewegten sich dabei routiniert und vorsichtig. Der Mülleimer in der Küche war so gut wie leer. Im Papierkorb im Wohnzimmer fanden sich zwei alte Ausgaben des Wochenblatts, die jedoch älter als ein Monat waren, außerdem drei gefaltete Werbeblätter von Supermärkten. Jeweils ein Aschenbecher standen in Wohnzimmer und Küche. Das Fehlen von Restasche oder Staub ließ vermuten, dass man sie geleert und ausgewischt hatte. Die Suche blieb erfolglos und der Kommissar konnte seinen Frust nicht verbergen.

„So ein Dreck", fluchte er und griff sich eine Zigarette aus seiner Schachtel.

„Wenn du rauchen willst, geh doch ans Fenster im Schlafzimmer", schlug Erna vor.

Dort roch es noch muffiger als im übrigen Teil der Wohnung. Bekker beeilte sich, Gardinen und Fenster zu öffnen, um frische Luft ins Zimmer zu lassen. Er zog die Handschuhe aus, zündete die Zigarette an und sog das Nikotin tief ein.

Auch wenn die Dinge in Bewegung gekommen waren, hatten ihm die letzten Tage jede Unbeschwertheit genommen. Zu viele Tragödien in zu kurzer Zeit. Er schloss die Augen und wünschte sich weit weg. Naivität und Labilität waren nun einmal schlechte Begleiter, wenn es darum ging, das Leben zu meistern. Und es gab immer jemanden, der darauf lauerte, diese Schwächen zum eigenen Vorteil zu nutzen und, wenn möglich, daraus Abhängigkeiten zu schaffen. Eine subtile Art, Macht zu generieren und diese zu festigen. Im vorliegenden Fall waren wenigstens zwei Menschen zu Opfern geworden, weil sie helfen oder Gerechtigkeit erzwingen wollten.

Bekker schnippte die Asche auf den Hof und sah hinaus. Der Platz war ein wenig trostlos, fand er. Man hatte bei der Gestaltung den historischen Bezug zu den Badern gesucht, aber es wirkte irgendwie halbherzig. Ein bisschen mehr Grün hätte gutgetan. Er wurde das Gefühl nicht los, dass man die Leiche aus einem bestimmten Grund in den Badezuber gesetzt hatte.

Die Bader hatten im Mittelalter diverse Funktionen erfüllt. Sie kannten sich in Heilkunde aus, waren die „Ärzte der kleinen Leute", versiert in puncto Hygiene, und führten kleinere chirurgische Eingriffe durch. Allerdings gab es auch den bekannten mittelalterlichen Satz „Der Bader und sein Gesind, stets Huren und Spitzbuben sind". Das Ansehen dieses Berufsstandes war ein wenig zwielichtig gewesen. Womöglich ein Kommentar? Oder machte sich jemand lustig über ihn?

Als Bekkers Blick auf den Fenstersims fiel, lagen dort sechs Zigarettenstummel der Marke Marlboro nebeneinander aufgereiht. Sie erinnerten beinahe an Leichen. Er bat Erna, zu ihm zu kommen und die Kippen in einer Plastiktüte zu verstauen. „Was meinst du? Wer von den beiden hat die geraucht, Schack?"

„Der Hagere mit der Pistole. Die Ordnung, wie sie in Reih und Glied gelegt wurden, passt für mich nicht zu dem kleinen Choleriker."

Sie gab ihm recht. Wenn die Kippen aus der Sophienstraße tatsächlich von diesen beiden Kerlen stammten, musste Manfred dementsprechend Camel ohne Filter rauchen.

Sie riefen die Spurensicherung und übergaben die Zigarettenstummel an die Kollegen. Vielleicht würde ja ein DNA-Abgleich etwas bringen, allerdings hatten auch diese Stummel allesamt draußen gelegen und waren Wetter und Umwelt ausgesetzt gewesen. Erna schlug vor, dass man Lotte Nuss Manfred vorführen sollte. Vielleicht erkannte sie ihn ja als den Mann wieder, der in der Mordnacht rauchend im Hof gestanden hatte. Vieles sprach dafür, dass er und sein Partner sowohl für die Entführung als auch die Tötung von Knechte verantwortlich waren, doch fehlten ihnen stichhaltige Beweise.

Nie zu früh freuen, sagte sich Bekker, als sie die Wohnung verließen. Womöglich gibt es sonst vom Herrgott, wenn es ihn denn gibt, eine aufs Dach. Sein Telefon klingelte, es war Werner. Vermutlich wollte er ihnen mitteilen, wie es lief.

Der Wettlauf

Niesberg raste die Autobahn entlang Richtung Groß-Gerau. Ob Justin tatsächlich in Gefahr schwebte, konnte er nicht einschätzen, aber auf jeden Fall wollte er ihm so schnell wie möglich zur Seite stehen. Er hatte die Fensterscheiben heruntergelassen, der Fahrtwind wehte ihm ins Gesicht und rauschte laut in seinen Ohren. Als er ins Stadtgebiet einbog, drehte er die Musik leise und schloss die Fenster. Die Augen offenhaltend, erreichte er die Emil-von-Behring-Straße. Kurz darauf hatte er das Elternhaus des jungen Mannes erreicht, aber er fuhr daran vorbei, bog an der nächsten Kreuzung rechts ab und parkte den Wagen ein gutes Stück weiter.

Einen Augenblick blieb Niesberg noch sitzen und kontrollierte im Rückspiegel die Umgebung hinter sich. Nichts schien auffällig. Der Polizist nahm seine Waffe, die er auf Schacks Drängen hin eingesteckt hatte, aus dem Handschuhfach und stieg aus. Es war ungewöhnlich, dass sein Freund darauf bestanden hatte, aber auch verständlich nach der letzten Nacht. Niesberg war angespannt, doch er besaß einen unerschütterlichen Optimismus. Es würde schon alles glattgehen.

Er warf die Wagentür zu, lief zur Kreuzung zurück und näherte sich dem Haus der Schmidtke-Rosens. Die Straße weiter im Blick behaltend, erreichte er den gepflasterten Vorplatz. Er überlegte kurz, einfach links am Haus vorbei in den Garten zu gehen, doch das verwarf er schnell wieder, schließlich war er dienstlich hier und wollte die Regeln einhalten. Niesberg klingelte zweimal kurz. Schon im nächsten Moment wurde die Tür geöffnet und Justin stand vor ihm. Er schien gerade trainiert zu haben, denn er war verschwitzt und trug noch Sportkleidung.

„Kann ich was für Sie tun?"

„Niesberg, Polizei Mainz." Er bemühte sich, offiziell zu klingen und zeigte seinen Ausweis. Justin warf nur einen flüchtigen Blick darauf.

„Sie haben um 13 Uhr einen Termin in Mainz. Die Hauptkommissare Dunst und Bekker haben mich gebeten, Sie abzuholen und dorthin zu begleiten. Kann ich kurz reinkommen?"

„Klar, aber ich muss noch duschen und mich umziehen."

Justin machte die Tür weiter auf und ließ den Polizisten eintreten.

„Was zu trinken? Ein Wasser oder eine Cola?"

„Cola wäre nett."

Der Junge verschwand in der Küche und kam gleich darauf mit einem Glas Cola zurück, das er seinem Gast reichte. Dann ging er die dunkelbraunen Holztreppen nach oben.

Niesberg blickte sich um, während er trank. Er stand in einem Allerwelts-Wohnzimmer, das ihm wie das Musterbeispiel kleinbürgerlicher Geschmacksverirrung vorkam. Er war nun wirklich kein Experte von *Schöner Wohnen*, aber das hier fiel selbst ihm auf: Wandschrank in Eiche rustikal, ein passender Couchtisch mit Glaseinsatz und darunter befindlicher Ablage, auf der Zeitschriften, die Fernsehzeitung sowie eine Fernbedienung akkurat nebeneinander lagen. Das klotzige Sofa wirkte genauso ungemütlich wie die beiden Sessel. Alles aus der selben spießigen Modellreihe. Dazu standen überall Nippesfiguren so drapiert, als stellten sie Szenen nach. Er fragte sich, wie Justin das hier ertragen konnte. Warum wohnte der Junge nicht in einer WG? Das musste doch in einer Stadt wie dieser irgendwie zu finanzieren sein. Außerdem hing nirgendwo ein Foto von ihm. Waren seine Eltern nicht stolz auf ihn? Immerhin spielte er in der Junioren-Bundesliga.

Niesberg lief ein paar Mal im Wohnzimmer auf und ab und ging dann nach oben, um sich dort ein wenig umzusehen. Aus dem Badezimmer drang das laute Rauschen der Dusche. Vier Türen gingen vom Flur ab, am Ende lag ein Balkon, der zum Garten rausging. Er drückte die einzige nur angelehnte Tür auf. Treffer: das Zimmer von Justin. Zwei Sporttaschen lagen herum, außerdem wild auf dem Boden zerstreut Laufschuhe, Fußballschuhe, Sporthosen, Trikots, Trinkflaschen und jede Menge Sportzeitschriften. Keine Frage, Justins Leben drehte sich um Fußball.

Er machte zwei Schritte ins Zimmer und stand mitten in dem Durcheinander. Niesberg zögerte kurz, sah noch einmal zurück zur Tür und ging dann zügig zum Schreibtisch, um die Arbeitsplatte zu überfliegen: ein Teller mit angebissenem Brötchen, Gläser, Stifte und ein College-Block. Er öffnete die Schublade. Mit Gummis zusammengehalten lagen dort zwei Bündel 50-Euro-Scheine.

Als im Bad das Wasser ausgedreht wurde, schloss der Polizist die Lade wieder und verließ schnell das Zimmer. Damit seine Schnüffelei nicht auffiel, musste er offensiv agieren und klopfte an die Badezimmertür.

„Wie lange dauert das denn noch?"

„In zwei Minuten bin ich soweit."

Niesberg ging zufrieden zur Balkontür, schaute hinaus und erstarrte – der Hagere von gestern Nacht kam mit ruhigen, aber großen Schritten um die Hausecke und ging zielstrebig auf die Verandatür zu. Niesberg rannte zurück zum Bad, riss die Tür auf und packte den Jungen beim Arm, der sich gerade die Haare frisierte.

„Wir bekommen Besuch. Komm mit, verdammt!"

Justin wusste nicht, wie ihm geschah. Niesberg zerrte ihn aus der Tür heraus. „Keinen Ton, hast du mich verstanden?", zischte er und zog seine Waffe.

Der junge Mann nickte, während die beiden zum Treppenabsatz und nach unten schlichen. Von der Veranda kamen Geräusche, jemand machte sich an der Tür zu schaffen. Glücklicherweise versperrte eine Wand den Blick zur Treppe. Niesberg schob den Jungen zur Wohnungstür, als plötzlich ein Krachen hinter ihnen zu hören war. Ein schneller Blick, um sich zu versichern, dass niemand vorm Haus wartete, dann rannten sie im Laufschritt die Straße hinunter bis zum Wagen.

„Rein da!", herrschte der Polizist Justin an, der wortlos auf den Beifahrersitz rutschte. Er schien nicht zu begreifen, was gerade geschah. Niesberg startete den Motor, fuhr zum Ende der Straße und bog wenig später auf die Landstraße ein.

Am liebsten hätte er Justin sofort zur Rede gestellt, wie er zu der ganzen Kohle gekommen war. Mit seiner Vorgeschichte war nicht davon auszugehen, dass es sich um legal verdientes Geld handelte. Der Hagere würde es sicherlich finden und einstecken wie auch alle möglichen Beweise, wenn es denn welche gab.

Roman hatte Niesbergs Spur aufgenommen, als dieser in hohem Tempo auf die Landstraße aufgefahren war. Er hielt seinen BMW ein gutes Stück hinter dem Wagen des Polizisten, während er über seine Freisprecheinrichtung eine Telefonnummer wählte. Er würde der Grauen Eminenz berichten, dass er soeben bei Justin in der Wohnung gewesen war und das Geld zurückgeholt hatte. Den Jungen würde er auch bald haben.

Die Ausfahrt Laubenheim

Bekker musste es lange klingeln lassen, bis Niesberg endlich dranging.

„Werner hier."

„Wie sieht's denn aus?"

„Wir haben ein ziemliches Problem, Schack. Der Hagere ist bei den Schmidtke-Rosens aufgetaucht."

„Wo bist du jetzt?"

„Wir sind auf der Rückfahrt nach Mainz. Komme gleich an die Abfahrt Ginsheim/Gustavsburg. Ob ich verfolgt werde, kann ich nicht sagen, wundern würde es mich aber nicht."

„Was wollte der Hagere dort?"

„Beweise vernichten? Den Jungen? Vieles ist denkbar." Niesberg wollte in Justins Beisein nicht ansprechen, dass er dessen Schreibtisch durchsucht hatte. Er blickte ein weiteres Mal in den Rückspiegel, doch nach wie vor schien sich kein Fahrzeug hinter ihn gesetzt zu haben. Dennoch traute er der Situation nicht. Bekker machte ihm einen Vorschlag:

„Wenn du auf die Weisenauer Brücke kommst, gibst du Gas, was das Zeug hält. Nimm die Abfahrt Innenstadt und bieg nach Laubenheim ab. Sollte jemand hinter dir sein und du ein bisschen Vorsprung rausgefahren haben, dann kann er dich nach ein paar Metern in der Kurve nicht mehr sehen. Ruf mich wieder an und halte mich auf dem Laufenden. Ich komme euch entgegen."

Beim nächsten Blick in den Rückspiegel sah er in einiger Entfernung einen dunkelblauen BMW, der plötzlich ausscherte, an Fahrt zulegte und schnell näherkam. Konnte das Zufall sein? Niesberg durchfuhr die letzte Linkskurve vor der Rheinbrücke, dann trat er das Gaspedal durch, wich zwei Autos aus und raste die linke Spur entlang. Die Hälfte der Brücke hatte er bereits hinter sich, aber der BMW war nicht etwa zurückgefallen, sondern noch etwas nähergekommen. Jetzt war er sich sicher, dass sie verfolgt wurden. Er zog auf die mittlere Spur und schoss wie ein Pfeil an Autos links und rechts von ihm vorbei, bis die Ausfahrt zur Innenstadt vor ihm auftauchte.

Niesberg schnitt einen Transporter, um noch rechtzeitig die langgezogene Ausfahrt nehmen zu können. Wenn er zu schnell reinfuhr, würde der Wagen aus der Kurve getragen werden. Er bremste zweimal hart, sodass die Reifen lautstark quietschten, und bog in die Abzweigung Laubenheim ein. Er musste nur den Scheitelpunkt der Kurve passieren, dann würde sein Wagen nicht mehr zu sehen sein.

Roman sah, wie das Auto vor ihm nach rechts scherte und in die Ausfahrt bog. Ihm konnte er nicht entkommen, dafür war er viel zu schnell. Sobald der Polizist zum Stehen kam, würde er dessen Wagen blockieren und Justin mit gezogener Waffe dort rausholen. Er war geübt darin, hatte das schon ein paar Mal gemacht und der Überraschungseffekt war definitiv auf seiner Seite. Mit der Maske erkannte ihn niemand und die Waffe würde dafür sorgen, dass keiner in der Nähe den Helden zu spielen versuchte. Den Polizisten würde er anschießen und zwei Reifen seines Wagens platt machen.

Justin wusste nicht, ob er den Polizisten anschreien oder ihm ins Lenkrad greifen sollte. Er hatte das Gefühl, die Reifen des Wagens würden in der nächsten Sekunde Bodenhaftung verlieren. Er riss die Augen auf und brüllte los. Doch der Wagen schaukelte nur wild hin und her, fing sich dann wieder und das Quietschen verstummte. Als sei nichts gewesen, fuhren sie auf der Landstraße Richtung Laubenheim weiter. Der ist vollkommen übergeschnappt, dachte Justin.

Wo war der Wagen? Roman hatte ihn aus dem Blickfeld verloren, als in der Ausfahrt direkt vor ihm die Abfahrt Laubenheim auftauchte. Er trat voll auf die Bremse und riss instinktiv den Lenker herum. Doch wegen seiner hohen Geschwindigkeit verlor er die Kontrolle über den Wagen und wurde in die Leitplanke geschleudert. Der Aufprall war gewaltig und das Auto überschlug sich mehrfach, bis es auf dem Dach liegend zum Stillstand kam. Vom Motor stieg Qualm auf und eine erste Flamme züngelte unter der Haube empor. Kurz darauf brannte das ganze Fahrzeug. Als die Feuerwehr eintraf, konnten sie nur noch das Feuer löschen. Für den Fahrer kam jede Hilfe zu spät.

Niesberg war auf der Landstraße bis Bodenheim gefahren, bis er wusste, dass sein Manöver erfolgreich gewesen war. Mit großer Erleichterung fuhr er zurück Richtung Mainz. Dann rief er Bekker an und teilte ihm mit, dass ein ausgebrannter BMW unterhalb des Brückenpfeilers an der Ausfahrt Laubenheim gefunden worden war.

„Das kann nur der Wagen sein, der mich kurz vor Ginsheim ins Visier genommen hat."

„Auch wenn ich so etwas normalerweise nicht sage, aber um diesen Typen tut es mir nicht leid", kommentierte Bekker.

„Ich fahre zum Unfallort und sehe mir das an. Vielleicht mache ich auch gleich die Fotos. Am besten kommst du vorbei und holst den Jungen ab."

Niesberg sah Justin an. „Alles gut?"

„Nein, überhaupt nichts ist gut", blaffte der Junge ihn an, „Sie haben alles noch viel schlimmer gemacht. Aber ihr könnt euch eben einfach nicht vorstellen, was ihr für einen Mist baut." Justins Stimme überschlug sich.

„Hey, immer mit der Ruhe und nicht in diesem Ton", sagte Niesberg bestimmt, doch er merkte, dass der Junge fertig war. Er hatte panische Angst, weil er in diese Scheiße reingerutscht und nicht in der Lage war, aus eigener Kraft wieder rauszukommen. Vermutlich hatte auch Leon das so empfunden. Er würde Justin zur Rede stellen und entschied, ebenfalls zum Du zu wechseln, um nicht ganz so distanziert und förmlich zu wirken.

„Du hast nicht nur Spiele manipuliert, stimmt's?"

Der junge Fußballer presste die Lippen aufeinander, bemerkte es aber nicht. Er schien wütend zu sein. Wie kam er nur an den Jungen ran? Wie konnte er ihm klarmachen, dass nicht alle gegen ihn waren, die ihn unter Druck setzten, und dass er jetzt noch das Richtige tun konnte?

„Hör zu, nur einen Rat: Auch wenn es dir jetzt nicht so vorkommt, es gibt immer einen Weg zurück. Immer! Man muss nur hart genug mit sich ins Gericht gehen und dafür kämpfen."

Justin schwieg beharrlich.

Sie näherten sich bereits dem Unfallort, als Niesberg plötzlich eine Idee hatte: „Ich weiß, dass du mit Leib und Seele Sportler warst und es auch sein wolltest."

„WARST??? Ich bin Sportler!", platzte es aus dem Jungen heraus.

„Irgendwie schon, aber irgendwie doch auch nicht. Dazu musst du ein paar Dinge ins Reine bringen. Es gibt so gut wie immer eine zweite Chance, man muss sie nur erkennen und beim Schopf packen."

Die Straße vor ihnen war abgesperrt. Ein Kollege stoppte den Wagen, erkannte Niesberg und winkte ihn durch.

„Wie soll das gehen?", fragte Justin leise.

„Wir machen einen Deal. Du arbeitest mit meinem Kollegen Bekker zusammen und ich helfe dir, wo ich kann."

Niesberg parkte den Wagen neben seinem Freund, der schon eingetroffen war und sich mit Denne unterhielt, und sie stiegen aus. Das Wetter war auch jetzt noch feucht und kühl, aber was wollte man Ende Oktober auch anderes erwarten? Bekker brachte Justin zu seinem Wagen und sagte ihm, er solle einen Moment warten. Anschließend unterhielt er sich kurz mit Niesberg, der ihm alles berichtete.

„Justin ist eine der Schlüsselfiguren, Schack. Denk bitte dran, dass er nicht für Klaus' Tod verantwortlich ist. Nimm ihn nicht so hart ran."

„In Ordnung, Werner, dir zuliebe."

„Jedem seine zweite Chance, Schack."

Bekker schaute Niesberg an und nickte. „Aber dann ruf ich heute Abend Gerda an."

„Tu halt, was du nicht lassen kannst."

Bekker klopfte ihm zum Abschied auf die Schulter. Die Information über den Tod von Manfreds Partner musste so lange wie möglich zurückgehalten werden, um ihre Gegenspieler im Unklaren zu lassen. Jetzt würden sie erstmal Schmidtke-Rosen auf den Zahn fühlen und am Nachmittag Manfred Köchel vernehmen, dessen Nachnamen sie mittlerweile kannten. Es galt, den eigentlichen Drahtziehern auf die Schliche zu kommen.

Während der Kommissar in den Wagen stieg, fragte er sich wieder, auf wen eigentlich der BMW zugelassen war. Erna würde es wissen.

Manfred Köchel

Auf der Fahrt zur Polizeidienststelle begleitete sie aus Sicherheitsgründen ein Streifenwagen. Bekker musste sich zurückhalten, um nicht gleich mit der Tür ins Haus zu fallen und Justin zu fragen, woher die gerollten Geldscheine in seinem Schreibtisch stammten. Der junge Mann sollte kooperieren und auspacken, damit sie den Hintermännern auf die Spur kommen würden.

In der Stadt angekommen brachte der Kommissar Justin ins Sitzungszimmer, wo Erna bereits alles vorbereitet hatte und auf sie wartete. Die Kommissarin hatte sich für diesen Raum entschieden, denn er wirkte heller und offener. Den Charakter einer Vernehmung wollten sie unbedingt vermeiden. Niesberg hatte kurz zuvor mit Erna telefoniert und sie über sein Gespräch mit Schack unterrichtet und darüber, dass er dem Jungen helfen wolle. Sie hatte zu bedenken gegeben, dass dies schwierig werden könne, wenn Justin tiefer in die Geschichte verwickelt war. Er würde ihn trotzdem so gut wie möglich unterstützen, versicherte Niesberg. Justin brauche einen frischen Start, dann könnte er es schaffen, diesem Wett- und Manipulationssumpf zu entrinnen.

Um 14.10 Uhr begannen sie das Gespräch mit Justin Schmidtke-Rosen. Erna stellte federführend die Fragen, da sich Schack nicht gänzlich frei von negativen Gefühlen machen konnte. Sie sprachen zuerst über Justins Kindheit und die Beziehung zu seinen Eltern, die er als schwierig beschrieb. Ob die Eltern denn seine Fußballkarriere unterstützt hätten, wollte Erna wissen.

„Na ja, sie hatten eigentlich immer etwas auszusetzen. Aber solange ich Erfolg hatte, waren sie zumindest nicht dagegen."

„Haben sie sich denn die Spiele angesehen?"

„So gut wie nie."

„Du warst also auf dich alleine gestellt?"

„Ja, schon. Fußball war meine Sache, im Guten wie im Schlechten."

„Justin, wir müssen auf diesen Zettel zu sprechen kommen, den wir bei deinem Freund Leon gefunden haben. Du weißt, von welchem ich rede?"

Der junge Mann atmete schwer. Zweifellos bereute Justin, was er getan hatte, auch wenn Bekker bezweifelte, dass er seiner misslichen Lage würde entrinnen können. Er wurde das Gefühl nicht los, dass Justins gesammelte Verfehlungen vor seinem innerem Auge abliefen.

Wie hatte Werner gesagt? Beinahe jeder verdiene eine zweite Chance. Ausnahmen gab es da schon, fand er. Nur wo zog man die so berühmte Linie im Sand? Niesbergs Güte würde er wohl nie haben. Egal, wie alt er noch werden sollte.

„Ich saß ziemlich dick in der Tinte und habe Hilfe gebraucht", fing Justin endlich an.

„Wobei?"

„Um zwei Spiele in der Junioren-Bundesliga zu manipulieren."

„Du bist angehauen worden, ob du das machen könntest?"

Er nickte. „Alles fing ganz harmlos an. Das waren Jungs, die ich vom Sportplatz her kannte. Mit denen haben wir manchmal nach dem Training oder Spiel gequatscht und auch mal ein Bier getrunken. Erst viel später habe ich rausbekommen, dass das Läufer sind, die für Wettbetrüger arbeiten. Die pflegen ein gutes bis freundschaftliches Verhältnis zu den Spielern. Aber sie sind bestens über dich informiert. Bei mir wussten sie, dass ich ein notorischer Zocker bin und leidenschaftlich gerne wette. Deshalb war ich meist knapp bei Kasse und brauchte Geld. Sie haben mir manchmal was zugesteckt, das sei gar kein Ding, hieß es. Ich habe es angenommen, war ja nicht viel. Eines Tages haben sie mir die Rechnung vorgelegt."

„Und dir einen Deal vorgeschlagen?"

„Nein, sie meinten, ich könnte ihnen vielleicht irgendwann einen Gefallen tun. Von diesem Tag an haben sie mir Geld nur noch geliehen, und ich bin nach und nach immer tiefer in die Sache reingerutscht, habe Schulden gemacht."

„Konntest du nicht mit jemandem darüber reden?"

„Zu Hause wäre das undenkbar gewesen. Und auch sonst kannte ich niemanden, der mir einfach so mehrere tausend Euro hätte geben können. Zuerst haben sie auf das Geld bestanden und mir Druck gemacht. Das war furchtbar. Dann kam irgendwann der Vorschlag, ich könnte diese beiden Spiele manipulieren. Damit seien alle Schulden vergessen. Und nicht nur das, ich würde sogar noch etwas Geld dafür bekommen. Ich konnte mich aber nicht dazu durchringen."

„Also hast du abgelehnt, richtig?"

„Genau. Erst danach haben sie mir Prügel angedroht, entweder zahlen oder die Spiele eben."

„Dann hast du…"

„… mein Gewissen in einen tiefen Keller gesperrt und mitgemacht. Tatsächlich gab es zwei Jungs im Team, die dazu bereit waren. Aber es ist eben von Vorteil, wenn der Torhüter mitmacht. Da ich mit Leon befreundet war, habe ihn gefragt. Er hat abgelehnt und gemeint, ich solle so einen Unsinn nicht machen, lieber Prügel kassieren. Aber ich habe nicht locker gelassen, ihn immer wieder bedrängt, gebettelt, bis er zugestimmt hat. Zwei Spiele, nicht mehr."

„Lief alles glatt?"

„Es lief perfekt."

„Und was geschah dann?"

„Ich war wieder flüssig und hatte auch Leons Anteil, der nichts von dem Geld wollte."

Er machte eine Pause, sank auf dem Stuhl in sich zusammen.

„Ich habe wieder angefangen zu wetten, wurde übermütig und habe alles und noch viel mehr als zuvor verloren. Und der ganze Mist fing von vorne an."

Dann erzählte Justin noch einmal die Geschichte, wie Leon sensationell gehalten hatte und die Wette verloren ging. Und von der Lektion, die man ihm erteilen wollte.

„Wie heißt der Partner von Manfred Köchel?", führte Erna das Gespräch weiter.

„Roman", sagte er sofort.

„Und der Nachname?"

„Keine Ahnung."

„Was weißt du über die Graue Eminenz?"

Justin zögerte, er schien Angst zu haben, was nur bedeuten konnte, dass er etwas über diese ominöse Person wusste.

Erna setzte nach: „Wenn du aus der Sache einigermaßen gut rauskommen willst, redest du besser. Wir können dir helfen, wenn du uns hilfst."

Es kostete Justin offensichtlich einiges an Überwindung, doch dann gab er nach.

„Ich habe nur durch einen blöden Zufall etwas über die Graue Eminenz mitbekommen, weil ich zufällig in der Nähe stand, als Manfred sich mit Roman gestritten und in Rage seinen Namen erwähnt hat."

„Kannst du uns sagen, wie die Person heißt?"

Der junge Mann holte tief Luft, stockte, dann ballte er seine Hände zu Fäusten, atmete aus und sagte nur leise: „Emil Obermeier."

„Der schnieke Emil?", platzte Bekker heraus.

„Ich weiß nur, dass er Emil Obermeier heißt und hier irgendwo in der Gegend wohnt."

„Ich hätte nie im Leben gedacht, dass der etwas mit Wettmanipulationen zu tun hat", murmelte der Kommissar.

Mit einem Mal schien Justin völlig erschöpft. Ernas vorsichtige Versuche, das Gespräch noch einmal in Gang zu bringen, scheiterten und so beendeten sie das Interview. Gemeinsam entschieden sie, dass Justin für den Tag besser nicht nach Hause gehen sollte. Man würde erst einmal die kommenden Stunden abwarten. Sie riefen Niesberg an, der bereit war, sich um den jungen Mann zu kümmern.

Manfred Köchels Straftatenregister, das mittlerweile vorlag, war beachtlich: Gefängnisaufenthalte wegen Einbruchs, körperlicher Übergriffe und Erpressung waren nur die Spitze des Eisbergs. Der Mann war gemeingefährlich. Um halb fünf war die Vernehmung in Anwesenheit seines Anwalts Rolf-Thomas Steiner anberaumt. Das Gespräch verlief, wie nicht anders zu erwarten, schleppend. Köchel verweigerte mehrfach die Aussage und gab nur die offensichtlichen und nicht zu widerlegenden Fakten zu. Steiners Versuch, Bekker überhartes Vorgehen seinem Mandanten gegenüber zu unterstellen, war angesichts der Tatsache, dass man die Kommissare tätlich angegriffen und dazu mit der Waffe bedroht hatte, nicht aufrechtzuhalten.

Erna und Schack waren übereingekommen, Köchel und Steiner nicht darüber zu informieren, dass Justin unter Polizeischutz stand und schon ausgepackt hatte. Die Vernehmung war an einem toten Punkt angelangt, als die beiden ihre eigentliche Attacke starteten. Bekker zog eine schwarze Mappe aus seiner

Ledertasche und legte sie auf den Tisch. Betont lässig strich er mit der Hand darüber und nickte grinsend in Richtung Köchel.

„Sie wissen, was das ist?"

Der verneinte, doch sein starrer Blick verriet ihn.

„Sie lag auf meinem Nachtisch, direkt vor Ihrer Nase."

Die Augen des Anwalts schmolzen zu schmalen Schlitzen zusammen, er schien damit beschäftigt, die Taktik der beiden Kommissare zu verstehen. Wieso kamen sie erst jetzt darauf zu sprechen? Warum warfen sie seinem Mandanten nichts Konkretes vor? Blufften sie womöglich und der Inhalt dieser Mappe war nicht der Rede wert? Steiner bat um eine Unterbrechung.

„Sofort", fuhr Erna dazwischen, „Herr Köchel, Sie und Ihr Partner haben die Mappe nicht nur einmal, sondern sogar zweimal übersehen."

„Ich weiß nicht, was Sie von mir wollen."

Der untersetzte, rothaarige Schläger ließ sich nicht so leicht provozieren.

„Erst in Knechtes Wohnung in Frankfurt, dann bei uns."

Ihr Gegenüber ging mit keinem Wort darauf ein und verzog den Mund. Wahrscheinlich war Köchel davon überzeugt, nicht zur Rechenschaft gezogen werden zu können, egal, was die Mappe enthielt.

„Gut, dann machen wir jetzt auf Wunsch von Herrn Steiner eine Pause."

Wahrscheinlich hatte der Anwalt während der Unterbrechung mit seinem Auftraggeber telefoniert, um neue Instruktionen zu erhalten, denn er bat um eine Verschiebung der weiteren Vernehmung. Der nächste Tag, 14 Uhr, wurde als neuer Termin anberaumt. Die Kommissare hatten den Köder ausgeworfen, jetzt galt es abzuwarten, ob die Gegenseite ihn auch schluckte. Natürlich war nicht Köchel das eigentliche Ziel dieser Finte, sondern Obermeier oder wer auch immer hinter ihm stand.

Sie warteten, bis Köchel weggebracht worden war und der Anwalt sich verabschiedet hatte. Jetzt galt es zu handeln. Sie mussten so schnell wie möglich zu Obermeier und vor dessen Büro Stellung beziehen. Vermutlich wussten die Drahtzieher noch nicht, dass Roman Justin nicht in seine Gewalt hatte bringen können.

„Steiner hat garantiert mit Obermeier oder einem großen Zampano im Hintergrund telefoniert", bemerkte Bekker.

„Davon ist auszugehen. Wer weiß, vielleicht schaffen wir es ja, ihn auf dem falschen Fuß zu erwischen."

„Auf dem falschen Fuß erwischen, die Angst des Torwarts beim Elfmeter. Wirklich passende Wortwahl. Obermeier dürfte sein Büro nach wie vor am 117er Ehrenhof haben. Das kenne ich noch aus alten Zeiten."

„Ich überprüfe das schnell, dann können wir los."

Obermeier residierte tatsächlich am 117er Ehrenhof. Er würde sie wohl kaum empfangen, aber wenn sie unangekündigt vor seiner Bürotür standen, erhöhte das den Druck auf ihn und das gesamte Netzwerk dahinter. Sie hatten den großen Vorteil, dass die Wettbetrüger nicht genau wissen konnten, was sie in Erfahrung gebracht hatten.

Während sie in den Wagen stiegen und die Polizeigarage verließen, versuchte Erna Schack auf die Schwierigkeiten vorzubereiten, die Wettbetrüger zur Rechenschaft zu ziehen. Sie hatte sich bereits mit Hauptkommissar Morf vom Kommissariat für Organisierte Kriminalität getroffen, der ihr wenig Hoffnung gemacht hatte, an die Drahtzieher heranzukommen. Zum einen gab es das Problem, Schiebereien stichhaltig nachzuweisen.

Und wenn Spieler, Funktionäre oder Schiedsrichter nicht selbst wetteten, war es im besten Falle Beihilfe zu Betrug. Nach wie vor fehlte ein Gesetz gegen Sportbetrug. Morf hatte auf eine Partie der 1. Bundesliga im Jahr 2005 verwiesen, bei der einer der größten Wettbetrüger weltweit, ein gewisser William Bee Wah Lim, insgesamt rund 2,8 Millionen Euro auf eine Niederlage der Lauterer bei Hannover 96 gewettet hatte. Das Spiel hatte mit einem satten 5-1 für die Hannoveraner geendet und obwohl Kontakte einzelner Spieler zu Malayischen Kontaktmännern nachgewiesen werden konnten, hatten die Verdachtsmomente nicht ausgereicht. Dennoch konnte Lim 2007 vom Landgericht Frankfurt zu zwei Jahren und fünf Monaten Haft verurteilt werden. Der eigentliche Skandal war jedoch, dass mit Lim aus „prozessökonomischen Gründen" ein Deal vereinbart worden war: Er gab Manipulationen in der Regionalliga zu, zahlte 40.000 Euro Strafe und wurde auf Kaution freigelassen. Wie nicht anders zu erwarten, tauchte er unter, vermutlich in Asien. Das umfangreiche Beweismaterial wurde nicht weiter gesichtet, mehrere äußerst interessante Partien aus höheren Spielklassen nicht weiter untersucht.

Obwohl Bekker das alles wusste, war er dennoch nicht bereit, einfach klein beizugeben. „Ich will den Mörder von Klaus, und wenn ich diesen verdammten Hintermännern Daumenschrauben anlegen oder sie öffentlich machen kann, dann wollen wir doch mal sehen, wie das alles ausgeht. Wenn wir nur den Bericht von Knechte finden würden."

„Falls es ihn überhaupt gibt."

„Fersting schien sich sicher."

Hase und Igel

Die Dämmerung hatte eingesetzt und ein schweres, mattes Grau drückte sich in die Häuserschluchten der Stadt. Als sie die Adam-Karillon-Straße erreichten, parkten sie den Wagen an einer Stelle, von der sie das Gebäude, in dem sich Obermeiers Büro befand, im Blick hatten.

Weil Bekker und der schnieke Emil sich kannten, stieg Erna aus und sah sich um. Der Name Obermeier stand wie zu erwarten auf einem der Klingelschilder und auch der Briefkasten war beschriftet. Befand sich hier der Anlaufpunkt der Wettbetrüger? Zu Obermeier vorzudringen, würde nicht einfach werden. Die Kommissarin schlenderte ein wenig auf und ab, dann setzte sie sich auf eine Bank auf dem Ehrenhof und hantierte mit ihrem Handy herum. Nach zehn Minuten fuhr eine Limousine auf der Kaiserstraße heran und hielt auf dem Seitenstreifen. Ein groß gewachsener, elegant gekleideter Mann mit Hut, Seidenschal und dunkelblauem Mantel stieg aus. Er gab dem Fahrer des Wagens ein Zeichen, der setzte den Blinker und reihte die Limousine wieder in den Verkehr ein.

Bekker erhielt eine SMS, in der ihm Erna das Rüdesheimer Kennzeichen durchgab. Er rief Gerd Denne an, damit dieser den Halter ausfindig machte. Dann sah er, wie ein Mann in feinem Zwirn an der Eingangstür des Gebäudes klingelte und gleich darauf das Haus betrat. Bekker beobachtete, wie Erna – vollkommen unbeteiligt wirkend – aufstand und sich auf den Eingang zubewegte. Als die Tür zuzufallen drohte, war sie mit wenigen Schritten davor und stellte einen Fuß dazwischen. Er stieg aus und gemeinsam betraten sie das Gebäude.

Die Briefkästen im Eingangsbereich konnte man rückseitig mit dem Schlüssel öffnen, und so fackelte der Kommissar nicht lange, holte einen Dietrich heraus, den er immer am Schlüsselbund trug, und machte sich an Obermeiers Briefkasten zu schaffen. Erna sah ihm verblüfft zu; diese Seite kannte sie noch nicht an Schack. Der Briefkasten war leer.

„Nur in absoluten Ausnahmefällen", bemerkte er unschuldig dreinschauend. Dann stiegen sie die Treppen nach oben, bis sie im zweiten Stock vor Emil Obermeiers Tür standen. Jeweils drei Einheiten lagen auf einer Etage. Kein Geräusch drang auf den Flur. Dass sich der Mann im feinen Zwirn tatsächlich hinter dieser Tür befand, konnten sie nur vermuten. Sie gingen einen halben Stock weiter nach oben, um nicht durch den Spion gesehen zu werden. Bis hierhin hatte alles bestens geklappt. Nur, was sollten sie jetzt tun?

„Ich würde warten, bis dieser Lackel wieder rauskommt und dann ein Bild von ihm schießen", schlug Bekker vor.

„Das Foto habe ich schon, Schack."

„Zwei Kommissare, ein Gedanke! Dann lass uns einfach klopfen und sie überraschen."

Erna war einverstanden. Bekker trat vor die Tür und klopfte zweimal laut. Nach einer Weile öffnete ein athletisch aussehender Mann mit Ziegenbärtchen, den die beiden nicht kannten. Worum es denn ginge, wollte er wissen, und sie hielten ihm die Ausweise entgegen.

„Hauptkommissare Dunst und Bekker. Wir ermitteln im Mordfall Klaus Knechte und müssten mit Emil Obermeier sprechen."

„Einen Moment bitte." Der Ziegenbart verschwand kurz, dann ging die Tür weit auf und er bat sie herein. Sie wurden gleich rechts neben dem Eingang in einen Raum geführt, in dem ein Tisch mit vier Stühlen sowie ein Sideboard mit eingebautem Kühlschrank standen. Außerdem hingen mehrere gerahmte Fußballfotos an den Wänden. Erna und Schack fühlten sich bei dem Anblick in ihrem Verdacht bestätigt.

Vom Flur gingen noch drei weitere Türen ab, eine davon hatte ein Sicherheitsschloss. Das war zweifelsfrei der Hauptraum. Ihr Ziel musste es sein, so lange wie möglich hier auszuharren. Je länger sie blieben, desto mehr würden sie mitbekommen, auch wenn es nur Kleinigkeiten sein sollten. Bisher ging ihre Taktik auf, denn ein angekündigtes Gespräch mit Obermeier hätte nie und nimmer in diesen Räumen stattgefunden.

„Möchten Sie etwas trinken?", fragte der Ziegenbart.

„Nein, danke", antworteten sie fast gleichzeitig und Erna fragte scheinbar beiläufig „In welchem Bereich arbeitet diese Firma?"

„Wir sind im Anlagengeschäft tätig."

„Anlagengeschäft?", fragte Bekker interessiert nach. „Der zu Tode gekommene Klaus Knechte war ein angesehener Broker. Kannten Sie ihn zufällig?"

„Nein, woher denn?"

„Na ja, die beiden Bereiche berühren sich doch."

Die Tür ging auf und Emil Obermeier, schlank und sonnenbankgebräunt, mit dünnem Oberlippenbart, randloser Brille und präzise gescheitelten Haaren, betrat den Raum. Sein Mitarbeiter verabschiedete sich unaufgefordert und verließ den Raum.

„Guten Tag zusammen", begrüßte Obermeier die beiden und wandte sich dem Kommissar zu. „Da wir beide uns ja recht gut kennen, nehme ich nicht an, dass Sie sich verlaufen haben? So viel Glück habe ich heute nicht. Also, wie komme ich zu der Ehre?"

„Ihr Name fiel in einem Mordfall. Ein pensionierter Börsianer, Klaus Knechte, wurde gefoltert und erschossen."

„Und mein Name soll in diesem Zusammenhang gefallen sein? Das ist äußerst eigenartig, denn ich kenne diesen Menschen nicht."

„Sagt Ihnen vielleicht der Name Manfred Köchel etwas? Oder sein Partner Roman? Die Jungs sind nicht gerade handzahm und nur mit Vorsicht zu genießen. Wer einmal Bekanntschaft mit ihnen gemacht hat, erinnert sich sicherlich an sie."

„Da muss ich Sie leider wieder enttäuschen."

Erna schaltete sich ein. „Wären Sie bereit, uns Ihr Büro zu zeigen?"

„Sie wollen mein Büro sehen? Ich bin ein wenig überrascht."

Im Flur kam Bewegung auf und sie hörten, wie die Tür ins Schloss fiel. Vermutlich waren der elegant gekleidete Mann und Obermeiers Mitarbeiter soeben gegangen. Bestimmt war ihr Besuch der Grund für den übereilten Aufbruch gewesen. Ihr Gegenüber schien zufrieden, dass es zu keinem weiteren Kontakt mit der Polizei gekommen war, denn er wirkte augenblicklich entspannter. Weil Erna das Autokennzeichen notiert und ein Foto des unbekannten Mannes gemacht hatte, waren die Kommissare eindeutig im Vorteil.

„Ich weiß zwar nicht, warum Sie sich umsehen wollen, aber wenn es Sie beruhigt, bitte sehr." Obermeier stand auf und ging voran. Küche und Bad waren völlig uninteressant, mit dem Hauptraum des Büros verhielt es sich allerdings anders: Vier moderne Desktop-Computer und acht Bildschirme zählte Bekker, als sich die Tür vor ihnen öffnete. Die Flatscreens standen in einem weiten Halbkreis auf ebenso angeordneten Tischen. Die gesamte Anlage war natürlich ausgeschaltet.

„Wie viele Leute arbeiten hier?", wollte Bekker wissen.

„Vier mit mir", antwortete Obermeier.

Für Bekker passte alles zusammen: Morf hatte erzählt, dass das horizontale Gewerbe ein wichtiger Türöffner war, um Spieler, Schiedsrichter oder auch Funktionäre auf die entsprechende Seite zu ziehen. Für den ehemaligen Bordellbesitzer Obermeier, der nach wie vor beste Kontakte ins Rotlichtmilieu pflegte, also eine Kleinigkeit. Klar war auch, dass Anlagengeschäfte keineswegs das Hauptarbeitsfeld dieses Büros waren. Wenn, dann vielleicht in einem zweiten Schritt, um das aus dem Wettgeschäft erwirtschaftete Geld zu parken.

Schack sah Erna kurz an, die kaum merklich nickte, woraufhin er zum Angriff überging. „Der schnieke Emil und seine Anlageaktivitäten. Dass ich nicht lache. Das einzige, was du je angelegt hast, waren zu früheren Zeiten der Schlagring und heute das Hüftgold. Erzähl mir bloß nichts. Wir kennen uns schon lange genug. Wenn du spuckst, was hier gespielt wird, drücken wir vielleicht ein Auge zu bei dir."

„Für Sie immer noch Herr Obermeier", war die kühle Reaktion.

„Ah, wir sind zu den etwas besseren Leuten aufgestiegen. Nichts für ungut, Obermeier, aber das passt einfach nicht. Na gut, dann müssen wir eben härtere Bandagen anlegen. Also, mir sieht das hier sehr nach einem hoch professionellen – nennen wir es einmal ganz vorurteilsfrei – ‚Umschlagplatz für Wetten' aus."

Obermeier lachte auf. Seine schneeweiße, etwas zu gerade obere Zahnreihe war so falsch wie die Fassade, die er sich zu geben versuchte.

„Muss ich mir diesen Blödsinn noch länger anhören?"

„Nein, wir gehen gleich. Aber vielleicht lohnt es sich ja, jetzt mal kurz die Schnauze zu halten und zuzuhören."

Bekker schwieg betont lange. Obermeier, der die beiden jederzeit hätte hinauswerfen können, schien gespannt abzuwarten, was sie ihm noch zu sagen hatten. Ungeduldig forderte er den Kommissar mit einer Handbewegung auf, endlich zu reden. Der verzog den Mund zu einem spöttischen Grinsen.

„Um dich besser mit der aktuellen Situation vertraut zu machen, sag ich nur so viel: Manfred Köchel wurde festgenommen, als er mitten in der Nacht in meiner Wohnung aufgetaucht ist und mich bedroht hat. Und sein Partner Roman kam heute Mittag bei einer Verfolgungsjagd ums Leben. Du kennst keinen der beiden?"

„Habe ich doch schon beantwortet."

„Wie wär's denn mit der Wahrheit? Na, egal. Sagt dir der Name Justin Schmidtke-Rosen etwas?"

Bekker hätte schwören können, dass Obermeiers kurzes Zögern einem Ja gleichkam und fuhr fort: „Du gehst nach wie vor davon aus, dass Schmidtke-Rosen vor uns aus der Schusslinie gebracht wurde."

„Völliger Schwachsinn", blieb Obermeier hart.

„Was glaubst du eigentlich, warum wir ausgerechnet heute hier auftauchen? Zufall?"

„Es reicht! Ich will von diesem Blödsinn nichts mehr hören."

„Nur noch eine Sache: Sag deinem Chef, dass Justin bei uns in Sicherheit ist."

„Ich kenne niemanden mit diesem Namen. Und jetzt raus!"

Obermeier ging voran und stieß die Tür zum Hausflur auf.

„In Ordnung, wir verschwinden. Aber vielleicht bestellst du deinem Boss, dass wir ihn auf der Rechnung haben", bemerkte Bekker.

„Keine Ahnung, von wem Sie reden. Aber viel Glück bei der Suche", bemerkte Obermeier und lachte aufgesetzt. „Sollten der Herr Hauptkommissar oder seine Kollegin nochmal hier auftauchen, dann bitte nur mit Durchsuchungsbefehl."

Die Tür schlug ziemlich schwungvoll hinter ihnen zu. Darüber, dass sie im Auto sitzen und abwarten würden, bis sich etwas tat, brauchten die beiden kein Wort zu verlieren. Irgendwann musste Obermeier reagieren. Er würde den Mann mit dem Seidenschal kaum anrufen, denn das Risiko, abgehört zu werden, war zu hoch.

Obwohl sie nicht viel in der Hand gehabt hatten, war es ihnen doch gelungen, Unruhe zu stiften. Der Ball lag jetzt bei den Wettbetrügern, die gezwungen waren, sich neu aufzustellen.

Stundenlang geschah nichts, nur der Himmel, der mittlerweile tiefschwarz war und aus dem sich plötzlich ein gewaltiger Schauer ergoss, signalisierte, dass die Zeit nicht stehengeblieben war und sie nach wie vor auf Obermeiers nächsten Zug warteten.

Sie entschieden, beim Italiener für Erna eine Pizza Quattro Formaggi und für Bekker eine Pizza Funghi e Salamino piccante zu bestellen. Bekker hatte alles zur Adresse des Stadtmagazins *Der Mainzer* geordert, das in direkter Umgebung lag, und den Kurier dort abgefangen. Sie hatten Glück und konnten die Pizza in Ruhe verdrücken, denn Obermeier ließ sich nach wie vor nicht blicken. Um der Müdigkeit zu trotzen, besorgte Erna zwischendurch gegenüber im *Bistro 23* zwei Becher Kaffee.

Kurz vor eins ging das Licht im Hausflur des Gebäudes an. Als Emil Obermeier auf den Ehrenhof heraustrat, sah er sich um, ging dann zur Adam-Karillon-Straße und stieg rund 50 Meter weiter in einen weißen Porsche Panamera.

„So eine Flunder kostet ein halbes Vermögen. Und ich gehe mal davon aus, dass der Lackaffe nicht das Basismodell fährt. Wenn er damit richtig Gas gibt, können wir ihm nicht folgen", stellte Bekker fest.

„Der Herr Obermeier möchte bestimmt keinen unnötigen Kontakt mit unseren Kollegen."

Erna hängte sich an den Sportwagen. Sie fuhren auf die Rheinallee, von dort aus bis zur Schiersteiner Brücke, auf die der Porsche Richtung Wiesbaden auffuhr.

„Obermeier oder der Seidenschal wohnen entweder in Wiesbaden oder im Rheingau", rätselte Bekker.

„Ich tippe auf Seidenschal und Rheingau."

Der Panamera bog auf die A 66 Richtung Rheingau ab.

„Ein Anwesen?", fragte Bekker einsilbig.

„Anzunehmen, er wird kaum in einem Mehrfamilienhaus oder einer Doppelhaushälfte wohnen."

In dieser Nacht würden sie im besten Falle auskundschaften können, wohin Obermeier unterwegs war, und das auch nur, wenn ihnen seine Route keinen Strich durch die Rechnung machte. Denn sollte die Fahrt in die Weinberge führen, war es praktisch unmöglich, dem Porsche ungesehen zu folgen.

Die Autobahn ging in die B 42 über. Kurz vor Oestrich-Winkel bog der Sportwagen auf die Kreisstraße Richtung Hattenheim/Hallgarten ab. Erna ließ sich ein wenig zurückfallen, hatte jedoch das Auto weiter im Blick.

„Er fährt weiter Richtung Hallgarten. Wahrscheinlich sehen wir ihn oben am Berg wieder. Da gibt es einige imposante Villen und Landsitze", warf Bekker ein.

Erna hielt den nötigen Abstand, konnte aber erkennen, wie der Panamera oberhalb von Hallgarten in einen Weg einfuhr und nach etwa 200 Metern anhielt. Das Mondlicht reichte aus, um den beeindruckenden Landsitz zu erkennen.

Ein automatisches Tor öffnete sich und der Porsche verschwand auf dem Anwesen. Die Kommissarin schaltete die Scheinwerfer aus und fuhr in den Zufahrtsweg hinein. Etwa 50

Meter vor dem Tor parkten sie in einer kleinen Ausweichbucht und Bekker stieg aus.

Eine rund zweieinhalb Meter hohe Mauer umgab den Gebäudekomplex. Der Kommissar näherte sich von der Seite kommend dem Tor, um nicht zu riskieren, mögliche Bewegungsmelder oder eine Lichtschranke auszulösen. Er hielt sich von dem fein gekiesten Weg fern und lief auf dem perfekt geschnittenen, schmalen Rasenstück, das an die alte Steinmauer grenzte. Es war kalt und die Feuchtigkeit machte es zusammen mit dem böigen Wind nicht gerade zu einem Vergnügen, durch die Nacht zu schleichen. Die Wolken über ihm meinte er beinahe greifen zu können, alles schien unheimlich nah zu sein.

Er trat vor das Tor und nahm sein Handy zur Hand. Das Licht der Taschenlampenfunktion würde genügen, um ein Klingelschild oder auch einen Firmenschriftzug lesen zu können. Bekker konnte jedoch nichts entdecken. Dann sah er einen messingfarbenen Klingelknopf in der Mitte eines schmiedeeisernen, vierblättrigen Kleeblatts. Kitschig, aber fein gearbeitet, dachte er. Und quer über dem Tor sah er endlich den Namen des Hausbesitzers prangen: von Merlach. Wenn man den Wald vor lauter Bäumen nicht sieht. Du bist vielleicht ein Blindfuchs, schimpfte er im Stillen und schlich auf demselben Weg zurück. Im Wagen besprachen sie sich und entschieden, den Heimweg anzutreten. Der Name sagte ihnen nichts.

Erst als Niesberg gegen neun Uhr bei ihnen an die Tür klopfte, wurde Bekker wieder wach.

„Ich wollte nicht stören, ihr wart ja lange unterwegs, aber dein Typ wird verlangt."

„Was?" Bekker wusste nicht, wie ihm geschah, als ihm sein Freund das Telefon vor sein Gesicht hielt.

„Bekker."

„Gerd hier. Schack, ihr solltet besser herkommen. Hier tut sich einiges."

„Wieso? Was ist denn los?", gähnte er.

„Der Obermeier will gegen zehn herkommen, um mit dir zu reden. Und Meiner war schon um kurz nach acht hier. Er wollte wissen, wann du auftauchst. Er muss irgendeinen Anruf bekommen haben."

„Sobald der Chef Flagge bekennen muss, wird er nervös. Du hast keine Ahnung, von wem?"

„Nein, keinen blassen Schimmer. Komm einfach her, in Ordnung?"

„Ist gut, Gerd. Ich beeile mich."

Erna war währenddessen wach geworden, sie hatte so tief und traumlos wie schon lange nicht mehr geschlafen.

„Lass dir Zeit. Ich gehe vor und klär' das ab, dann rufe ich dich an." Er beugte sich zu ihr herunter und küsste sie.

„Danke, Schack. Ich kann ja mal sehen, ob Justin uns noch etwas zu berichten hat."

„Einen Versuch wäre es immerhin wert."

Als Bekker aufgestanden war und die Küche betrat, saßen der junge Fußballer und Niesberg beim Kaffee.

„Werner, wo hast du Justin denn einquartiert?"

„Im Kinderzimmer von der Anne."

Der Kommissar brummte nur „Soll mir recht sein" und verschwand ins Bad. Wenn das so weiterging, konnte er demnächst ein Asyl für Gestrandete und gebrochene Herzen aufmachen. Aber das macht jetzt auch nichts mehr, dachte er und stieg in die Dusche. Er wusste partout nicht, was dieser Dünnbrettbohrer Obermeier von ihm wollte. Es musste mit dessen nächtlichem Besuch bei von Merlach zu tun haben.

Beim Frühstück fragte Justin, wann er wieder nach Hause könne. Bekker riet ihm dazu, wenigstens noch diesen und den nächsten Tag abzuwarten, womit Justin einverstanden war. Niesberg würde sich weiter um ihn kümmern. Den Eltern war gesagt worden, dass er für ein paar Tage mit seiner Mannschaft zu einem Turnier gefahren sei. Bekker trank seinen Kaffee aus und machte sich fertig.

Um zehn vor zehn betrat er sein Dienstzimmer, hängte die Jacke auf und las die auf seinem Schreibtisch liegende Notiz. Der Wagen, mit dem sich der Halbseidene, die Bezeichnung gefiel Bekker auf Anhieb, zum Ehrenhof hatte fahren lassen, war auf Ludovic von Merlach zugelassen. Bei ihm handelte es sich aller Wahrscheinlichkeit nach um den Mann, der auf dem Anwesen oberhalb von Hallgarten residierte.

Zwei Minuten vor zehn.

Bekker verließ sein Zimmer und ging in den Besprechungsraum. Kalte Getränke und eine Thermoskanne Kaffee standen bereits auf dem Tisch, Denne sei Dank. Er ging zurück auf den Flur und lief Dingmann in die Arme, der ihm mitteilte, dass Obermeier bereits unten wartete.

„Weißt du vielleicht, mit wem Meiner heute Morgen gesprochen hat?", fragte Bekker.

„Kann ich dir nicht sagen, aber es muss jemand mit Einfluss gewesen sein. Er ist rumgelaufen wie ein Gockel, und wollte unbedingt mit dir sprechen. Es müssten Dinge abgeklärt werden. Melde dich am besten bei ihm, wenn das Gespräch rum ist."

Vielleicht auch erst später, dachte Bekker, bedankte sich bei seinem Kollegen und ging los. Schon von der Treppe aus sah er Obermeier im Eingang stehen. Heute trug er einen dunklen Anzug mit braunen Lederschuhen und Trenchcoat. Er schien den seriösen Geschäftsmann geben zu wollen. Weder ein greller

Schal noch ein unpassendes Einstecktuch störten die Erscheinung. Was sollte dieses Theater, fragte sich Bekker.

Er ließ es ruhig angehen, gab Obermeier die Hand und führte ihn zum Aufzug. Solche Typen sollten nie mehr als nötig vom Gebäude sehen. Im Besprechungsraum setzten sie sich und Bekker bot ihm an, sich etwas zu trinken zu nehmen. Einschenken kam nicht infrage.

„Was führt dich zu uns?" Schon die Reaktion auf die Anrede würde ihm zeigen, wie Obermeier gesinnt war. Der ließ es auf sich beruhen.

„Ich bin hier, um ein paar Dinge abzuklären."

„Abklären? Dann fang mal an. Ich frage nach, wenn du nicht mehr weiter weißt."

Obermeier ging auf den Sarkasmus des Kommissars nicht ein.

„Wir wollen keinen Ärger", er kratzte sich am Hinterkopf und überlegte, wie er nun fortfahren sollte. „Wenn Sie Fragen haben und wir die beantworten können, würden wir das gerne tun."

„Sprich besser so, wie dir der Schnabel gewachsen ist, das kommt bei mir viel besser an. Obermeier, mit wem rede ich hier eigentlich?", wollte der Kommissar wissen, aber sein Gegenüber ging nicht darauf ein.

„Also, wir würden kooperieren und auch helfen, aber dafür müsste …"

„Stopp. Zwei Fragen: Kooperieren wobei und helfen womit? Reiß dich am Riemen und versuch nicht, jemand zu sein, der du nicht bist."

Bekker merkte, dass er diesem geistigen Nachtschattengewächs auf die Sprünge helfen musste, sonst drehten sie sich noch in zwei Stunden im Kreis.

„Also, die Sache mit dem Jungen war ein Unfall. Das sollte nicht so laufen", wurde Obermeier mit einem Mal sehr konkret.

„Du sprichst von Leon Fersting, nehme ich mal an?"

Er nickte und Bekker setzte nach: „Das macht die Sache nicht besser. Erstens ist der Junge tot und zweitens sind im Anschluss an diese Geschichte zwei Menschen ermordet worden. Einer davon war ein guter Freund von mir. Du hängst da mit drin, und dein Boss vermutlich auch."

„Nein, so ist das nicht gelaufen. Der Boss war bis gestern im Ausland unterwegs. Da hat jemand eigenständig gehandelt."

„Und das soll ich dir glauben? Red doch keinen Mist."

„Das war aber so. Hören Sie, dieser Bericht von Knechte darf nicht in die falschen Hände geraten. Wir könnten einen Deal anbieten."

Jetzt war die Katze aus dem Sack. Sie hatten den Bericht natürlich nicht gefunden und auf einen Kampf mit der Polizei wollte sich von Merlach nicht einlassen, vermutlich auch, um sein Ansehen zu schützen. Also bot er ihnen einen Deal an. Der feine Pinkel hatte sicher nicht daran gedacht, dass sein Name in die Geschichte hineingeraten könnte. Doch genau diese Gefahr bestand jetzt. Bekkers Problem war allerdings, dass er den Bericht nicht hatte. Er würde pokern müssen.

„So etwas kann ich nicht machen", sagte er knapp und griff sich ein Wasserfläschchen aus dem Kühler.

„Wir könnten stichhaltige Beweise liefern, um Manfred Köchel zu überführen."

„Das bekommen wir auch so hin", konterte Bekker, obwohl er wusste, dass das nicht so einfach werden würde.

Seine kaltschnäuzige Art schien Obermeier zu beeindrucken, denn der rang nach Worten.

„Also, diese ganze Sache ist viel größer. Da geht es nicht um ein paar Mäuse, die irgendjemand auf Sieg oder Unentschieden setzt. Gut, hier ist Scheiße passiert, aber das soll ja auch bestraft werden. Nur müssen wir wissen, was Knechte wusste."

„Ein Freund von mir wurde umgebracht", blieb Bekker stur.

„Ich hab's Ihnen doch schon gesagt, da ist was aus dem Ruder gelaufen!"

„Gleich zweimal? Erst bei Leon und dann bei Klaus Knechte? Ihr solltet ernsthaft überlegen, den Mann aus dem Verkehr zu ziehen."

„Hören Sie, Bekker. Ich bin kein Freund der großen Worte. Haben Sie jetzt Interesse, einen Deal zu machen, oder nicht? Wir liefern Köchel ans Messer und Sie geben uns diesen Bericht. Ansonsten kann ich für nichts garantieren."

„Diesen Satz solltest du mir wohl unbedingt ausrichten, nehme ich an?"

„Nein, das hab ich nur so dahingesagt."

Der Kommissar winkte entnervt ab. „Ich melde mich in einer Stunde bei dir. Dann könnt ihr zusehen, was ihr macht."

Obermeier wusste mit dieser unklaren Bemerkung nichts anzufangen. Das war exakt, was Bekker hatte erreichen wollen.

„Also in einer Stunde?", versicherte sich Obermeier.

„Genau, richte deinem Boss das aus."

Natürlich sagte der Kommissar ihm nicht, dass er sowohl den Namen als auch die Adresse des Mannes kannte. Jeder Vorteil, und wenn er noch so klein sein mochte, konnte von entscheidender Bedeutung sein.

Als er Obermeier wieder verabschiedet hatte und ihn auf die Straße treten sah, wusste er plötzlich, wie sein nächster Zug aussehen musste.

Richter und Henker

Niemand *ist eine Insel.* Warum ihm dieser berühmte Satz von John Donne im Kopf herumgeisterte, konnte er nicht sagen. Und er wusste auch nicht, ob das, was ihm vorschwebte, wirklich funktionierte. Aber es schien Bekker der am besten gangbare Weg zu sein. Außerdem war er es Norbert oder Klaus, ganz egal wie man ihn im Gedächtnis behalten würde, schuldig. Er wollte über diesen von Merlach nicht urteilen, ohne sich vorher ein Bild gemacht zu haben.

Bekker eilte zurück in sein Dienstzimmer, griff sein schwarzes Notizbuch aus der Schreibtischschublade, steckte seine Waffe ein und zog die Jacke über. Auf dem Weg zur Garage rief er Erna an und teilte ihr mit, wie das Gespräch verlaufen war und dass er von Merlach aufsuchen wollte.

„Bist du dir sicher, dass das eine gute Idee ist?"

„Ich denke, es gibt keinen anderen Weg."

Obwohl sie spürte, dass Schack ihr etwas vorenthielt, fragte sie nicht nach und verlangte auch nicht mitzugehen. Was sie jedoch wollte, war eine SMS jede halbe Stunde. Bekker stimmte zu und legte auf.

Erna würde sich derweil um die Indizien kümmern: Was hatten die Kollegen über den Fussel und die Tabletten herausgefunden, die sie entdeckt hatten? Und passte Knechtes Kopfwunde zumindest in etwa zum Kaliber der Waffe aus Bekkers Wohnung? Der Laptop aus Knechtes Appartement am Brand war hingegen nicht wieder aufgetaucht. Außerdem musste eine Gegenüberstellung von Manfred Köchel und Lotte Nuss organisiert werden.

Bekker sprang in den Wagen und fuhr los. Die Wolken hingen auch an diesem Morgen tief und schwer über der Stadt, doch es ging kaum Wind. Mittlerweile war es halb 12. In 40 Minuten würde er sich vor dem Anwesen Ludovic von Merlachs platziert haben und Obermeier anrufen. Wenn es einen entscheidenden Vorteil gab, dann den der Überraschung. Bekker war sich nicht sicher, ob er das Richtige tat. Er schaltete das Radio ein und suchte einen Sender mit Songs, die ihn antrieben, ihm den rechten Drive für diese Mission gaben. Er dachte an etwas Schnelles, aber zu seinem eigenen Erstaunen blieb er bei Astor Piazzolla hängen.

Bekker verließ Mainz über die Theodor-Heuss-Brücke, erreichte die A 66 und war um kurz nach 12 an der Abzweigung zu von Merlachs Anwesen. Den Wagen parkte er oberhalb der Straße, um nicht gesehen zu werden. Der Kommissar fühlte sich bereit, hatte das Gesicht seines erschossenen Freundes vor Augen. Er stellte das Radio ab, öffnete die Tür und schloss kurz die Augen. Konzentriert lauschte er den Geräuschen um ihn herum. Vieles hing davon ab, dass er die Partie jetzt richtig spielte. Bei Leuten wie von Merlach reichte es nicht aus, zu wissen, was man wollte, sondern es war absolut erforderlich zu verstehen, was dieser mit seinem Angebot wirklich bezweckte – und dazu musste er ihn beobachten können. Er wählte die Handynummer, die ihm Obermeier gegeben hatte und wartete, bis sich die Verbindung aufbaute.

„Bekker hier. Sagen Sie Ihrem Chef, dass ich mit ihm sprechen möchte. Er kann mich in der nächsten Viertelstunde unter dieser Nummer erreichen."

„Ist gut, ich richte es ihm aus."

Dann knackte es und die Leitung war wieder tot. Er sah sich um. Hier oben zog es empfindlich. Vereinzelte Sonnenstrahlen fielen wie schmale Lichtkegel in das breite Rheintal. Der Blick hinunter in die Ebene war überwältigend, hatte etwas Berauschendes. Kein Wunder, dass sich Dichter hier niedergelassen hatten und Maler der englischen Romantik von der Rheinidylle inspiriert worden waren. Bekker atmete die frische Luft ein.

Das Klingeln des Telefons durchbrach die Idylle. Von Merlach rief nach exakt einer Viertelstunde an, also würde Obermeier noch bei ihm sein, vermutete Bekker und nahm ab: „Hauptkommissar Bekker."

„Von Merlach. Sie wollten mich sprechen?"

Sollte er ihn darauf hinweisen, dass Obermeier auf von Merlachs Anweisung hin bei ihm auf der Polizeidienststelle aufgetaucht war? Nein, nichts dergleichen würde er tun und er ließ sich auf das Spiel ein.

„Gut, dass Sie anrufen", war Bekkers Antwort.

„Ich denke, wir sollten uns treffen, falls Sie das liefern können, was mir angedeutet wurde."

Der Kommissar schwieg.

„Sie haben doch, was ich brauche?", setzte der Adelige nach.

„Davon können Sie ausgehen."

„Wo wollen Sie sich treffen?"

Bekkers Kriterium für die Ortsauswahl war gewesen, dass dieser öffentlich und gut besucht war und er ihn bestens kannte. Erst hatte er überlegt, von Merlach nach Mainz zu lotsen, aber das schien ihm keine gute Idee zu sein. Der Mann war vorsichtig und kam unter diesen Umständen nicht alleine. Schließlich hatte er entscheiden, das Kloster Eberbach vorzuschlagen. Da der Ort praktisch vor dessen Haustür lag, würde von Merlach das Treffen als Heimspiel betrachten. Wenn er sich zu sicher fühlte, war er womöglich angreifbar. Bekker kannte das Kloster wie seine Westentasche, seit er vor ein paar Jahren von Freunden eine viertägige Auszeit zum Geburtstag geschenkt bekommen hatte. Jetzt musste er nur noch den Adeligen überzeugen.

„Wohnen Sie bei uns in der Gegend? Dann können wir uns auf halbem Weg treffen", schlug er vor.

„Nein, im Rheingau."

Bekker wartete einen Moment, um seinen Vorschlag nicht vorschnell klingen zu lassen und fuhr dann fort: „Warum treffen wir uns nicht in einer halben Stunde in der Schänke im Kloster Eberbach? Dort können wir uns in aller Ruhe vor lauter Gläubigern unterhalten."

Den Versprecher hatte der Kommissar bewusst eingebaut. Eine kleine Irritation konnte nichts schaden.

Von Merlach nahm sich Zeit, bis er antwortete: „Wieso kommen Sie als Mainzer auf die Idee, sich im Rheingau treffen zu wollen?"

„Na ja, Mainz und der Rheingau haben eine lange Tradition. Und ehrlich gesagt, passt es mir terminlich ganz gut, denn ich habe anschließend noch etwas in Eltville zu erledigen."

„Na gut, dann in 30 Minuten in der Klosterschänke. Ich werde Sie schon finden." Zweifellos hatte er sich über den Kommissar informiert.

„Gut, aber kommen Sie allein", warnte ihn Bekker.

„Das werde ich. Und Sie vergessen die Lieferung bitte nicht, Herr Hauptkommissar."

Bekker wartete eine Viertelstunde im Wagen, bevor er zum Zufahrtsweg der Villa ging und sich im Gebüsch auf der gegenüberliegenden Straßenseite verbarg. Von seiner Position aus würde er sehen können, ob von Merlach tatsächlich alleine im Auto saß. Nach gut fünf Minuten bog ein brauner Bentley auf die Kreisstraße ein. Der Adelige saß wie angekündigt alleine im Wagen. Der Kommissar lief zum Auto und startete den Motor.

Von Merlach war gemächlich unterwegs, mit seinem englischen Gefährt wirkte er wie ein Lord auf einer Spazierfahrt durch die Downs in Südengland. Er fuhr auf der Kreisstraße 634 hinunter ins Tal, um über die Kloster-Eberbach-Straße wieder hinauf zur berühmten Klosteranlage zu gelangen. Bekker hingegen bog kurz unterhalb von Hallgarten nach links in eine schmale, asphaltierte Straße ab, die durch die Weinberge und nach wenigen Kilometern wieder auf die Kloster-Eberbach-Straße führte. Von dort war es nicht mehr weit bis zu den Parkplätzen.

Bevor er mit Waffe und Notizbuch ausgerüstet ausstieg, schrieb Bekker wie versprochen eine SMS an Erna. Dann durchquerte er den Klostergarten, nahm die Stufen hinauf zum Vorplatz der Klosterschänke und sah sich kurz um. Trotz Nachsaison waren einige Besucher da. Er ging weiter zum Nebengebäude, das in früheren Jahrhunderten als Mühle und Scheune gedient hatte und wo sich jetzt die Mehrzahl der Hotelzimmer befand. Ein idealer Standort, um von Merlach ungesehen beobachten zu können.

Der Adelige tauchte zehn Minuten später auf, blieb vor der Schänke in der Nähe einer Touristengruppe stehen, sah sich kurz um und ging hinein. Niemand schien bei ihm zu sein. Bekker wartete noch ein paar Minuten, bevor er ihm folgte. Am Tresen blieb er stehen und sah von Merlach an einem der rustikalen Holztische sitzen. Der erkannte den Kommissar und gab ihm ein Zeichen, zu ihm zu kommen. Nach einer kurzen förmlichen Begrüßung saßen die beiden Männer vis-à-vis ohne ein Wort zu sprechen. Der Halbseidene wollte etwas von ihm, also würde er abwarten.

Die Schänke war gut gefüllt, der Geräuschpegel ziemlich hoch und es herrschte eine aufgeräumte Stimmung unter den Gästen. Bekker bestellte ein Klosterbier Hell, als der Kellner an den Tisch trat, und sein Gegenüber tat es ihm gleich.

Von Merlach räusperte sich: „Sie wissen, dass laut Interpol pro Jahr rund eine Billion Dollar bei Fußballwetten gesetzt werden?"

„Ich weiß, dass es um viel Geld geht und eine Menge Leute involviert sind. Was wollen Sie damit sagen?"

„Mit Wetten wird wahrscheinlich mehr als mit Drogen umgesetzt. Und die Strafen sind nach wie vor ziemlich dürftig. Ganz anders als beispielsweise im Drogengeschäft."

„Wenn Sie mir jetzt das traurige Märchen erzählen wollen, warum alles so gekommen ist, wie es gekommen ist, dann sparen Sie sich besser den Atem."

Endlich kam das Bier an den Tisch. Bekker trank einen großen Schluck, wischte sich den Schaum von den Lippen und fragte: „Was wollen Sie von mir?"

„Was ich Ihnen schon am Telefon gesagt habe: den Bericht, den Klaus Knechte verfasst hat. Er ist durch seine erfolgreichen Wetten und einen Bekannten, der ihm Kontakte verschaffen konnte, mit dem inoffiziellen Wettmarkt in Berührung gekommen. Dann begann er plötzlich, Beweise zu sammeln, Namen aufzulisten und dieses brisante Dossier zu erstellen. Wissen Sie, er kannte Hintergründe, die für einige sehr einflussreiche Personen äußerst unangenehme Folgen haben könnten. Vielleicht nicht unbedingt rechtlicher Natur, aber ihr Ansehen könnte stark in Mitleidenschaft gezogen werden. Das kann um einiges schlimmer sein."

„Wollen Sie andeuten, dass diese Herrschaften alles tun werden, um die Veröffentlichung der Unterlagen zu stoppen."

„Sie sind doch mit dem Fall William Bee Wah Lim vertraut?"

Bekker zuckte unmerklich zusammen. Woher wusste von Merlach davon?

„Die Behörden hatten diesen Mann bereits gefasst, es lagen genügend Beweise gegen ihn vor. Warum also, glauben Sie, wurde er auf Kaution entlassen? Können Sie sich das nicht zusammenreimen?"

„Natürlich kann ich das."

„Das ist bei Weitem nicht der einzige Fall. Kennen Sie Wilson Perumal oder Kelong King? Er ist vielleicht der dreisteste Manipulator aller Zeiten. Mindestens zehn FIFA-Schiedsrichter sollen auf seiner Gehaltsliste gestanden haben und er hat sogenannte Ghost-Games organisiert. Das sind fiktive Spiele, die nie stattgefunden haben, aber auf dem asiatischen Markt gewettet wurden. Perumal hat sogar einmal ein Team zusammenstellen lassen, das als togolesische Nationalmannschaft in einem Freundschaftsspiel angetreten ist. Verbindungsmann war der ehemalige Nationaltrainer Togos. Er wurde übrigens in Finnland gefasst und festgehalten, lebt aber heute recht unbehelligt in Ungarn. Warum wohl? Obwohl er ausgestiegen sein soll, hat er von dort ein Coup in Australien mit organisiert, bei dem fünf englische Spieler in die dortige zweite Liga zu den Southern Stars vermittelt wurden. So konnte man die Resultate entsprechend beeinflussen. Hinter diesen Manipulatoren stehen Kräfte, deren Einfluss ausgesprochen weit reicht."

„Hören Sie, von Merlach, ich bin nicht so blauäugig, zu glauben, dass man von Mainz aus die Welt retten kann. Aber sobald mein Verantwortungsbereich als Kommissar betroffen ist, hört der Spaß auf. Kommen Sie endlich zur Sache!"

„Bitte lassen Sie mich noch ein paar Dinge erklären, dann können Sie tun, was Sie für richtig halten."

Bekker nickte.

„Selbst große, eigentlich saubere Verbände versuchen diese Absprachen in ihren Ligen unter den Teppich zu kehren, denn der Schaden durch damit verbundene Skandale wäre enorm. Ein Schiedsrichter wie Robert Hoyzer wurde wie eine Sau durchs Dorf getrieben. Aber verglichen mit dem, was tatsächlich passiert, war das, was er getan hat, lächerlich. Sie müssen verstehen, das

Ganze ist ein riesiges Betrugssystem. Die Wettsyndikate haben Algorithmen entwickelt, mit denen sie die Geldströme des Wettmarkts untersuchen. Wenn dann der günstigste Moment gekommen ist, wird gesetzt. Dabei geht es um die größtmögliche Geschwindigkeit. Einsätze werden ähnlich wie beim Speed-Traden an den Finanzmärkten platziert. Bei großen Manipulationen werden ganze Teams zusammengestellt. Ein Mitarbeiter kann in drei Sekunden rund 125 Wetten zwischen 500 und 5.000 Dollar setzen. Die Gewinne sind geradezu astronomisch."

Von Merlach hatte sich in Rage geredet.

„Das andere große Geschäft ist die Geldwäsche. In Asien kann illegal verdientes Geld in privaten Spielsälen, beispielsweise im Casino auf Macau, gewaschen werden. Illegales Geld wird auf dem Festland auf ein Konto überwiesen, dafür erhält man im Casino Chips ausgehändigt. Um nicht aufzufallen, wettet man. Die Möglichkeiten sind vielfältig. Man kann beim Roulette auf rot und schwarz setzen, oder man wettet beim Fußball asiatisches Handicap. Stark vereinfacht ausgedrückt sichert man sich gegen ein Unentschieden ab, bei dem man entweder gewinnt oder einen Teil seines Einsatzes zurückerhält. Ein gutes System, um Geld zu waschen. Und ganz nach Gusto hat man noch einen zusätzlichen Kick. Am Ende des Abends bekommt man einen sauberen Scheck vom Casino ausgehändigt und damit ist alles legalisiert. Sie sehen, der Sport spielt dabei eine absolut untergeordnete Rolle. Viele der Läufer, die Kontakt zu den Spielern halten, sowie die kleinen und auch die größeren Agenten sind Zocker. Selbst große Betrüger wie Permual, Kurusamy, Sapina, Wah Lim oder auch Dan Tan sind überwiegend notorische Spieler. Nur diejenigen, die ganz oben sitzen, sind einzig am Geschäft interessiert."

Er sprach emphatisch und eindringlich auf Bekker ein, um ihm die Zusammenhänge begreiflich zu machen, doch der wollte von diesem eleganten Popanz, der fernab der realen Welt auf seinem Landsitz in den Hügeln des Rheingaus thronte, nichts mehr hören.

„Halten Sie endlich die Schnauze", fuhr der Kommissar dazwischen, „Sie tun gerade so, als wäre dieser ganze Irrsinn weniger idiotisch, weil Sie glauben, die Hintergründe verstanden zu haben. Das macht überhaupt nichts besser. Moralisch betrachtet sind Sie für mich das Letzte! Vielleicht haben Sie es schon wieder vergessen: Es sind drei Menschen tot. Drei!" Bekker wurde beinahe zu laut.

„Leon Fersting war ein begnadeter junger Torwart, dem Ihre Schläger ‚aus Versehen' das Knie zertrümmert haben und der sich daraufhin mit Drogen zugrunde gerichtet hat. Dann wurde sein Vater Harald Fersting in meinem Beisein erschossen, weil er wohl zu viel wusste und die Gefahr bestand, dass er auspacken würde. Und außerdem hat man meinen Freund Klaus Knechte gefoltert und getötet, einen Mann, der in jeder Faser seines Körpers mehr Anstand hatte als Sie und Ihr ganzes Pack zusammen."

Der Hass in Bekkers Gesicht war nicht zu übersehen. Er leerte sein Bier, bestellte ein weiteres und blickte von Merlach direkt in die Augen, auf eine Reaktion wartend.

„Das Einzige, was ich tun kann, ist, dafür zu sorgen, dass der noch lebende der beiden Männer hinter Gitter wandert. Beweise habe ich genug. Auch wenn Sie glauben, dass ich alles orchestriert habe, so irren Sie sich. Ich war zu diesem Zeitpunkt..."

Bekker unterbrach ihn unwirsch. „Es interessiert mich nicht, was Sie für eine Entschuldigung zusammenstammeln. Und es spielt auch keine Rolle, ob ich Ihnen glaube. Ich will, dass dieser gemeingefährliche Vollidiot lebenslänglich hinter Gitter wandert. Dafür brauchen wir stichhaltige Beweise oder Obermeier, der als

Zeuge auftritt. Außerdem werden Ihre Leute Justin Schmidtke-Rosen nicht mehr belästigen oder ihn zum Manipulieren anstiften. Wenn Sie einverstanden sind und diese Bedingungen erfüllen, gebe ich Ihnen alles, was ich in puncto Dossier habe, sowie die Garantie, nicht weiter danach zu suchen."

Von Merlach sah Bekker lange an. „Wollen Sie mir sagen, dass der Bericht gar nicht in Ihrem Besitz ist?"

„Nur zwei Zettel mit Stichworten zum Inhalt, und wenn ich es richtig gedeutet habe, Quoten. Ich kannte Knechte sehr gut, er wollte seinen Neffen rächen, und das wird ja jetzt auch geschehen."

„Ich melde mich bei Ihnen wegen der Beweise gegen Manfred Köchel und Roman Orlam. Im Gegenzug bekomme ich die beiden Zettel. Dann können wir die Sache abschließen."

Bekker nickte, ohne den Adeligen anzusehen. Als von Merlach aufstand, legte er einen kleinen, zusammengefalteten Zettel auf den Tisch.

„Es tut mir aufrichtig leid wegen Ihres Freundes, aber mehr kann ich nicht für Sie tun." Dann verschwand er aus der Tür.

Bekker bekam sein zweites Bier und trank es in einem Zug aus. Rülpsend knallte er das Glas auf den Tisch. Die älteren Damen vom Nebentisch sahen ihn empört an, doch der Kommissar zuckte nur mit den Achseln und wandte sich ab. War er gescheitert? Zumindest fühlte es sich so an. Er schnippte den Zettel auf dem Tisch herum und wusste nicht recht, ob er ihn überhaupt ansehen wollte. Natürlich würde er das Papier nicht einfach ungelesen liegen lassen. Als er es auseinanderfaltete, musste er zweimal hinschauen.

Nachdem er Erna, zurück im Büro, die Einzelheiten des Gesprächs geschildert hatte, entschieden sie, die Gegenüberstellung von Nuss und Köchel vorläufig auszusetzen. Anfang der kommenden Woche würden die Ergebnisse des Erkennungsdienstes vorliegen und selbst wenn entgegen jeder Wahrscheinlichkeit von Merlachs Beweise nicht ausreichen sollten, waren sie nicht nur im Besitz der Waffe, die Klaus Knechte getötet hatte, sondern auch des Projektils. Zudem waren auf der Waffe Manfred Köchels Fingerabdrücke gefunden worden. Der letzte Nagel im Sarg. Roman Orlam war vorsichtiger gewesen, er hatte ja auch in der Nacht in Bekkers Wohnung Lederhandschuhe getragen.

„Meinst du, ich habe bei von Merlach die richtige Entscheidung getroffen?"

„Ich hatte schon Bedenken, dass du dich von deinen Emotionen leiten lässt, aber das hast du vermieden. Wir können diesen Sumpf der Spielabsprachen nicht trockenlegen. Abgesehen davon ist das nicht unsere Aufgabe, und dieser Köchel geht trotzdem in Gefängnis. Lebenslänglich."

„Natürlich werde ich mich mit dem Kollegen Morf unterhalten und ihm Ross und Reiter nennen. Vielleicht kommt ja doch mehr heraus, als momentan abzusehen ist."

„Wenn ich Morf richtig verstanden habe, geht es wohl vor allem darum, dass ein Sportbetrugsgesetz und eine europäische Lösung bei der Strafverfolgung benötigt werden. Und solange das nicht passiert, kannst du relativ wenig dagegen machen. Wenn Vergehen, die einen großen Profit versprechen, nicht entsprechend hart geahndet werden, ist der Mensch einfach anfällig dafür, sich darauf einzulassen."

Rheingeflüster

Am Abend teilte Bekker Justin mit, dass alles geregelt sei. Von vorne anfangen solle er, niemand würde ihn wegen seiner früheren Verfehlungen behelligen. „Wenn du es tatsächlich ganz nach oben schaffst und mir in alter Erinnerung 'ne Freude machen willst, dann spielst du mal für die 05er."

Der ungläubige Blick und die sichtliche Erleichterung Schmidtke-Rosens bestätigten den Kommissar, nicht versagt zu haben. Niesberg hatte dafür plädiert, den Jungen noch einen Tag in Mainz zu lassen, bevor er ihn nach Hause fahren würde. Justin war einverstanden, zumal er ohnehin offiziell im Trainingslager war.

Der Freitag verlief im Vergleich zu den vorangegangenen Tagen verhältnismäßig ruhig und man spürte so etwas wie Vorfreude auf das Wochenende. Nachmittags brachte Niesberg den Jungen zurück nach Groß-Gerau. Sein Gefühl sagte ihm, dass Justin den Absprung schaffen würde, für alles andere war das Erwachen zu unmissverständlich gewesen. Zurück am Graben ließ er mit Erna und Schack in trauter Dreisamkeit den Tag ausklingen. Nur eines beschäftigte ihn: Hätte Bekker wirklich so ein Zugeständnis an von Merlach machen dürfen?

„Werner, wir wissen nicht, ob Klaus das Dossier wirklich geschrieben hat. Diese beiden Blätter könnten auch nur Notizen oder eine Gliederung für etwas sein, das gar nicht existiert. Ich könnte mir auch gut vorstellen, dass Klaus geblufft hat, um Druck auf die Betrüger auszuüben. So wie ich ihn kenne, wollte er die Männer zur Strecke bringen, die seinem Neffen das angetan hatten, egal wie."

„Das wird ja auch so kommen", stellte Erna klar und gab damit unmissverständlich zu verstehen, dass sie für heute Schluss machen sollten.

Kurz nach Mitternacht lagen sie im Bett. Nichts fühlte sich besser an, als die Nähe und Wärme eines Menschen, dem man vertraut, dachte Bekker. Liebe war ein gutes Mittel, um auf andere Gedanken zu kommen und den Frust der letzten Stunden abzuschütteln. Wieso hatte er Erna nicht schon viel früher erobert, ging es ihm durch den Kopf.

Als er sie auf seiner Brust schlafend betrachtete, holten ihn noch einmal die Geschehnisse ein. Er war mit dem Erreichten zufrieden, auch wenn wieder einmal deutlich geworden war, wie begrenzt ihre Möglichkeiten waren. Es gab Personen, an die man nicht herankam, die über dem Gesetz standen. Das war keine neue Erkenntnis, doch in Momenten, in denen man die eigene Ohnmacht spürte, gab es diesen leichten Stich namens Stolz. Marsellus Wallace in *Pulp Fiction* formulierte das so treffend, als er dem Boxer Butch Coolidge zu verstehen gab, dass er in der 5. Runde zu Boden zu gehen habe. Bekker nahm den kleinen Zettel von seinem Nachttisch, faltete ihn auf und betrachtete das Papier in seiner Hand. Dieser Stich – vielleicht sollte er einmal alles anders machen.

Um kurz vor acht konnte er nicht mehr liegen bleiben. Bekker ließ Erna weiterschlafen, zog sich an, schlich sich aus dem Zimmer und trank Kaffee. Das Handy nahm er nicht mit, als er zum Markt ging, um dort zu frühstücken. Fleischwurst und Paarweck, natürlich dunkel, am besten fast verbrannt, und einen Sauergespritzten. Es würde das letzte Marktfrühstück dieses Jahr sein. Bekker setzte sich auf eine der Bänke und sah zum

Ostchor des Doms, als ob er eine Antwort erwartete. Er zog den Zettel aus der Hosentasche und legte ihn vor sich. Wenn du den Stich noch spürst, braucht es einen weiteren Sauergespritzten, sagte er sich und wiederholte das Frühstück.

Gegen 12 Uhr ging er los, überquerte den Domplatz und schlug den Weg zum Bahnhof ein. Er besuchte Niesbergs Frau in der Baentschstraße, die die Mainzer auch Klein-Paris nannten. Sie tranken Kaffee und Gerda schüttete ihm ihr Herz aus. So viele Kämpfe und Diskussionen, die sie mit Werner geführt hatte. Dazu die Entbehrungen, die sie in Kauf genommen hatte, um ihn zu unterstützen, damit er seine Kunst weitermachen konnte. Sie hatte auf vieles verzichtet und dann hatte Werner sein Talent einfach weggeworfen. Sie wusste einfach nicht mehr anders, als ihn vor die Tür zu setzen. Schön sei das Leben ohne ihn auch nicht, aber er musste mal wachgerüttelt werden.

Da wurde Bekker hellhörig und ergriff die Chance, für seinen Freund eine Lanze zu brechen. Das musste geschickt angegangen werden, wofür er ja nicht unbedingt bekannt war. Oh nein, Herr der zarten Töne war er wahrlich nicht, aber er wollte es für Niesberg tun und ganz uneigennützig war es dann ja auch nicht.

Bei aller Euphorie über das Beziehungskitt-Manöver vergaß Bekker nicht, dass er die Angaben auf dem Zettel verwenden wollte. So verabschiedete er sich gegen 14 Uhr sichtlich erleichtert von Gerda und machte sich auf den Weg. Auf Höhe der Theodor-Heuss-Brücke setzte er sich ans Rheinufer und sah aufs Wasser hinaus, bis er einschlief.

Als Bekker fröstelnd wieder erwachte, dämmerte es bereits. Die Bundesliga-Partien würden gleich zu Ende sein, doch das war ihm egal. Er stand auf und ging langsam weiter flussaufwärts. Nie und nimmer würde das eintreten, was auf diesem Zettel stand.

Vor der Rheingoldhalle saß ein alter, zerknautscht aussehender Mann mit dröhnendem Kofferradio und Flaschenbier auf einer der Bänke. Er war schlecht rasiert, seine zu große Hose wurde von einem Ledergürtel gehalten, sein Pullover hatte Flusen und die Jacke war an mehreren Stellen genäht worden.

Bekker stand ein wenig abseits, bis ihn der Alte heranwinkte, er solle sich zu ihm setzen. Gemeinsam verfolgten sie die Konferenz. Dieses elende Geschwätz von Absprachen und Manipulationen, er wollte davon nichts mehr hören. Der Alte reichte ihm sein Flaschenbier, doch Bekker lehnte dankend ab.

Die letzten zehn Spielminuten brachen an, dann erfolgte der Abpfiff der letzten Partie. Bekker sah auf den Wettschein in seiner Hand, ging die Ergebnisse durch und schüttelte ungläubig den Kopf. Das konnte doch einfach nicht wahr sein.

Als der Alte sein Bier ausgetrunken hatte und sich zum Gehen fertig machte, griff Bekker ihn am Arm: „Schon mal gewettet?"

„Manchmal schon. Wenn ich was übrig hab', dann juckt's mir in den Fingern. Macht die Sache eben ein bisschen reizvoller", lachte dieser und zeigte seine wenigen Zähne.

„Hier", sagte Bekker und streckte ihm den Zettel hin. „Nehmen Sie den und verlieren Sie ihn nicht. Der sollte die Biere und ein paar Bratwürstchen für den Rest der Saison wert sein."

Der Alte sah Bekker an und wusste nicht recht, ob er sich wundern oder freuen sollte.

„Und den soll ich einfach so nehmen?" Er besah sich die Ergebnisse. „Das ist ein ziemlicher guter Tipp. Vor allem, dass bei ..."

„Gefühlssache", unterbrach ihn der Kommissar. „Ich hab' mich an den Rhein gesetzt, der hat mir eine Geschichte erzählt und dann habe ich gewettet. Mach' ich sonst nie."

„Sie sollten sich öfter mal an den Rhein setzen und lauschen, wenn er ihnen solche Tipps gibt." So lachend sah der Alte für einen Moment jung und fast ein wenig überschwänglich aus.

„Wissen Sie, manchmal komme ich kaum noch aus dem Bett. Die Luft ist schwer und kalt, die Feuchtigkeit steckt einem in den Knochen. Aber da ist doch noch so ein kleines bisschen Lebenskraft in einem. Das sind die Erinnerungen, die kleinen Hoffnungen, und es treibt einen in die Welt. Die ist nur so schön, weil man sie nicht festhalten kann, nicht einmal für einen kurzen Moment. Und dann kommen Sie mit diesem Schein."

„Würden Sie mir einen Gefallen tun?", fragte Bekker seinen Banknachbarn beiläufig.

„Wenn ich kann, gerne."

„Lösen Sie diesen Schein ein!"

Nachwort

Ich möchte an dieser Stelle noch ein Interview aus dem Buch *Der gekaufte Fußball. Manipulierte Spiele und betrogene Fans* von Benjamin Best erwähnen, das mir besonders im Gedächtnis geblieben ist. Benjamin Best wurde von CNN 2011 für ein Radio-Feature zum Thema Wettmanipulation als „Journalist of the Year 2011" ausgezeichnet. Der Journalist führte das Gespräch mit Sivakumar Madasamy, der für den wohl bekanntesten Wettbetrüger Asiens, Rajendran „Pal" Kurusamy, arbeitet.

Als Best seinen Gesprächspartner fragt, warum man jetzt, um 17:00 Uhr Ortszeit, bei den großen asiatischen Online-Wettanbietern auf Spiele der U-19-Bundesliga wetten könne, bekommt er zur Antwort, dass gerade keine Spiele in Asien stattfänden und die der großen europäischen Ligen erst ab 21:00 Uhr Ortszeit liefen. Aus diesem Grund wette man eben auf die deutsche A-Jugend.

Auf seine Frage, wie viel Geld man auf diese Spiele setzen könne, erhält er folgende Antwort: Eine Million, eventuell bis 1,5 Millionen Singapur-Dollar wären überhaupt kein Problem, umgerechnet sind das etwa 700.000 bis 800.000 Euro. Das Ganze könne er in 10 Minuten auf den Weg bringen.

Aus: Benjamin Best: *Der gekaufte Fußball. Manipulierte Spiele und betrogene Fans*. Hamburg: Murmann Verlag 2013, 238 S.

Eingesehenes Material zum Thema Wettbetrug:
Benjamin Best: *Der gekaufte Fußball. Manipulierte Spiele und betrogene Fans.* Hamburg: Murmann Verlag 2013.
Brett Forrest: *Schattenspiele.* Das Milliardengeschäft mit manipulierten Fußballergebnissen. München: Heyne Verlag 2014.
Declan Hill: *Sichere Siege.* Fußball und organisiertes Verbrechen oder wie Spiele manipuliert werden. Köln: Kiepenheuer & Witsch 2008.
Jürgen Roth: *Unfair Play. Wie korrupte Manager, skrupellose Funktionäre und Zocker den Sport beherrschen.* Frankfurt/M.: Eichborn Verlag 2011.
Biermann, Christoph/Gorris, Lothar/Wulzinger, Michael: „Manipulationen. Die Spielverderber." In: Spiegel Online vom 1. September 2008 (s. auch Heft 36/2008). http://www.spiegel.de/spiegel/print/d-59673704.html.

Danksagung

Benjamin Best, Christoph Biermann, Christiane Deris, Dr. René Heinen, Declan Hill, Brett Forrest, Lothar Gorris, Peter Metzdof, Andrea Geraldine Sievers, Prof. Reinhard Urban, Anna-Maria Reichardt, Jürgen Roth, Michael Wulzinger.

Der Autor

Peter Jackob, geboren 1965 in Mainz. Studium der Allgemeinen und Vergleichenden Literaturwissenschaft in Saarbrücken, das er mit Promotion abschloss. Nach 14 Jahren in Italien lebt Peter Jackob inzwischen wieder in seiner Heimatstadt. Neben seinen Mainz-Krimis hat er einen Finnland-Thriller veröffentlicht und schreibt Sherlock-Holmes-Romane. Er ist Preisträger des Blauen Karfunkel, eine Auszeichnung, den die Deutsche Sherlock-Holmes-Gesellschaft für die Publikation des Jahres vergibt. Peter Jackob ist Mitglied der Autorengruppen „Mörderisches Rheinhessen" und „Das Syndikat".

ERHÄLTLICH IM BUCHHANDEL ODER

Pete Smith
Das Mädchen vom Bethmannpark

Unweit des Bethmannparks entdeckt ein Anwohner eine bewusstlose junge Frau, die sich, als sie erwacht, an nichts erinnert: weder wie sie heißt, wo sie wohnt, noch was mit ihr passiert ist. Offenbar leidet sie an Amnesie. Während sich Ärzte ihrer annehmen, bemüht sich die Polizei, die Identität der mysteriösen Fremden zu ermitteln. Doch niemand scheint sie zu vermissen... Unterdessen verzweifelt Jakob, Ergotherapeut in der Neurologischen Rehaklinik Kirschwald, zusehends am Schicksal seiner Patienten. Oft erzählt er ihnen Episoden aus den Biografien berühmter Personen und ermuntert sie, vorübergehend in deren Leben zu schlüpfen. So verwandeln sie sich in Edgar Wallace, Albert Einstein oder Coco Chanel, um neuen Lebensmut zu schöpfen. Als die unbekannte junge Frau in die Reha verlegt wird, kreuzen sich ihre Wege. Jakob ist von der geheimnisvollen Schönen auf Anhieb fasziniert. Umso mehr, da sie ihn an die erste Liebe seines Lebens erinnert...

352 Seiten, Broschur, ISBN 978-3-95542-191-5, 12,80 Euro

AUF WWW.SOCIETAETS-VERLAG.DE

SONJA RUDORF

Alleingang

FRANKFURT-KRIMI

SOCIETÄTS
VERLAG

ERHÄLTLICH IM BUCHHANDEL ODER

Sonja Rudorf
Alleingang

Ein Sommerabend in Frankfurt. Die Therapeutin Jona Hagen findet ihren jungen Kollegen Alexander Tesch schwer verletzt in ihrer Praxis. Bei Durchsicht seiner Unterlagen muss sie entsetzt feststellen, dass er sie schwer getäuscht hat. Ein heimlicher Besuch in seiner Wohnung offenbart ihr das ganze Ausmaß seiner Persönlichkeit. Doch um die Polizei einzuschalten, ist sie schon zu sehr in die Sache verwickelt.

Zur gleichen Zeit kämpft jenseits des Mains ein Vater darum, seinen Sohn vor Mobbing in der Schule zu bewahren. Doch der 16-jährige Hendrik verweigert sich jeder Hilfe. Seit seine Sitzungen beim Kollegen Tesch ausfallen, scheint er verändert. Steht er in Kontakt zu anderen geschädigten Patienten? Und warum kontaktiert sein Vater die Therapeutin immer wieder?

Jona Hagen hat keine Wahl: Sie muss die Beteiligten gegeneinander ausspielen, um das undurchsichtige Beziehungsgeflecht zu entwirren. Die einzig mögliche Strategie und die gefährlichste dazu…

288 Seiten, Broschur, ISBN 978-3-95542-216-5, 12,80 Euro

ERHÄLTLICH IM BUCHHANDEL ODER

Michael Kibler
Bölle-Hölle

Ein Fall für Wantrupp & Wantrupp, Edel-Detektei aus Frankfurt: Der Star des Lilien-Museums, der Bembler-Pokal, fünfmal vom SV Darmstadt 98 gewonnen, glänzt durch Abwesenheit. Geklaut. Was der Hauptsponsor der Lilien – eben Unternehmer Bembler senior – nicht wissen darf. Also müssen die Detektive Helmut Stallitzer und Paul Wagner alles daran setzen, das Goldstück vor der feierlichen Museumseröffnung in zehn Tagen wieder aufzutreiben.

In einer wilden Jagd von Ober-Ramstadt über Bielefeld bis nach Frankfurt verfolgen sie die Spur des Pokals. Und lernen dabei viel über Freistoßsprays, Arminia-Rasen und die Fußballskandale der Republik.

208 Seiten, Broschur, ISBN 978-3-95542-215-8, 12,80 Euro

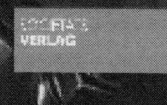

ERHÄLTLICH IM BUCHHANDEL ODER

Andreas Schäfer
Mainhattan Star

Schlagersternchen Nadine Goldberg wird von einem Stalker verfolgt. Nachdem ihr kolumbianischer Fitnesstrainer erstochen aufgefunden wird, deuten die Spuren in Richtung Beziehungstat, aber auch Drogenmilieu. Kriminalhauptkommissar Thomas Bach führen seine Ermittlungen in die Glamourwelt der Mainmetropole, mit Edel-Italienern, Nobel-Diskotheken und adretten Musikmanagern. Lange bleibt unklar, welchem Phantom er nachjagt, bis es im Squaire am Frankfurter Flughafen zum Showdown kommt.

Der lang erwartete vierte Mainhattan-Krimi von Andreas Schäfer, wie immer gewürzt mit vielen bekannten Schauplätzen und einer gehörigen Portion Realismus aus der täglichen Ermittlungsarbeit der Frankfurter Polizei. Jede Menge Lokalkolorit und Spannung pur bis zum Schluss!

240 Seiten, Broschur, ISBN 978-3-95542-143-4, 12,80 Euro

AUF WWW.SOCIETAETS-VERLAG.DE

Zeitfracht Medien GmbH
Ferdinand-Jühlke-Straße 7,
99095 - DE, Erfurt
produktsicherheit@zeitfracht.de